密室黃金時代的殺人

THE MURDER IN THE GOLDEN AGE OF LOCKED ROOMS

雪之館與六個詭計

THE HOUSE OF SNOW AND THE SIX TRICKS

鴨崎暖爐
Danro Kamosaki

目次

探岡英治……二十五歲，密室偵探。
社晴樹……四十五歲，貿易公司社長。
石川博信……三十二歲，醫生。
長谷見梨梨亞……十五歲，國三就成為全國知名女星。
真似井敏郎……二十八歲，梨梨亞的經紀人。
芬里爾・愛麗斯哈莎德……十七歲，英國人。
神崎覺……三十一歲，宗教團體「曉之塔」的神父。
詩葉井玲子……二十九歲，雪白館的經理。
迷路坂知佳……二十二歲，雪白館的女僕。
葛白香澄……十七歲，高中二年級。
朝比奈夜月……二十歲，大學二年級。
蜜村漆璃……十七歲，高中二年級。

雪白館 平面圖

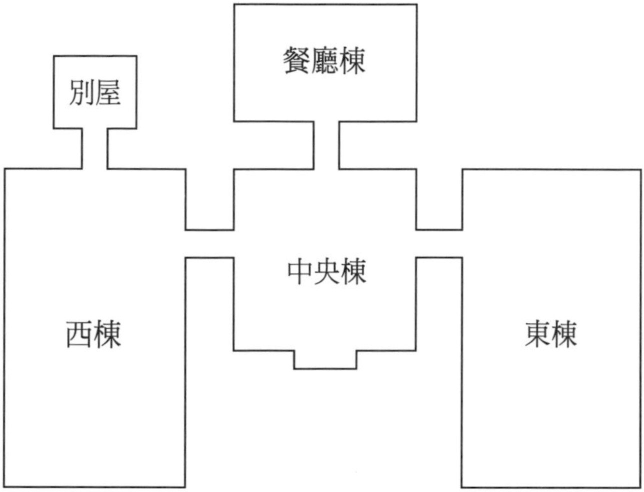

「密室的無解證明，與不在場證明具有同等價值。」

——摘自東京地方法院法官　黑川智代梨的判決書

Prologue　日本第一起密室殺人事件發生後過了三年

男人是在三年前的冬天被殺的。那是日本第一起密室殺人案件。所幸凶手立刻被逮捕，並有充分的定罪證據，唯一的問題是要如何處理現場的不可能狀況。

沒錯，不可能狀況——現場是完美的密室，沒有任何一位警察或檢察官能夠解開這個謎。也因此，密室成為這起事件最重要的關鍵，而裁判的爭執點也圍繞著密室打轉。

「現場是密室並不能當作重要的問題。」這是初審時檢方的主張。「基於客觀證據，被告明顯就是犯人。那麼『如何殺害』只是枝微末節的問題，被告想必是『以某種方式殺害』的。這個方法確實存在，只是被告沒有說出來而已。現場的不可能狀況，絕對不能做為證明被告無罪的根據。」

相對地，辯方則主張：

「在我國的審判制度，犯罪的不可能性素來具有重要意義。最典型的例子就是不在場證明。假設被告有完美的不在場證明，在我國必然會判定無罪。這是因為被告不可能犯案。這次的密室狀況也與之相同——現場既然是密室，那就意味著不僅被告、全世界任何人都不可能犯案。也就是說，現場是完美的密室，就等同於被告有完美的不在場證明。如果只有在密室的情況視若無睹，當作是『以某種方式殺害』、『雖然不知道手段，但總是有辦法殺害』，那麼就嚴重缺乏一致性，明顯和其他刑事案件的判例出現矛盾。」

就這樣，前所未聞的密室審判就以密室為主題進行，最後東京地方法院的法官接受辯方主張，亦即「密室的無解證明，與不在場證明具有同等價值」——有鑑於被告不可能犯案，因而做出無罪判決。

二審也維持一審的無罪判決，而最高法院則駁回檢方上訴。

這項判決帶給國民極大的衝擊。不論在如何可疑的狀況之下，只要現場是密室，就能保證無罪。在某種意義上，這是司法承認「密室」價值的瞬間。在眾多推理小說中被鄙棄為「不具任何執行意義」的密室殺人這個類別，因為這個判例而在現實中逆轉了立場。

這就是這起事件微薄的「功」。

而它的「過」則非常簡單明瞭：在地方法院做出判決後不到一個月，就發生四起密室殺人事件，次月又發生七起。密室就如流行病般，在社會中擴散。

*

這三年以來，發生了三百零二件密室殺人事件。

這意味著在這個國家，一年發生的凶殺案當中，有三成是密室殺人事件。

第一章　密室時代

女人似乎非常興奮，口沫橫飛地對「我」滔滔不絕地說話。然而在說話當中，她偶爾也會陷入感傷。「我」心想，這個女人的情緒很不穩定。

根據她的說法，她是集團自殺的倖存者。她和自殺網站認識的成員一起前往深山中的廢棄房屋，在那裡依照人數準備了裝水的杯子。杯中投入烏頭鹼、氰化鉀、河豚毒素等毒藥，但其實只有一個杯子裡投入的是安眠藥。

「也就是說，只有一個人能夠活下來！」女人說。

「我」心想，那當然了。

「喝到安眠藥的人就是我。」

「我」心想，那當然了。

女人說：「沒想到會變得這麼麻煩。我原本想要和大家一起死去，可是現在卻仍舊在這種地方喝咖啡。」

「我」說：「那不是很好嗎?生命是很珍貴的。」

女人抬起嘴角，露出嘲諷的笑容。

「說這種話不會感覺很矛盾嗎？」

「我」喝了一口咖啡。雖然是自己泡的，不過這杯咖啡很難喝。看來「我」沒有泡咖啡的才能。

事實上，我擅長的只有一件事。

那就是製造密室。

女人說：「總之，我活下來了。所以我才會來找你——」

女人指著「我」的臉。

「——找你這位『密室師』。」

*

「香澄，你要不要吃Pocky？」

當我眺望著車窗外的風景，坐在對面的朝比奈夜月把Pocky的盒子伸過來。我說「要」，然後從她手中的盒子抽出一根。我叼著這根Pocky，再度望向窗外。十二月的風景以和列車同樣的速度流逝。雖然沒有積雪，不過草木都已經枯萎，看起來很寂寥。我不禁陷入莫名的感傷。

「你有什麼好感傷的？」夜月邊吃Pocky邊說。「你該不會想要當詩人吧？你是那種每天睡覺前都在筆記本上寫詩的人嗎？」

從這句話，至少可以理解到她很瞧不起詩人。我敷衍地說：

「我在國中時期之後就沒寫過詩了。」

「這麼說，你國中的時候寫過詩？」

「國中生通常都會寫詩吧？」

「你這個『通常』的標準也真奇怪。香澄，別把你自己的標準當成一般大眾的標準。」

我莫名其妙挨罵了。順帶一提，香澄是我的名字，姓則是葛白。全名是葛白香澄（Kuzushiro Kasumi），害我在小學時有一陣子被稱為「Kuzukasu（廢渣）」。雖然和木村拓哉（Kimura Takuya）的暱稱「Kimutaku」是同樣的命名法則，但意義卻完全不一樣。最後老師甚至在班會上斥責大家，說「以後不可以再稱呼葛白同學為『廢渣』」。我在那場班會感到非常悲傷。我告訴夜月這段往事，她就說「『葛』和『霞（Kasumi）』好像都是俳句的季語喔」（註1），大概是在安慰我吧。

這位夜月是我從小認識的朋友，二十歲，大學二年級，比高二的我大三歲。她留著及肩的微捲褐髮，五官很端正。她最常引以為豪的經歷就是「曾經一天被挖角七次」。其中四次是夜店，兩次是美容院的髮型模特兒。「不過剩下的一次是貨真價實的演藝事務所。」她如此主張。「感覺好可惜。啊，不過我的個性就像反覆無常的貓，所以應該不適合在演藝圈那種束縛很多的地方工作吧。」

夜月確實像隻反覆無常的貓，因此大概不適合進入演藝圈。說得更精確一點，她根本不適合工作。她的特技之一，就是任何兼差工作都能在一個月內被炒魷魚。

---

1 俳句是日本傳統短詩的形式，通常為十七字，其中必須要加入季節性的詞，稱作季語。

這隻反覆無常的貓邊吃 Pocky 邊滑手機，突然喊了聲：「啊！」
她盯著手機，對我說：
「好像又發生密室殺人事件了。」
「什麼？真的？」
「嗯，地點在青森。新聞說，縣警刑事部的密室課正在搜查當中。」
我拿出自己的手機確認。看來是真的。在這個國家，密室殺人事件依舊氾濫。
「這個時代還真是奇怪。」夜月邊吃 Pocky 邊說。
我也有同感。以一宗謀殺案為開端，社會產生巨大的變化。自從三年前那起日本最初的密室殺人事件以來，這個國家的犯罪就圍繞著密室打轉。

*

我們到達的車站是無人車站。我和夜月在沒有其他人的月臺伸懶腰，關節發出「咯吱咯吱」的聲音。出門之後經過三小時，算是長途旅行了。
「今天住的旅館在哪？」
「呃～」夜月邊走邊滑手機回應我。「從這裡坐車到山腰，然後在車道中斷的地方下車，從那裡好像就得用走的。」
「車子開到一半就沒路了嗎？」
「嗯。要走一個小時左右。」

「那要走好遠。」不過大概有益健康吧。
兩人走出驗票閘門，來到站前的圓環，在那裡招了一臺計程車。
夜月向計程車司機告知我們的目的地：
「請到雪白館。」

*

雪白館目前做為旅館使用。我和夜月之所以會利用寒假前往那裡，契機在於一個月前的某天，夜月突然造訪我家。雖然說夜月平常就常常來我家，不過那天她似乎有明確的目的。她喝著我泡的咖啡，對我說：
「香澄，我打算去找雪人。」
我以為她的腦袋終於變得不正常了。
「呃，妳說的雪人是……」
「你不知道嗎？雪人是UMA（未確認生物）的一種，身體很大，全身毛茸茸的，出現在雪地當中。」
我當然知道雪人是什麼，問題是她為什麼要去找雪人。
「因為我很喜歡UMA啊！從我有記憶以來，就在買超自然雜誌《MU》（註2）了。」
她這麼說，我也想到好像看過她在讀那本雜誌。

2　一九七九年創刊的日本雜誌，內容主題包羅外星人、UMA、超能力、神祕學……等等。

我喝了一口咖啡，像是要把嘆息也吞下去。

「那就請妳加油吧。」我以誠摯的口吻說，「尋找雪人的過程想必會很艱辛，不過我會祈禱妳能夠平安回來。」

希望不要成為此生永別。童年玩伴要是因為尋找雪人而喪命，未免太悲傷了。

夜月看到我深切的樣子，似乎很傻眼，嘆了一口氣說：

「香澄，你在說什麼？你也要一起去。」

我感到莫名其妙。

「……妳要我跟妳一起去喜馬拉雅山嗎？」

我對童年玩伴的情感還沒有深到那種地步。這時夜月再度顯得傻眼，對我說：

「你在說什麼？我要去的是埼玉縣，不是喜馬拉雅山。」

我以為她的腦袋終於變得不正常了。

我揉揉眼睛，看到她充滿自信的臉孔。看來她是認真的。我原本希望是哪裡搞錯了。

我試探性地問：「呃，妳為什麼要去埼玉縣找雪人？」

「當然是因為雪人在那裡。」

她說話的口氣就好像登山家被問到為什麼要爬山時，回答「因為山在那裡」。

「……埼玉縣怎麼可能會有雪人！」

「當然有。因為那是埼玉雪人。」

「埼玉雪人？」

聽起來好像日本足球聯盟的隊名。

夜月得意地說：「在冰河時期，日本和大陸是連在一起的，所以日本和喜馬拉雅之間也可以步行來往。」

「這麼說，雪人就是在冰河時期，從喜馬拉雅山千里迢迢渡海到埼玉縣嗎？」

「沒錯。可能性很高吧？」

絕對不可能會發生吧？

「所以說，香澄，跟我一起去埼玉縣找雪人吧！」夜月湊向前說。「一定會成為永生難忘的回憶。」

如果真的去埼玉縣找雪人，那當然會成為永生難忘的回憶。

我思索片刻，得到結論。

誰要去做那種事。

我理所當然地拒絕，夜月便抓著我懇求：

「拜託！香澄，跟我一起去吧！你難道要讓我獨自一個人寂寞地去旅行嗎？」

「妳可以找朋友一起去吧？」

「你在說什麼！要是我跟朋友說要去埼玉縣找雪人，一定會被當成怪人。」

「真沒想到妳還有這樣的常識。」

我甩開抓著我不放的夜月。她發出「啊~」的悲嘆聲，然後癱在地板上，咳了一聲之後對我說：

「香澄，你聽我說。」

「好的。」

「這次去找雪人，對你來說也有好處。」

我詫異地問：「對我有好處？」坐在地板上的夜月便說：「沒錯，Merit（好處）。不需要潤絲精的Merit。（註3）」這個笑話有點過時。

她豎起食指，得意地抬頭看我說：

「這次預定要住宿的旅館，正是那座雪白館！」

「雪白館？」

我稍稍歪頭思索。這是什麼？我好像在哪裡聽過這個名字。

「就是你喜歡的那位雪城白夜的——」

「啊！原來就是那棟屋子！」

夜月看我突然變得興致高昂，露出得意的笑容。這副自大的表情讓我感到有些惱火。我咳了一下，說：

「原來妳打算去住雪白館啊。」

我裝出冷靜的樣子，但還是難掩內心的興奮。

雪城白夜是本格派推理小說作家，尤其擅長寫密室事件。雖然在七年前就過世了，但至今仍有許多作品陳列在書店中，是一位人氣作家。

我也是他的書迷。他的代表作一般認為是《密室村殺人事件》或《密室館殺人事件》，不過在他的書迷之間，關於他的代表作卻另有定論。話說回來，這個作品不是小說，也不是電視劇、漫畫或電影，而是實際發生的事件。

3　花王出的洗髮精系列，於一九九一年推出「不需要潤絲精的Merit（洗髮精）」。

距今十年前，雪城白夜邀請作家和編輯到自己的豪宅，舉辦家庭派對。美食、美酒、加上白夜本人的親和個性，使得派對非常成功。然而在這當中，事件卻發生了。

那是一起很瑣碎的事件，屬於可以稱為惡作劇的程度。事件中沒有人受傷，只是在屋內的一間房間當中，發現被刀子插入胸口的法國娃娃。

那間房間是密室。門從內側被鎖上，房間唯一的鑰匙也在室內被發現。而且不僅如此——那支鑰匙被放入塑膠製的瓶子裡，瓶蓋也被緊緊關上。

這起事件通稱「瓶裝密室」。

事件發生後，白夜始終面帶笑容。看到他這副表情的人立刻就察覺到，他就是這起事件的犯人，而這起事件則是派對的活動之一——身為主辦人的白夜設計的推理遊戲。

這一來，大家當然要接受挑戰。

在場的都是同行的作家與編輯，每個人對於密室都有一家之言。眾人立刻展開熱烈的議論，不久之後就發展為即席的推理大會。

這場派對的參加者都說「很有趣」，最後也一定會補充一句：「如果能夠解開謎題，一定會更有趣。」

密室詭計沒有被破解。

這就是雪城白夜真正的代表作——「雪白館密室事件」。由於不是刑事案件，因此當然沒有人被起訴，不過這起事件比三年前的日本第一宗密室殺人事件還早了七年。

歷經十年都沒有被破解的密室——

至今這起事件仍舊為推理小說迷津津樂道，而事件現場的雪白館，也成為書迷至少想要造訪一次的人氣景點。雪白館現在已經轉手他人，並改裝為旅館，不過據說案發現場的房間仍保持當時的狀態，也保留了密室詭計的痕跡。

這回夜月正是以這棟屋子為誘餌，想要找我同行。雖然有些不甘心，不過我還是決定乖乖中她的計。雪白館的住宿條件有些特別，只接受長期住宿的旅客——具體而言，只接受停留一星期以上的客人，因此要住宿在那裡必然得花上一大筆錢。雖然不知道夜月此行的經費從何而來，不過既然能夠免費住到雪白館，那就沒有更划算的事了。我甚至願意順便幫她稍微尋找一下雪人。

*

下了計程車走了一小時左右，就看到一座橋。這是一座長約五十公尺的木製吊橋，左右兩側是宛如剖開森林般的深谷，聯繫深谷兩端的木橋顯得很不可靠。谷底的深度大約六十公尺左右，兩岸都是陡直的峭壁，應該不可能有人能夠攀爬。

夜月俯視谷底，發出「哇」的叫聲。

「從這裡掉下去一定會死掉。」

她說出理所當然的廢話。話說回來，要是掉下去的確會死掉，因此我們提心吊膽地過橋。過完橋之後又走了五分鐘左右，在沒有鋪柏油的山路前方就出現白色的圍牆。這道圍牆很高，大約有二十公尺左右。

圍牆中央有一道門。門是打開的，因此我們就走進去。門旁有監視器攝影機，從鏡頭捕捉到身為來賓的我們的身影。

沒錯——我們是來賓。圍牆內是庭院，庭院中央矗立的，就是目的地的旅館。這是一棟比白色圍牆還要白的白牆洋館。「雪白館」是名副其實、宛若新雪顏色的建築。

圍牆環繞的庭院很廣闊，與其說是庭院，不如說只是用圍牆圍起洋館周圍的土地。院中的樹木很少，地面是裸露的黑土，也沒有花壇之類的設施。

走到洋館的大門前方，就看到一名穿著女僕服裝的金髮女子在抽菸。她的年紀大約二十歲左右，髮長及肩——髮色應該不是原本的顏色，而是染過的。她雖然長得很漂亮，但沒有化妝，給人直爽的印象。女僕發現我們，便從口袋拿出攜帶型菸灰缸，依依不捨地捻熄香菸。

「請問兩位是訂房的客人嗎？」

女僕以冷淡的口吻詢問。夜月回答：「沒錯，我是之前訂過房的朝比奈。」女僕點點頭說：

「歡迎光臨。請進。」

她的口吻令人懷疑是否真的歡迎我們。她整個人的態度缺乏親切感——不，缺乏的或許不是親切感，而是對工作的幹勁。

我們穿過大門，進入雪白館內部。走在從玄關延伸的短走廊上時，女僕似乎總算想到要自我介紹，對我們說：

「我是這間旅館的女僕，名叫迷路坂知佳。有什麼需要的話，請儘管吩咐。」

她說出這樣的樣版臺詞，語氣相當公式化，讓人不禁擔心是否真的能夠吩咐她任何事。

「迷路坂。」我聽到夜月低聲複誦。「擔任女僕（meido）的迷路坂（Meirozaka）。」看來她是在講雙關語。夜月在記住別人姓名時，習慣取雙關語來輔助記憶。

＊

走過從玄關延伸的短走廊，前方就是大廳。這座大廳相當寬敞，令人難以想像原本是私人宅邸，空間大小和中等規模的飯店大廳相較也不遜色。大廳擺了幾張桌子和沙發，有幾名客人在那裡喝咖啡或紅茶。桌上也有蛋糕的盤子，看樣子大概像咖啡廳一樣，也有提供輕食。牆邊也擺了很大的電視機。

我和夜月首先到櫃檯辦完入住手續。在櫃檯接待我們的是三十歲左右的女性，髮型是短髮。她在毛衣上方穿了黑色圍裙，給人的印象有點像咖啡廳的店主，是一位氣質穩重的成熟女性，感覺就像能夠替客人解決日常生活遇到的謎題的美女店主。

實際上，她似乎就是這間旅館的經理。這棟屋子就是由她和女僕迷路坂兩人一起管理。

她自我介紹，名叫詩葉井玲子。夜月立即低語：「擔任經理（Shihainin）的詩葉井（Shihai）。」

詩葉井面帶柔和的笑容說：

「朝比奈小姐，葛白先生，今天非常感謝兩位蒞臨雪白館。在這裡有大自然的美景和美味料理——另外還有推理作家雪城白夜留下的密室之謎。擔任雪白館工作人員的我們會全力招待各位。」

詩葉井有些靦腆地說完這段話之後，敲打櫃檯上的電腦鍵盤，似乎是在確認房間號碼。「兩位的客房都在西棟二樓。朝比奈小姐是二〇四號房，葛白先生是二〇五號房。」

說完之後，她暫時退入櫃檯後方的房間，然後拿了兩支鑰匙回來。這是大約十公分左右的銀色鑰匙，造型修長，手持的部分刻了房間號碼。她給了夜月和我各一支鑰匙。

我正在檢視鑰匙，詩葉井就用開玩笑的口吻說：

「鑰匙沒有備份，請不要弄丟了。」

我聽她這麼說，便再度觀察鑰匙，只見鑰匙前端的形狀頗為複雜，應該是無法複製的。

我把鑰匙收進口袋裡，喃喃複誦自己的房間號碼「二〇五號房」，然後問詩葉井剛剛感到在意的問題：

「請問西棟是什麼？」

她說我的房間是西棟二〇五號房，不過我是第一次造訪這間旅館，先前也只有稍微從外面瞥見外觀，因此不是很了解這棟建築的結構。

「這裡剛好有看板。」

詩葉井指著櫃檯後方牆壁上的看板。看板上畫了俯瞰建築的圖，似乎就是雪白館的平面圖。

詩葉井說：「這座雪白館是由四座建築組成的。首先是我們此刻所在的建築，也就是包含這座大廳的中央棟。中央棟是一層樓的建築。在中央棟的東西兩側，各有東棟和西棟，中央側的北側則是餐廳棟。餐廳棟顧名思義，就是餐廳所在的建築，早餐、午餐和晚餐都會在這裡提供。」

從平面圖來看，東棟、西棟與餐廳棟（北棟）各有門和渡廊連結到中央棟的大廳，但是東西北三棟建築卻沒有各自連結，因此在前往各棟時，一定要通過中央棟的大廳。譬如要從西棟到東棟，就一定得通過大廳。

「這樣的了解是正確的。」詩葉井柔和地笑著說。「也就是說，中央棟扮演了連結三座建築的角色。此外，這座雪白館沒有任何後門之類的通道，窗戶也都是固定住無法開關、或是裝了格子窗無法讓人出入的類型。唯一能夠到外面庭院的路徑，就只有中央棟的大門。而且就如剛剛所說的，雪白館沒有任何後門，所以也沒有辦法從庭院前往其他棟。」

「哦，真不方便。」夜月說。「為什麼要做成這樣的構造？」

「這就不清楚了。我沒辦法猜到推理作家的想法。」詩葉井露出曖昧不明的笑容，接著又指著平面圖繼續說：「順帶一提，連結各棟的渡廊都有屋頂和牆壁，不是露天的，所以也沒辦法從渡廊到外面。」

我聽了詩葉井的話，點頭表示理解。也就是說，雖然稱為渡廊，但實際上卻跟室內的走廊沒什麼差別。

我看著平面圖問：

「這座建築是什麼？」平面圖上除了先前提到的四個棟之外，還有一座建築。這座建築很小，從西棟北側往外突出，似乎也有渡廊連結。

「喔，這是別屋。」詩葉井說。「這裡是雪城白夜寫作用的房間之一，通稱罐頭房。據說他在苦思不得靈感的時候，就會窩在這間房間啃蘋果。」

夜月問：「為什麼是蘋果？」

我告訴她：「這是阿嘉莎・克莉絲蒂的軼事之一。」據說當她泡在浴缸裡啃蘋果，就能得到靈感。每次聽到這段軼事，我就會懷疑真有這種事嗎。

不論如何，我非常想要造訪這間雪城白夜的罐頭房。

詩葉井歉疚地說：「很遺憾，這間房間目前做為客房使用，而且今天也有人訂房，所以沒辦法開放參觀。」

原來如此，那真是太遺憾了。順帶一提，別屋也以渡廊連結，因此要前往那間房間，就必須經過西棟才行。

*

「這裡就是您的房間。」在櫃檯完成入住手續之後，女僕迷路坂帶我們到住宿的房間。西棟是三層樓的建築，我住的二〇五號客房位在二樓的最裡面。二〇一號到二〇五號的五間客房面對筆直的走廊排列。迷路坂帶我到我的房間門口之後，鞠了一躬說：「晚餐時間是晚上七點，到時請前往餐廳。我和詩葉井小姐的房間也在西棟，晚上如果有任何需要的話，請儘管吩咐。」

迷路坂依舊以不帶感情的口吻這麼說。晚上真的可以吩咐她嗎？我開始感到不安。

我一邊苦思沉吟，一邊抓住門把打開門，看到眼前是以白色為基調、非常乾淨的房間。房間裡打掃得很徹底，令人難以想像這裡只有兩名工作人員。

「我們養了二十臺掃地機器人。」迷路坂從我身後窺探房間裡面說。「清掃工作幾乎都交給掃地機器人，不過比較細的部分當然還是需要人來處理，這方面就由我包辦。別看我這樣，我很擅長打掃。」

「這樣啊。」這倒是讓我滿意外的。

「是的。我曾經參加過全球女僕打掃錦標賽的決賽。」

「全球女僕打掃錦標賽的決賽？」

這個履歷感覺很奇妙。雖然大概是在開玩笑，不過也有可能是真的。

「那麼我就先告辭了。」

迷路坂又說了一次，然後往大廳方向離去。我放下行李之後，就立刻開始探索房間內部。

房間大約十個榻榻米大，另外還有洗手間、浴室和寬敞的盥洗室。家具只有床和電視，以及有冷凍庫的兩段式冰箱。地板是琥珀色的木質地板，窗戶是固定的，無法開關。這是很不錯的房間。根據迷路坂的說法，這間房間原本是做為客房使用。雪城白夜很喜歡招待客人，因此西棟的幾乎所有房間都是這樣的客房。

我接著調查房門。

房門採用巧克力色的單扇門板，外觀雖然厚重，但實際上很輕，看來應該是使用一般房屋室內常見的夾板門，亦即內部有空洞的門。因為是木製的，因此門板重量應該有十公斤左右。這樣的門，只要被成年人撞幾次，應該就會被撞破。此外，迷路坂也說過，西棟所有房間的門都是一樣的。也就是說，只要掌握這間房間的房門構造，就可以掌握其他房間的房門構造。這間房間的門是往裡面開的，因此西棟所有房間的門應該也都是往裡面開的。

我調查得越來越起勁，趴在地上檢視門板下方。門板與門框緊密貼合在一起，沒有縫隙。這扇門屬於那種「門板底下沒有縫隙」的類型，因此無法使用密室詭計的典型——把鑰匙從門板底下的縫隙塞回室內。光是發現這一點，就讓身為推理迷的我感到高興。

調查完房門之後，我就差不多準備要離開房間。我先前和夜月約定到大廳喝茶，因此便前往隔壁的二〇四號房。我敲了敲門，夜月打開門對我說：

「抱歉，我還在整理行李箱裡的東西。你先去吧。」

她雖然這麼說，但明顯是謊言。她的捲髮因為睡過而翹起來，應該是一直睡到剛剛才起床，需要一些時間來整理儀容。

我盯著她翹起來的頭髮，她就有些不好意思地用手稍稍梳理一下。

*

我無可奈何地獨自前往大廳。當我走下階梯來到西棟一樓，看到某個人的身影，不禁嚇了一跳。走廊的窗邊有一個女孩，正默默地眺望著庭院。白皙的肌膚、以及在肩膀上方剪齊的銀髮，一看就知道是外國人，而且她的相貌就如洋娃娃般端正。

她的年紀大概跟我差不多，看上去應該是高中生左右。

她發覺到我的身影，便對我微笑，然後以流暢的日語說「你好」。我也連忙回應：「你好。」和外國人說話讓我有些緊張。

相反地，這名女生則完全沒有顯露緊張的神情，笑瞇瞇地開啟閒聊的話題：「這裡真是好地方。到了夏天，一定是很棒的避暑勝地吧。」

她竟然知道「避暑勝地」這種艱澀的日語。

「妳是來這裡觀光的嗎？」我也回以閒聊的話題。她回答：「是的，我是來觀光的。聽說這附近會出現天竿魚。」

「天竿魚？」我感到疑惑，她便豎起食指對我說明：

「天竿魚就是會飛在天上的魚。簡單地說就是ＵＭＡ。」

「簡單地說就是ＵＭＡ？」

聽到這句話，我便僵住了。

……這個人感覺和夜月屬於同類。

面對突然出現的夜月特徵，我立即產生警戒，不過在苦惱之後，還是順著她的話題說：「天竿魚聽起來真浪漫。如果能夠看到飛在天上的魚，一定很棒。」我因為想要討可愛女生的歡心，做出鄉愿的發言。

不過也多虧如此，她展露出高興的笑臉，有些靦腆地說：「天竿魚真的很浪漫吧？我為了看天竿魚，特地從福岡來這裡。」
「福岡？不是從國外？」
「我是住在福岡的英國人。我從五歲就住在那裡。」
原來如此。怪不得她的日文說得這麼好。
我跟她聊了一陣子之後，準備要前往大廳。「那我先告辭了。」我對她鞠躬，她也同樣地對我鞠躬，然後在道別時，向我報出自己的名字：
「我叫芬里爾・愛麗斯哈莎德。我預定要在這裡待上一陣子，希望你能夠和我一起去尋找天竿魚。」
我豎起大拇指，對她說：
「我叫葛白香澄，非常樂意和妳一起去尋找天竿魚。」

＊

「香澄，不好了！這裡連不上網路！」坐在我對面的夜月一邊喝哈密瓜汽水，一邊發出悲痛的聲音。我坐在大廳的沙發上，喝著紅茶對她說：
「下計程車的時候，就已經收不到訊號了吧？」
「我知道，可是我以為到了旅館就可以用 Wi-Fi。」夜月發出「嗚嗚」的悲嘆聲，然後叫住正在擦拭隔壁咖啡桌的女僕迷路坂。
「抱歉，請問這裡沒有 Wi-Fi 嗎？」

「很抱歉。」迷路坂以不怎麼抱歉的口吻說。「這裡有接網路線，可是沒有裝設無線網路，所以手機收不到訊號。」

「嗚嗚，不會吧？根本就是陸上孤島嘛！」夜月哀怨地說，然後把手機收到口袋裡。接著她環顧大廳。大廳已經來了幾名住宿客人。

「今天來住宿的客人有幾位？」

「訂房的客人有十二位。」

「十二位？這麼多？」夜月瞪大眼睛，接著以若有所悟的表情說：「大家果然都對雪人有興趣。」

「雪人？」

「請不要理她。」我對迷路坂說。

迷路坂露出狐疑的神情，接著告訴我們旅館生意興隆的原因：

「雖然是自賣自誇，不過我們經理做的料理非常好吃。」

「妳是指詩葉井小姐？」夜月問。「這裡的料理是她親手做的嗎？」

「是的。她做的是義式創作料理，受到大家的好評。這間旅館之所以只接待長期住宿的客人，一開始是因為詩葉井小姐的任性，希望能夠讓客人吃到各式各樣的料理；不過也因為如此，有許多客人專程為了料理而來。像是坐在那邊的社先生也是。」

迷路坂望向坐在稍遠的座位談笑的男人。那名男人穿著似乎很昂貴的西裝，年約四十歲，與他談笑的則是穿著毛衣和牛仔褲、年約三十的男子。社先生大概是指那位四十歲左右的男人。

「順帶一提，社先生據說是某家公司的社長。」

「擔任社長的社先生。」夜月說。

「他非常喜歡本旅館的料理，經常光顧。不過我懷疑他是來追求經理的。」

聽她這麼說，我也感到認同。那個姓社的傢伙，看起來就是那種充滿自信的類型，眼神也顯得很貪婪——怎麼說呢，就是感覺很好色。

夜月問：「另一位是社先生的同伴嗎？」我望向正在和社說話的穿毛衣的男子。這個人和社不一樣，相貌氣質顯得很沉穩。

迷路坂說：「不是。那位客人聽說是第一次見到社先生。兩人的興趣都是手錶，所以看到彼此的手錶，立刻就聊開了。他們兩位都是從昨天開始住宿，只經過一天就變得那麼熟了。」

兩人看起來的確不像是剛認識的關係。話說回來，那名穿毛衣的男子戴著讓身為社長的社也注意到的手錶，想必其實也滿有錢的吧。

「是的，聽說他是醫生。」

「原來是醫生。」果然是上流階級的人。

「是的，他姓石川（Ishikawa）。」

「擔任醫生（Ishi）的石川。」夜月說。

「兩人戴的好像都是幾百萬圓的手錶。不過戴那麼高級的東西，在我看來反而顯得俗氣。」

迷路坂惡毒地評論。看來她是一位毒舌女僕。而且仔細想想，她還隨隨便便就說出客人職業等個人資訊，因此或許也是一位洩露個資女僕。做為談話對象雖然有趣，不過以旅館職員來說應該有點問題吧。

這位洩露個資女僕對我們鞠躬之後準備離去，我才想到有事要請她幫忙。我叫住她，她便顯得有些不耐煩地看著我。

「請問有什麼事嗎？」

「呃，怎麼說呢……」我喝了一口紅茶潤喉之後，說：「我聽說這棟屋子裡有一間房間，從雪城白夜持有屋子的時期就沒有動過。」

聽到我含糊不清的說法，迷路坂似乎立刻就會意過來：「啊，您也是為了那間房間來的嗎？就是那間『雪白館密室事件』的現場？」

我點頭。那裡是過去雪城白夜舉辦家庭派對時發生事件的現場。

迷路坂聳了聳肩說：

「我完全無法了解密室解謎有什麼好玩的，不過當然可以帶您去看。那間房間和經理的義大利創作料理，是本旅館的兩大賣點。」

我喝光紅茶，站起身，然後詢問還在喝哈密瓜汽水的夜月：

「妳也要去看嗎？」

「不用了，我一點興趣都沒有。」

她毫不遲疑地回答，讓我感覺很落寞。

＊

「雪白館密室事件」發生在與我住宿的西棟相反方向的東棟二樓。東棟二樓的走廊鋪著毛很長的地毯，走起來鬆鬆軟軟的。走在我前方的迷路坂停下腳步，指著一間房間的門，說：

「就是這間房間。」

原來就是這間房間——我心想。

我有些緊張地抓住門把。門打開了。這間房間的大小和我住宿的西棟房間差不多，大約有十個榻榻米大，不過有兩間房間連在一起。從房間入口看過去的左邊牆壁上有另一扇門，可以通到隔壁房間。隔壁的那間房間，才是「雪白館密室事件」真正的現場。

我進入室內，通過左邊牆壁的門。這扇門此刻是打開的。十年前，在事件發生的當下，據說也是打開的。

我踏入隔壁房間，首先看到的就是玩偶。不是插著刀子的法國人偶，而是毫無傷口的小熊布偶。大概是因為插著刀子的人偶太嚇人，所以才換成這個布偶。

我試著回憶之前在書上看過的事件概要。大致的經過如下：

事件發生在十年前——雪城白夜主辦的家庭派對。當所有人都在中央棟的客廳（現在改裝為大廳）用餐時，突然聽到東棟方面傳來女人的叫聲。大家嚇了一跳，前往慘叫聲傳來的東棟，在那裡又聽到一次叫聲。聲音似乎是從二樓傳來的。一行人上了階梯，在走廊上徘徊時，又聽到第三次的叫聲。這時大家總算明白聲音是從哪間房間傳來的。有人握住門把轉動，但門是鎖上的。其中一名賓客詢問雪城白夜。這個人是和白夜年齡相仿的推理小說作家。

「這間房間的鑰匙在哪？」

白夜回答：「那支鑰匙幾天前就不見了，不知道跑到哪裡去了。不過很奇怪，昨天檢查的時候，這間房間應該沒有上鎖才對。」

「這麼說，是有人鎖上門嗎？」

「只能這麼想了。」

這次換另一個賓客詢問。這個人是大出版社的年輕編輯。

「沒有主鑰匙嗎？」

「沒有。」白夜搖頭。

「可是您應該有主鑰匙吧？我看過您使用那支鑰匙。」

「喔，那是西棟的主鑰匙。西棟和東棟的鑰匙屬於不同系統。西棟的主鑰匙沒辦法打開東棟的房門，而東棟則沒有主鑰匙。」

「為什麼沒有？」

「這個嘛，我也不記得了。」

白夜故意避免正面回答。這時又有另一名賓客問他問題。這位是剛出道的十幾歲女作家。

「那麼也沒有備用鑰匙嗎？」

「沒有備用鑰匙。這座雪白館的鑰匙構造都很特殊，不可能製作備用鑰匙。」

「這一來，如果要進入房間，就只能打破窗戶了。」

「不行，窗戶裝了格子窗，沒有辦法讓人出入。」

「那到底要怎麼進入裡面……」

這時房裡再度傳來女人的叫聲。眾人面面相覷。

「沒辦法，只能撞破門了。」另一名賓客開口。這位是以辛辣著稱的三十多歲男性評論家。「白夜老師，沒關係吧？」

「畢竟這是緊急狀況。」

白夜不情願地點頭答應。

幾名體格高大的男人在往內開的房門前方站成一列，然後隨著吆喝聲同時撞向門。門發出嘎嘎的聲音。他們反覆撞了幾次，在快要到第十次時，門總算被撞開了。

被撞破的門猛烈打開。室內一片漆黑，有人摸索著打開電燈。

在燈光照亮的房間裡，沒有任何異狀。

「會不會是在那間房間？」大出版社的年輕編輯說。他指的是從門口看過去位在左邊牆上的門。那扇通往隔壁房間的門此刻是打開的。這扇門位在比牆壁中央偏右——也就是從入口看較偏裡面的位置。

眾人提心吊膽地走向通往隔壁房間的門。隔壁房間的燈似乎是和入口的主房間的燈是連動的。打開主房間的電燈之後，此刻隔壁房間的燈也是亮的，也因此，走到門口，就能清楚看到裡面的狀況。隔壁房間的地板上有一具插了一把刀的法國人偶，位置剛好在門的正前方。插在人偶身上的那把刀似乎連地板都貫穿了，刀刃有三十公分左右，朝著門口方向閃閃發光。

沒有人發出尖叫，但所有人似乎都感到震驚。

地板上躺著法國人偶的這間房間裡，除了這具人偶之外，還有另外兩個特殊的東西，或許可以看作是這起事件的遺留物。

第一個是掉在法國人偶旁邊的錄音筆。按下播放鍵，就聽到女人的慘叫聲。看來剛剛聽到的慘叫聲是從這支錄音筆播放的。

第二個則是掉在地上的瓶子，距離「被害人」角色的法國人偶稍遠一些。瓶子裡裝了一把鑰匙。白夜拿起透明的塑膠瓶說：「沒錯，就是這間房間的鑰匙。」

眾人開始議論紛紛。

「這麼說，這間房間——」和白夜年齡相仿的推理小說作家說，「是密室嗎？」

白夜說：「雖然很難相信，不過看樣子是這樣。」

「怎麼可能！白夜老師，請讓我看看那支鑰匙。」以辛辣著稱的三十多歲男性評論家說。他從白夜手中接過裝了鑰匙的瓶子，打開關得很緊的瓶蓋，拿出房間的鑰匙。「這是常見的詭計。反正這支鑰匙一定是假的吧？」

他邊說邊把鑰匙拿到房間入口的門，把鑰匙插入鎖孔，接著驚訝地瞪大眼睛。

「這是真的鑰匙。」以辛辣著稱的三十多歲男性評論家喃喃地說。

白夜說：「真不敢相信，竟然會發生這種事。」

「可是老師——」

「嗯？」

「您怎麼從剛剛就嘻皮笑臉的？」剛出道的十幾歲女作家問。

眾人的視線都集中到白夜身上。白夜臉上的笑容消失，若無其事地說：

「我沒有笑。」

「怎麼看都在笑吧？啊，該不會是老師——」

十幾歲的女作家說到這裡就停下來。她心想，不需要全部說出來。等到解開密室之謎之後再質問這個老頭也不遲。

她朝著白夜露出宣戰般的挑釁笑容。露出這個笑容的不只是她。和白夜同輩的推理小說作家、大出版社的年輕編輯、以辛辣著稱的三十多歲男性評論家、還有其他的賓客，全都抱著同樣的心情。

自己一定要最早解開這個謎，給這個老頭子一點顏色瞧瞧。

就這樣，家庭派對的隱藏版活動——「雪白館密室事件」的推理大會——就開始了。

在一夜當中，眾人提出各式各樣的推理，但沒有一個人得到真正的答案。

以上就是我在書上讀到的「雪白館密室事件」概要。這是在場的十幾歲女作家（現在是二十多歲，已經得過好幾個大獎）在短篇集的書末記載的內容。我因為反覆讀過好幾次，因此記得很清楚。

我吁了一口氣，然後立刻展開調查。我首先檢查這間房間唯一的窗戶。窗戶位在連結主房間與這間房間的門的正對面。這扇窗戶很大，從地板高達天花板。就如之前聽說的，窗戶上裝了金屬格子窗。窗戶可以橫向開關，在事件發生時似乎是打開的，不過因為裝了格子窗，因此沒有人能夠從窗戶出入。

檢查完窗戶之後，我便去調查這起事件最重要的遺留物，也就是裝在瓶子裡的房間鑰匙。我撿起掉在地上的這個瓶子。

瓶子比我想像的還要小，大概只有相機底片盒那麼大。瓶蓋像果醬瓶一樣是金屬製的，可以轉開，不過在案發時當然是緊閉的。瓶蓋上方有一個小小的0型突起物，似乎是為了穿過繩子用的。

我端詳了這個突起物片刻，然後把視線移向瓶中的鑰匙。在我身旁無事可做的迷路坂告訴我：「這是這間房間的鑰匙。不是複製品，是真實的鑰匙，所以請小心不要弄丟了。」

這支鑰匙比我住宿的西棟房間的鑰匙小了很多，長度大約五公分左右，足以放入遺留在現場的塑膠製小瓶子裡，不過並不能通過裝在這間房間的正方形格子窗。格子窗上的每一個格子大小，都比裝在瓶子裡的鑰匙還要小。也就是說，犯人無法從格子窗的格子把鑰匙放入室內。不過如果是從其他地方——

「原來如此。」我喃喃地說。迷路坂問：「什麼東西原來如此？」

雪白館密室事件的現場

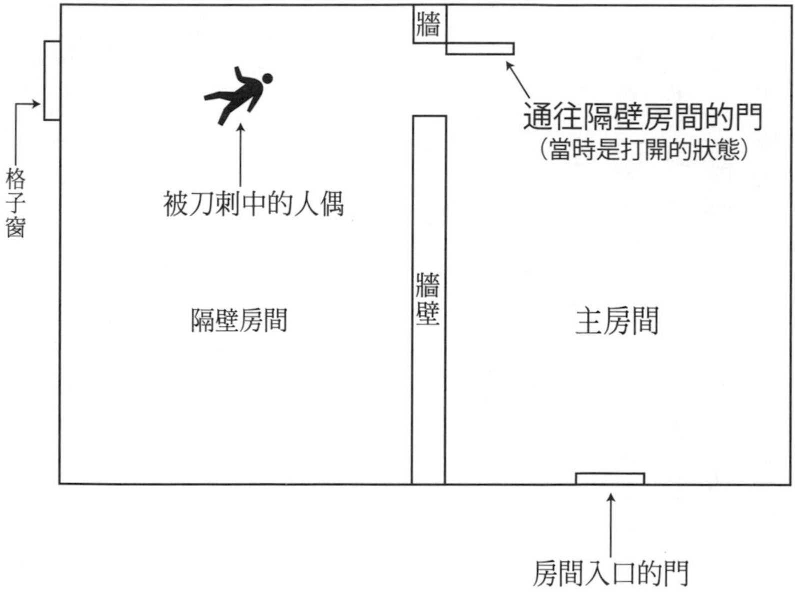

牆
通往隔壁房間的門
（當時是打開的狀態）
格子窗
被刀刺中的人偶
牆壁
隔壁房間
主房間
房間入口的門

我拿著小瓶子走向主房間的入口。迷路坂也跟過來。我和她一起走出房間到走廊上，關上門，然後跪在厚厚的地毯上，俯身檢視門板下方。

「……您在做什麼？」迷路坂狐疑地問。我回答她：「我在調查門板下方的縫隙。」

門的下方有縫隙。我住宿的西棟房間的門沒有這樣的縫隙，可見東棟房間的構造並不一樣。話說回來，記載事件的書上有提到這一點，因此我事先就已經知道這項資訊。

我如此說明，迷路坂就對我說：

「正確地說，門板下方有縫隙的房間，只有東棟二樓和三樓的客房。東棟是三層樓的建築，只有一樓房間的門板下方沒有縫隙。」

「為什麼一樓的門沒有縫隙？」

「那是因為一樓房間地板沒有鋪地毯。」

我感到不解，不過很快地我就理解到這句話的意思。

「也就是說，門板下方的縫隙是為了不要勾到地板才做的嗎？」

迷路坂點頭。我理解之後，重新檢視這扇門。

房間入口的門是往裡面開的，室內和走廊同樣鋪了毛很長的地毯。走廊的地毯毛長七公分左右，室內地毯的毛長則是一公分左右。樓上的三樓想必也是同樣的式樣。也因此，如果門板下方沒有縫隙，打開門時就會勾到地板，無法正常開關。

門板下方的縫隙，通常是密室中非常重要的環節。雖然隱藏在走廊的長毛地毯中幾乎看不見，不過這扇門確實存在著縫隙。那麼得到的結論就是——

我從塑膠製的小瓶子中拿出房間鑰匙，然後試著從門板底下的縫隙塞進去。以鑰匙的大小來說，要通過縫隙完全沒問題。使用鑰匙鎖上門之後，的確可以從門底下的縫隙把鑰匙放回室內。這一來，接下來要確認的就是——

我把鑰匙放入瓶子裡，關上蓋子，然後試著把瓶子塞入門板下方的縫隙。

塑膠瓶卡到門板，發出「喀、喀」的聲音。看來這個瓶子的大小並不能通過門板底下的縫隙。

「唔～」

我看到迷路坂在打呵欠，心中湧起一陣悲哀。

那麼就來嘗試別的方式——我觀察這扇門，看到門內側沒有門鎖旋鈕，只有鎖孔。也就是說，這扇門如果要從房間裡面鎖上，也需要有鑰匙。這一來就沒辦法使用以細線施力於旋鈕來鎖門之類的詭計了。

也就是說，要製造密室，仍舊必須由門外利用鑰匙鎖門才行——

「……問題是要如何把鑰匙送回房間裡。」

「沒錯，問題就在於不知道那個手段。」

這時突然有陌生的聲音插嘴，我便轉向聲音傳來的方向。

站在那裡的是一名男子。這名男子穿著宛如戰前的英國人穿的那種老式西裝，年齡大約二十五、六歲，個子跟我差不多高，面貌則相當英俊。他的五官深邃，短髮以髮蠟往後抹，露出散發理性魅力的額頭。

「探岡先生。」迷路坂開口稱呼他，接著無奈地嘆了一口氣。「您怎麼又來了？我以為您已經回到房間了。」

「沒有，我只是去上洗手間而已，順便去轉換一下心情。畢竟如果一直思考同樣的問題，就會陷入泥沼而無法動彈。」被稱作探岡的男人說。

我從兩人的對話大概猜到了眼前的狀況。

這個叫探岡的男人想必是先到的客人。他當然也是這家旅館的客人，不過我所謂的先到的客人不是這個意思，而是指他想必也跟我一樣，正在挑戰「雪白館密室事件」，而且他比我早一步開始調查。

「你想得沒錯。」探岡似乎猜到我的想法。「我跟你一樣，在挑戰這間密室。啊！抱歉，我還沒有自我介紹——這是我的名片。」

探岡從口袋掏出名片給我。我看到名片上寫著「密室偵探　探岡英治」。密室偵探——原來這個人是密室偵探。

密室偵探是在這個國家的密室謀殺案越來越多之後出現的新行業。目前在日本發生的密室殺人案件當中，有三成是非常單純的詭計，譬如對門鎖旋鈕施加物理性的力量轉動，或是犯人躲在室內等等，不過剩餘的七成則使用相當複雜、或是相當先進的詭計，不是一般警察能夠處理的。也因此，警方便委託外界的偵探解開這些謎團，而委託的對象就是密室偵探。他們透過解開密室之謎，領取國家的報酬。

不過能夠獲得警察委託協助的，只有一小部分的密室偵探，大多數的偵探光靠密室無法餬口，必須藉由調查外遇或尋找走失的狗才能養活自己。

探岡或許注意到我懷疑的視線，聳聳肩說：

「喂，別用那種眼神看我。我好歹也曾經入選《這個密室偵探真厲害》排行榜的前十名。」

「真的？好厲害！」

我立刻轉換態度。《這個密室偵探真厲害》是半年發行一次的雜誌，以解決事件的實績為依據，刊登密室偵探的排行。能夠進入這個排行榜的前十名，是一件很光榮的事。

這本雜誌我每一期都有看，因此我應該也知道這個人的名字才對。我努力搜尋記憶。探岡英治——這個名字的確好像在哪裡聽過，是在什麼地方呢？

不過針對探岡這個名字，我總算想到的內容，卻是跟《這個密室偵探真厲害》完全不相關的某則新聞。

「……探岡先生，你是不是前陣子傳出外遇緋聞？」

「啊……這件事請你忘掉吧！」

探岡立刻回答。他露出無奈的苦笑。

在我的印象中，這則緋聞應該是在大約一年前出現在週刊上：入選《這個密室偵探真厲害》排行榜的年輕偵探和已婚女性外遇。我記得當時感到很驚訝：沒想到這年頭，連偵探外遇都會被報導。

「那是很慘痛的回憶。」探岡聳聳肩。「總之，偵探也有擅長跟不擅長的事。我雖然擅長解決案件，卻不擅長解決戀愛之謎。」
探岡說出很帥氣的句子——不，或許也不怎麼帥氣。
他咳了一下，又說：
「總之，我是專攻密室的偵探，這次是為了雜誌採訪來到此地。我先說好，不是採訪外遇新聞。那是一本推理類的雜誌，想要推出由我在『雪白館密室事件』現場接受採訪的企畫，我當然也會挑戰解開事件之謎。不過記者好像還沒有到，所以我就先來這裡進行調查。等記者到達的時候，輕易地解開謎團，感覺比較帥吧？」
他的說法還滿務實的。我問他：
「這麼說——你解開到什麼程度？」
「老實說，目前完全沒有頭緒。」探岡聳聳肩。「就像你剛剛試過的，鑰匙裝在瓶子裡，根本沒辦法通過門底下的縫隙。也就是說，犯人——或者應該說是雪白城夜——並不是把鑰匙裝在瓶子之後放回密室，而是把鑰匙放回密室之後再裝入瓶子裡。」
「哦，果然如此。」我說，「也就是說，他從門板底下把鑰匙塞回室內，然後利用釣繩之類的，把鑰匙移動到隔壁房間，再用某種方式裝進瓶子裡。」
「哦，小弟弟，你還滿懂的嘛。」探岡吹了聲口哨表示讚嘆。「所以說，這裡的問題有兩個：一，他是如何把鑰匙放入瓶子裡的；二，他是怎麼關上瓶蓋的。」
「一的話，只要努力點應該辦得到，不過二的話應該就很難了。」
「沒錯。我想過把釣繩捲在瓶蓋上，然後讓瓶蓋旋轉關上；問題是瓶子沒有固定在地板上，所以就物理方面來看，應該很難辦到。那麼他到底是怎麼關上瓶蓋的？」

「那比方說這樣的情況呢？把打開瓶蓋的瓶子橫倒在地上，放在房門的內側，然後從走廊上用彈指的方式，把鑰匙從門板底下的縫隙彈進瓶子裡。這樣就可以把鑰匙放進瓶子裡了。接下來就用細竿子之類的，從門板底下的縫隙設法關上瓶蓋。」

「接著就只需要把瓶子移動到隔壁房間了。」探岡點了點頭。「所幸瓶蓋上有『0』型的突起物。把繩子穿過這個環，的確可以移動瓶子。不過很遺憾的是，這個詭計不可能實現。就如你所看到的，門底下的縫隙很狹窄，只有一公分左右。從這個縫隙利用鐵絲之類的，也不可能關上瓶蓋。更何況當時據說瓶蓋關得很緊。如果不用手直接旋轉，不可能關得那麼緊。」

「那麼到底是怎麼辦到的？」

「這就是問題所在。雪城白夜也真是的，設計這種不可能的犯罪。」

迷路坂冷冷地看著我們互相討論，接著嘆了一口氣，說：「請兩位慢慢聊。」然後就離開了。

＊

順帶一提，當時在場的十幾歲女作家紀錄的「雪白館密室事件」文中，以推理小說作家雪城白夜的臺詞做為結尾——據說在破曉之後，推理大會結束時，白夜仍舊沒有承認自己是犯人，不過他只對那位女作家說了這句話：

「很遺憾。光從目前呈現的線索當中，就足以解開這個密室之謎了。」

*

兩小時候，我和探岡被密室之謎徹底打敗，步履蹣跚地回到大廳。探岡對我說「待會再繼續吧」之後，搖搖晃晃地前往窗邊的座位。看來他應該是累了。話說回來，我當然也很累。

夜月坐在靠近櫃檯的座位，因此我就到那裡跟她會合。她正在玩手機遊戲，發覺到我接近便抬起頭。

「辛苦了。密室之謎怎麼樣了？」

「老實說，我完全搞不懂。」

「我想也是。我早就料到了。」

她說完再度把視線移回手機。我雖然感到惱火，但悲哀地是我也無法反駁她。我向迷路坂點了香蕉果汁之後，坐在沙發上閉上眼睛。好累，身體好像變成泥巴一樣。真希望可以就這樣沉睡……

不過夜月卻踢了我的小腿。我原本以為她的腳只是不小心碰到，因此沒有理她，結果她又狠狠踢了一次。果然不是不小心的。這個女人怎麼這麼過分？

我張開眼睛，看到夜月臉上絲毫沒有歉意。她不知為何很興奮地對我低聲說：

「香澄，香澄。」

「吵死了。幹麼？」

「你看那邊。」

夜月指著櫃檯的方向。有一對看似房客的男女站在那裡。男人大約二十七、八歲，跟他在一起的女生則大約十五、六歲，兩人怎麼看都不是情侶。男人戴著眼睛，長相普通；相對地，女生則非常亮眼。她的棕髮綁成兩條馬尾，臉孔雖然稚嫩卻很漂亮，容貌相當吸引人。這個女生感覺有很強大的存在感，而且我好像在哪裡看過她。

「她是長谷見梨梨亞。你應該也知道，就是主演晨間連續劇的女星。」

「啊！」

我不禁發出聲音。梨梨亞看了我們這邊一眼，我連忙迴避視線。

梨梨亞——長谷見梨梨亞——在播放到秋天的晨間連續劇中擔任主角，堪稱國民女星。我記得她好像是十五歲，原本就頗有人氣，在演出晨間連續劇之後更是爆紅，目前在戲劇和綜藝節目都很搶手。

典型俗人的我和夜月當然很興奮。

「香澄，你看，怎麼看都是她本人吧？」

「嗯，怎麼看都是她本人。」

「好可愛！」

「的確。」

「待會去跟她要簽名吧？」

「她不會覺得很煩嗎？」

「誰叫她是明星。」

「說得也是。」

「既然是明星，當然得服務粉絲。」

我們一邊說悄悄話一邊注視梨梨亞。梨梨亞在櫃檯從經理詩葉井手中拿了鑰匙，看了鑰匙上刻的房間號碼之後，高興地說：

「哇，是〇〇一號房！應該就是那間別屋吧？」

「是的，這間房間是西棟的別屋，也就是雪城白夜寫作用的房間。」

「哇，果然沒錯！梨梨亞是雪城老師的超級書迷，所以一直想要住住看。」

原來梨梨亞是雪城白夜的書迷——我得知意外的事實。實際見到梨梨亞，感覺是那種裝可愛裝得很誇張的類型。雖然說，在綜藝節目上也常看到她表現出這樣的性格……

「好高興喔！謝謝妳～」梨梨亞喜孜孜地握住鑰匙，對詩葉井道謝。接著她忽然收起笑容，對同行的男人說：

「真似井，你先把行李搬到房間前面。」

她說這句話的聲音冷淡到嚇人。被稱作真似井的男人回應「好的」，然後就拎起放在地板上的名牌旅行箱(應該是梨梨亞的旅行箱)走入西棟。
梨梨亞再度笑瞇瞇地面對詩葉井,對她說:
「這裡的大廳可以喝茶嗎?梨梨亞口好渴喔~」
「啊……是的。只要吩咐在那裡的女僕,就可以點各種飲料。」
「真的嗎?太好了!抱歉,女僕小姐,我可以點飲料嗎?」
梨梨亞開心地跑向迷路坂。
這個女生感覺表裡差好多。真似井大概是她的經紀人,不過看到她那麼冷淡的態度,就會覺得藝人好可怕。
「真似井(Manei)也真辛苦,誰叫他是經紀人(Manager)。」夜月又開始找雙關語。
迷路坂端來我剛剛點的香蕉果汁。我喝了一口,漫不經心地望著大廳,發覺到已經有不少房客聚集到大廳。社社長和石川醫生似乎還在聊手錶的話題,晨間連續劇女星梨梨亞則開心地在喝葡萄柚果汁。探岡偵探疲憊不堪地坐在沙發上。包含我和夜月在內,此刻總共有六名房客在這間大廳。今晚住宿的房客人數據說是十二人,因此等於有一半聚集在這裡。
我正想像著剩下的房客是什麼樣的人物,就看到她的身影。我瞬間渾身起雞皮疙瘩。我感到不敢置信。她為什麼會在這裡?
她似乎剛好從西棟來到大廳。長達腰際的黑髮、美麗端正的五官、清爽的臉孔、以及細長的大眼睛——我沒有看過比她更符合「美少女」這個詞的人物。

不過她的姿態比我記憶中稍微成熟了一點。這也是當然的，畢竟上次我跟她見面，已經是一年多前了。

我不知不覺站起來，走到她面前。她發現到我，瞪大眼睛，驚訝地說：

「葛白？」

我沒有點頭，只說：

「蜜村，好久不見。」

這時的我內心相當慶幸自己來到此地。當初夜月說要來找雪人的時候，我還覺得莫名其妙，但這個報酬絕對值回票價。

「好久不見。」她對我露出笑容。

這就是我和蜜村漆璃暌違一年的重逢。

＊

「香澄，這位是誰？」

夜月似乎很在意我和蜜村的關係，興沖沖地湊過來。

我告訴她：「該怎麼說呢……她是我的國中同學。我們當時都參加文藝社。」

話雖這麼說，但文藝社的社員只有我和蜜村兩個。也因此，在她離開文藝社之前，我在放學後的時間幾乎都和她一起度過。

我這樣告訴夜月，她便一副若有所悟的表情，對我說：

「原來如此。也就是說，她是你的前女友。」

才不是！這傢伙到底是怎麼聽的？

「要不然就是比朋友更親密、可是還不到情人的關係？」

「夜月，妳到底是怎麼聽的？」

「葛白，這位是誰？」

這回輪到蜜村問我。她似乎也想知道我和夜月的關係。

「嗯……怎麼說呢？」這個問題很難回答。「應該算是從小認識的朋友吧。她住在我家隔壁，小時候就像我姊姊一樣。」

「原來如此。」蜜村點頭。「也就是比童年玩伴更親密、可是還不到姊姊的關係。」

她的形容方式很奇妙。

我狐疑地看著她，然後純粹出自好奇問她：

「對了，蜜村，妳今天怎麼會在這裡？」

夜月問：「妳也是來找雪人的嗎？」

「雪人？不是，我只是來旅行的。」蜜村說。「這裡會有雪人出現嗎？」

夜月得意地挺起胸膛說：「會呀！」

「應該不會吧」我回答。

「到底會還是不會？」

蜜村困惑地問，接著輕聲笑出來。我們感到詫異，她便笑著說：「沒有，我只是感到有點懷念。好久沒有跟葛白聊天了。」

「這樣啊。那妳一定感到很懷念吧。」夜月如此附和。接著她似乎感到好奇，詢問蜜村：「香澄國中的時候是什麼樣子？」

「這個嘛……」蜜村搜尋記憶，然後回答：「怎麼說呢，感覺滿裝腔作勢的，走路時也總是一副『我是獨行俠』的表情。」

哪有？那是什麼表情？就算是國中的時候，我也沒有擺出那種表情在走路吧？

「還有，我曾經聽說過，他對朋友宣稱：『我擁有特殊能力，只要看過一次的東西，就能像拍照一樣記住。不過因為這項能力會對大腦造成負擔，所以在平常考試的時候不會使用。只有在世界面臨危機的時候，我才會使用這項能力。』」

國中時期的我太可恥了吧？雖然我搞不好真的說過，可是這種話在經過一段時間之後，不是就應該停止追究了嗎？

夜月無視於我內心的吶喊，問她：

「這段可以請妳說得更詳細一點嗎？」

「好啊，我們邊喝茶邊聊吧。」

兩人談起我的壞話意氣相投，一起走到咖啡桌的座位坐下。我也跟她們坐在同一桌。蜜村看似個性冷靜正經，不過其實有些地方滿隨便的。我必須好好監視她，避免她說些有的沒的。

正當我在監視這兩人，一名男子從西棟回來。戴著眼鏡、相貌普通的這名男子，就是晨間劇女星長谷見梨梨亞的經紀人，好像是叫作真似井吧。真似井來到坐在沙發上休息的梨梨亞對面坐下，然後從手中的公事包拿出一張印了字的紙，放在桌上。

喝著葡萄柚汁的梨梨亞看著那張紙，問他：

「真似井，那是什麼？」

「這是綜藝節目的問卷調查。」

「哇！」

梨梨亞明顯露出嫌惡的表情，把果汁的吸管放入嘴裡說：

「梨梨亞現在沒心情做那種事。」

「不行，妳必須仔細填寫問卷才行。」

「可是梨梨亞拿不動比筷子更重的東西。筆應該比筷子重吧？」

「那要看材質。」

我心想，那當然了。

梨梨亞似乎越來越不高興。

「你聽不懂嗎？梨梨亞不想寫問卷。」

「可是綜藝節目的問卷調查很重要。」真似井出乎意外地以堅決的態度回應。「問卷調查的內容會影響機會的多寡。寫得越多，主持人就會給妳越多說話的機會；相反地，要是問卷調查的內容很空洞，主持人和工作人員就會認定妳不夠積極。」

「嗯，我明白。所以我要你來幫我寫。」

「這樣說下去只是在繞圈圈而已。」

「也許是中了這樣的魔法吧？」

梨梨亞喝完果汁，粗暴地從真似井手中奪取問卷調查。

「我知道了，那我就回、房、間、去、寫！」

她忿忿地站起來，然後臭著一張臉走入西棟。真似井深深嘆了一口氣。

在梨梨亞與真似井對話的過程中，夜月和蜜村仍一直很起勁地聊我國中時期的事，黑歷史不斷被挖掘出來，不過此時兩人卻突然停止對話。在梨梨亞走出大廳的時刻，開始下起雪。

窗戶外面——下著雪。

雪片閃閃發光，迅速地從空中往下飄，宛若幻境般堆積在地面。庭院被白雪覆蓋。我想到這是我今年第一次看到雪，而且還是在旅行途中看到雪，便難以抑制內心的興奮。聚集在大廳的其他房客也紛紛望向窗外。

社社長、石川醫生和探岡偵探，還有剛剛和梨梨亞爭執的真似井，都像是在轉換心情般眺望窗外，就連正在端咖啡的迷路坂也看著窗外。只有詩葉井經理在接待處的櫃檯敲著電腦鍵盤。

今晚住宿在這家旅館的客人聽說有十二人，其中七人此刻聚集在這裡。在我認識的客人當中，不在場的只有梨梨亞和那位名叫芬里爾的英國人。

開始下雪後十分鐘左右，芬里爾也來到大廳。她穿著大衣，肩膀上積了雪，看來應該是剛剛在庭院散步。這一來大廳中的客人就有八人。銀髮被雪沾濕的芬里爾在大廳內東張西望了片刻，當她發現到我，便高興地走過來。

「葛白。」她把一樣東西放在咖啡桌上。那是用雪做成的兔子。「這是給你的禮物。」

小小的雪兔站在木紋的餐桌上。好可愛。

芬里爾笑瞇瞇地對我說：

「你一定要吃吃看。」

「什麼？妳要我吃它？」

「裡面有包紅豆餡。」

「……真的假的？」

我戰戰兢兢地準備咬下去時，芬里爾才笑著說「我是開玩笑的」。她像個頑童般離開我們的座位，接著又快步前往窗邊，拿出手機開始拍攝庭院。窗外的雪下得越來越大了。

過了二十分鐘左右，雪總算停了，不過窗外已經變成一片銀色世界。被高聳的圍牆環繞的豪宅庭院被染成雪白色。

雪停了之後，聚集在大廳的八名客人便陸陸續續離席。一直在櫃檯工作的詩葉井也伸了一個懶腰，前往餐廳棟，迷路坂則接替她進入櫃檯。

我也準備回到房間。芬里爾給我的雪兔變得有些軟趴趴的。我必須在它融化之前，放進房間的冰箱延長壽命才行。

＊

晚上七點，我和夜月一同前往餐廳棟。

晚餐似乎已經開始了。餐廳北側的一整面牆都是採光用的玻璃窗。此刻雖然只能看到漆黑一片，不過在白天感覺應該感覺很開闊吧。寬敞的室內有幾張餐桌，客人各自坐在位子上品嚐料理。座位似乎都有預先安排。我和夜月前往擺了「朝比奈小姐・葛白先生」名牌的餐桌前坐下。迷路坂看到我們入座，立刻端上料理。

「這道是『主廚心血來潮開胃菜～伴隨南歐、西歐、北歐的風～』。」

第一道菜就是莫名其妙的料理，完全無從得知是哪一國料理。

「這算是多國籍料理吧？這個西班牙煎蛋是西班牙料理，這個薄片生肉（carpaccio）是義大利料理，然後這個用鯡魚做的不知道什麼東西，應該是北歐料理？」夜月吃了那個用鯡魚做的不知道什麼東西，然後瞪大眼睛。「這料理怎麼搞的？怎麼這麼好吃？」

「真的？」

「你吃吃看。保證舌頭會融化到喪失原形。」

我可不希望舌頭喪失原形。

我和夜月一樣，吃了那道鯡魚料理，然後不禁發出「哇哇哇」的聲音。

「這料理怎麼搞的？怎麼這麼好吃？」

「舌頭都要融化了吧？」

「真的會融化。這大概是我吃過最好吃的魚料理。」

吃了料理感到興奮不已的我，不禁想要表達對主廚的欽佩。我彈了手指，呼喚在附近端菜的迷路坂。

迷路坂走過來，我便對她說：

「料理非常好吃。」

「哦，這樣啊。」

她的回覆簡短而冷淡，讓我感到很受傷。

夜月不理會傷心的我，開始和迷路坂對話：

「妳是不是說過，這道料理是經理做的？」

「是的，這些料理都是詩葉井小姐做的。不是我自賣自誇，她的手藝不輸給東京一流名廚。」

「蔬菜也很新鮮——像這個番茄也是。」

「哦，那是詩葉井小姐的妹妹送來的。詩葉井小姐有一位雙胞胎妹妹，在山梨縣務農。」

兩人聊得很熱絡，讓我感到不可思議。跟我之間的對話明明都聊不起來。

這時我忽然想到之前就感到在意的問題，便問迷路坂：

「請問妳和詩葉井小姐有什麼關係嗎？」

「您指的關係是指什麼？」

「呃……我只是想到，妳們只有兩個人在管理這間旅館，所以會不會是從以前就認識……」

這家旅館的位置很偏僻，迷路坂似乎也住在旅館內工作，因此我猜想她們或許原本就不是完全的陌生人，而是彼此之間有某種關連。

這回我的直覺猜中了。

迷路坂說：「是的，我們的確從以前就認識。詩葉井小姐是我高中時的恩師。畢業之後，我們也偶爾會見面。後來我聽說她辭去學校的工作，開始經營旅館，於是我就自然而然地過來幫忙。反正我當時正好在當尼特族。」

原來她原本是尼特族。

「不過詩葉井小姐也真厲害。」夜月邊吃鯡魚邊說，「她應該才三十歲左右吧？竟然有錢可以買這麼大的屋子。」

夜月感嘆地說到這裡，忽然好像想到什麼，豎起食指怯生生地問：

「她該不會是中了樂透吧？」

「不是。」迷路坂搖頭。「不過也滿接近的。」

「滿接近的？」

「詩葉井小姐從以前就很有異性緣，尤其受到年長者喜愛。」迷路坂說到這裡壓低聲音，繼續說：「大概在我高中畢業的時候，她和年紀相差四十歲左右的富豪結婚。過了一年之後，對方過世，留給她幾十億的遺產。她用那筆錢買了這棟屋子，現在就很悠閒自在地經營旅館。」

「這、這樣啊。」夜月回應。「原來她有這樣的一段往事。」

迷路坂說：「沒錯，詩葉井小姐是一位具有魔性的女人。她還在當老師的時候，也曾經和男學生交往，鬧出一些緋聞。不過另一方面，她也是很受學生歡迎的好老師。」

迷路坂最後總算幫她辯護了一句之後就離開了。只不過這樣不知道能不能算是幫她辯護。

＊

晚餐後，我在自己房間洗完澡，想要到自動販賣機買些飲料，走在西棟走廊上時，忽然看到可疑的人影。仔細一看，原來是晨間劇女星長谷見梨梨亞。她手上拿著類似收發器的東西，以嚴肅的表情把機器上的天線指向各個方向。

「呃……請問妳在做什麼？」

「喵！」

梨梨亞聽到背後突然有人說話，似乎嚇了一跳。她一邊深呼吸一邊轉頭看我，露出詫異的表情。

「你是誰？」

「我只是一般的房客。」

「為什麼一般的房客有權利跟梨梨亞說話？」

這句話未免也太過分了一點。梨梨亞看到我的表情，似乎也稍微反省，連忙緩頰說：

「才怪，我是開玩笑的。儘管跟我說話吧。你也知道，梨梨亞最重視粉絲服務了。我甚至想要改名為『長谷見・粉絲服務・梨梨亞』。」

「哦……」

「你怎麼只說『哦』……反應真平淡。你該不會是在緊張吧？我可以了解，畢竟梨梨亞是國民女星，平均收視率二十五％的女人。」

「哦……」

喀！

「唔！」

不知為何，她狠狠地踢了我的小腿一腳。這女的是怎麼搞的？不要逼我去向週刊投訴！

梨梨亞毫無道歉的意思，俯視著痛到說不出話的我。

「你要是敢去向週刊告密，我就殺了你。」

梨梨亞笑容可掬地說……這女的是怎麼搞的？個性太差了吧？

「……話說回來，」當我的疼痛總算稍微平息，她俯視著我詢問，「你跟梨梨亞搭訕有什麼目的？你想要簽名嗎？還是要拍照？如果是這種程度的願望，可以答應你，當作是踢你小腿的封口費。」

「才不是。」我忿忿地說。我絕對不再想要這種女人的簽名。「我只是好奇，妳拿著那個怪怪的機器在幹什麼。」

我指著她手中類似收發器的機器。梨梨亞知道我不是要她的簽名，似乎有些不高興。「原來是這種事啊。」她的表情顯得興致缺缺。

她舉起看似收發器的機器說：「這是尋找竊聽器的機器。」

「尋找竊聽器的機器？」

為什麼要用到這種東西？

梨梨亞似乎察覺到我內心的疑惑，嘆了一口氣說：

「你也知道，梨梨亞是國民女星。」

「哦……」

「你還想被踢小腿嗎？」

「我不想被踢。」

「真的？你該不是內心其實想要被梨梨亞踢，才故意擺出這種態度吧？」

這是天大的誣賴。真的是——天大的誣賴。

梨梨亞繼續說：「好吧，算了。總之，像梨梨亞這樣，既是國民女星，又是出道曲播放兩億次的歌手，隨時都會成為媒體的目標，而且還有幾乎就像跟蹤狂的粉絲，所以必須隨時警戒才行。在旅行或出差要住在飯店的時候，都會用這個機器來檢查房間裡有沒有竊聽器或偷拍器。」

她揮了揮類似收發器的機器。

我差點又要說「哦」，但連忙止住，改口說「原來如此」。我努力裝出很有興趣的態度問她：「也就是說，這個機器可以接收到竊聽器或偷拍器發出的電波吧？」

「沒錯。你懂得很多嘛，奴才。」

「……我不是奴才。」

「那麼是僕人嗎？總之，只要有了這個，就可以輕易發現竊聽器或是攝影機。今天我也花了三十分鐘左右徹底調查過。」

「這……這樣啊。」這個人也真閒。有這麼多時間，還不如去填寫綜藝節目的問卷調查。

不過這時我忽然想到一件事。

「這種雜務怎麼不交給經紀人去做？不需要特地勞煩妳來做吧？」

梨梨亞聽我這麼說，就用看到可憐孩子的眼神看著我。我被梨梨亞憐憫了。

她嘆了一口氣說：「你在說什麼？我怎麼可能讓真似井來做這種事。」

哦，原來如此——我對梨梨亞稍微有些刮目相看。

「說得也是，妳的經紀人應該也很忙。原來妳是想要稍微減輕他的負擔。」

梨梨亞聽了我的話呆住了，接著用嗤之以鼻的口吻說：

「才不是。梨梨亞只是不想讓他進入房間。你不知道，那個人是重度的偶像宅，到現在還會在假日的時候去參加握手會，很噁心吧？梨梨亞怎麼可能讓那種人進入自己的房間。誰知道他會做什麼。那個人反而最有可能會裝竊聽器。」

看來梨梨亞對於真似井的信任度等於零。我為自己對她刮目相看而感到後悔。

梨梨亞似乎厭倦了和我說話，單手拿著類似收發器的機器，再度開始尋找竊聽器。

我對她說「下次見」，原本以為她不會理我，沒想到她卻回了我一句：「晚安，奴才。」

＊

我在大廳把硬幣投入自動販賣機，買了水果牛奶。我邊喝水果牛奶邊轉臺，看到這附近發生巴士重大車禍的電視新聞。根據報導，這場車禍中有兩人喪命。播報員報出死者的名字：「死亡的是中西千鶴、黑山春樹——」這時我聽到身後傳來「啊」的叫聲。我回頭，看到站在那裡的是迷路坂。

迷路坂難得露出驚訝的表情。我擔心地問：

「該不會是妳認識的人吧？」

「也不能說是認識……」她有些吞吞吐吐地回答，接著以遲疑的語氣說：「這兩位都是今天預定要來這裡住宿的客人。我原本想說怎麼這麼晚還沒到，沒想到竟然發生這種事。」

聽到她的話，我不禁瞪大眼睛。預定要來這裡住宿的客人死了？

大廳裡的其他客人聽到我們的對話，也紛紛湊過來。探岡偵探問：「這是真的嗎？」英國人芬里爾說：「真不敢相信。」另外也有人用悠閒的口吻說：「原來是發生了這種事。」這個人是——我記得好像是石川醫生。

「怎麼了？發生什麼事了？」剛剛來到大廳的夜月也加入對話。她聽到事情原委之後，跟我一樣瞪大眼睛。

這時我聽到從玄關傳來清晰的腳步聲。

在緊繃的氣氛當中，在場的所有人都同時注視那裡。原本就因為車禍新聞感到震驚的眾人，在看到突然出現的男人之後，內心產生更大的動搖。

那是一名年約三十的男子。看他從玄關方面走過來的樣子，想必是這間旅館的房客。今晚住宿在這間旅館的客人總共應該有十二人。館內已經有九人，原本預定要住宿的兩人在車禍中喪生，這一來，此刻出現的這名男人應該就是第十二位客人——遲來的最後一位客人。

問題在於他的穿著。

這名男子穿著類似天主教神父的宗教服裝。全白的服裝左胸部分畫著十字架，但是被釘在上面的不是基督，而是沒有肉身的骷髏。

我看過這個十字架的圖案。那是某個宗教組織的標誌。我輕聲說出這個宗教團體的名字：

「『曉之塔』。」

聽到我的話，所有人再度變得緊張。夜月對我說：「『曉之塔』不就是崇拜屍體的那個——」

嚴格來說，這個認知是錯誤的。他們崇拜的不是屍體，而是命案現場。

「曉之塔」是最近信徒增加的宗教團體，不過它並不是新興宗教，歷史出乎意料地古老。它創立於十七世紀左右的法國，雖然不知道是真是假，不過據說在全世界有將近十萬名信徒。戰後不久也傳入日本，但是勢力開始擴大卻是在三年前——也就是日本最初的密室殺人案件發生的那個時期。

「曉之塔」的信仰對象是命案現場。他們會拍攝現場照片，當作神像的代替品。根據他們的教義，命案現場充滿被害人的負面能量，信徒藉由祈禱來淨化這樣的負面能量，將負能量轉變為正能量，就能夠得到幸福。

在他們崇拜的命案現場當中，被視為最高峰的就是密室殺人事件的現場。或者應該說，這則教義是在三年前的密室殺人事件之後新增的，理由據說是因為密室現場屬於封閉空間。封閉的現場更容易累積怨念，但是在淨化時得到的幸福能量也越大。

「曉之塔」在三年前搭上密室風潮，在國內擴大勢力；然而另一方面，有關這個宗教的負面傳言也一直沒有停止。甚至有人說，為了增加做為崇拜對象的密室殺人事件現場，信徒會主動去犯下殺人罪行。

眾人豎起耳朵，傾聽迷路坂和身穿宗教服飾的男人之間的對話。男人姓神崎，據說是「曉之塔」的神父。我聽見夜月喃喃地說：「當神父的神崎。」

神崎在接待處辦理入住手續時，迷路坂問他：

「神崎先生，您這次住宿本旅館有什麼目的嗎？您也是為了來看雪城白夜的『雪白館密室事件』現場嗎？」

「不是的。」神崎搖頭，以平穩的口吻回答。「那裡並沒有人喪命，因此不會成為我們的崇拜對象。」

「原來如此。那麼您是為了什麼目的來到此地呢？」

「我從祕密管道得到消息。」

神崎依舊以平穩的口吻說。

「今晚在這間旅館，會發生密室殺人事件。」

*

當我醒來時，時間是早上八點。我打開窗簾，看到院中一片雪白。這是昨天白天下的雪。積雪量沒有改變，因此晚上大概沒有下雪吧。

我在房間的洗手臺洗臉之後，換好衣服，去找隔壁房間的夜月。我敲門之後，她便頂著一頭睡過的亂髮出現。她不悅地說：

「……你幹麼一大早來吵我？」

「沒有，我只是想要找妳一起去吃早餐。」

「香澄，你是不是腦筋有問題？」

這句話讓我感到莫名其妙。夜月嘆了一口氣說：

「我怎麼可能這麼大清早就吃早餐？假日的早餐要在中午過後才吃。」

那不就算是午餐了嗎？

「不要強詞奪理，笨蛋！」

她惱怒地說完，就「砰」一聲關上門。我感到非常悲傷。

我無可奈何地獨自一人前往餐廳，看到餐廳裡已經來了好幾個人。早餐是以西餐為主的自助餐形式，大約有十道料理。我從這些料理當中拿了煎蛋和小香腸，擺出一盤英式早餐。

我正東張西望尋找座位時，就發現她獨自吃早餐的身影。我走到她對面的座位，放下餐盤。

「早安。」我說。

「嗯，早安。」蜜村回應我。

蜜村的盤子裡放了煎蛋和荷包蛋各兩個。全都是雞蛋——我這才想到，她從以前就很喜歡吃雞蛋料理。我們一起去吃中式餐廳時，她也點了蛋炒木耳和芙蓉蛋炒飯。

當我沉浸在這樣的回憶時，蜜村詫異地看著我問：

「你怎麼嘻皮笑臉的？」

「沒有，我只是想到妳還是這麼愛吃雞蛋。」

「我上輩子是一隻母雞。」

「這樣啊。」

「沒錯。後來我年紀大了，沒辦法生蛋，就被做成炸雞。」

「真是悲傷的前世。」

「嗯，所以為了下輩子可以生很多蛋，我現在必須努力囤積營養。」

「妳下輩子也打算要當母雞嗎？」

「很遺憾，我是輪流投胎為母雞和人類的體質。」

蜜村一本正經地開這種玩笑，讓我感到莫名的懷念。我想到以前國中時，我們也常常聊這種沒營養的話題。

*

早上十點左右，當我和蜜村在大廳玩攜帶式黑白棋時，夜月帶著有些焦急的神情走過來。

「早餐該不會已經結束了吧？」

看來她似乎現在才起床。我一邊翻轉黑白棋一邊回答：「已經結束了。早餐時間是八點到九點。」

「你是說真的嗎？」她一本正經地問我。這哪有什麼真的假的？昨天在櫃檯辦理入住手續的時候，她應該就聽過說明了。

夜月一臉悲哀地按著咕嚕咕嚕叫的肚子。

「可是我肚子好餓。」

這時我的黑白棋被蜜村大量翻轉過來。我發出「啊」的叫聲。夜月說：「變成一片白了。」盤面的確變成一片白色，我的黑棋子被全數殲滅……黑白棋真的有可能慘敗到這種地步嗎？

「喂，我要吃早餐。」

「忍耐吧！」我不悅地對夜月說。「到十二點就可以吃午餐了。」

「怎麼這樣！你就算下黑白棋大輸，也不能找我出氣呀！」

「我沒有大輸，只差一點點而已。」

「只差一點點？」蜜村注視盤面，露出狐疑的表情。

這時原本在櫃檯的詩葉井或許是看不下去了，走過來親切地說：「那個……如果不介意吃自助餐剩下來的料理的話，我可以端來一些。」

「什麼？真的嗎？太好了！」夜月厚顏無恥地歡呼。我心想，絕對不要成為像那樣的大人。

這時詩葉井似乎想到什麼，對我們說：
「對了，除了朝比奈小姐之外，早餐時間還有一位客人沒有出現。」
除了夜月之外，還有另一個人沒吃早餐？
我問：「是不是睡過頭了？」
「也許吧。不過有點奇怪。」
「奇怪？」
「那位客人的房間門上，不知道為什麼，貼了一張撲克牌。」
聽到這句話，我皺起眉頭。這一點的確很奇怪——
夜月好奇地問：「會不會是有人惡作劇？或者是住在房間裡的人自己貼的？」
「可是為什麼要貼？」不論是哪一種情況，都無法理解這麼做的用意。
我歪著頭思索片刻，才想到忘了問一個關鍵問題，因此便問：
「貼了撲克牌的那間房間裡，住的是哪一位客人？」
「是神崎先生。」
「神崎？」他是誰？
「就是昨天晚上最後一位到的……」
啊——我想起來了。就是那位「曉之塔」的神父。
正在收拾黑白棋的蜜村不解地問：「昨晚才到的客人？」她這麼問我才想到，神崎到達的時候，蜜村好像不在場。

夜月提議：「那我們先去看一下情況吧。警察不是都說，現場要造訪一百遍嗎？我身為名偵探的直覺告訴我，到那裡或許可以有所發現。」

「原來夜月是名偵探。」蜜村回應她。

「妳怎麼突然變得這麼起勁？」我詫異地看著夜月。老實說，我原本以為夜月對這種謎團一點興趣都沒有。事實上，她對於雪城白夜留下的「雪白館密室事件」也毫不關心。

這時夜月有些靦腆地搔搔臉頰。「老實說，我最近有生以來第一次讀『日常之謎』類型的推理小說。」她很大方地承認。

「所以我很想說一次──『我感到很在意。』」

＊

神崎住宿的房間位在東棟三樓。這裡的走廊和二樓一樣，鋪了毛很長的地毯。我、夜月、詩葉井和蜜村四人沿著走廊前進。

神崎的房間位在「雪白館密室事件」現場房間的正上方。就如詩葉井剛剛說的，房間的門上用膠帶貼了一張撲克牌。這張牌的數字面朝外，是一張紅心「A」。

「的確很奇怪。」我鄭重地說出這樣的感想，並把撲克牌從門上撕下。這張牌的背面是兔子和狐狸在舉辦茶會的奇妙圖案，仔細看似乎不是印刷品，而是手工畫的。這張撲克牌就如高級明信片般畫了水彩畫，右下角還有大概是畫家的親筆簽名。

夜月說：「這張撲克牌應該很貴吧？」

蜜村探頭看了看撲克牌，也說：「的確。如果是惡作劇，那也滿奇怪的。」

就在這個時候，門內傳來男人的尖叫聲。聲音大到震耳欲聾，讓在場的我們都嚇得抖了一下肩膀。我立刻抓住門把，轉動門把想要推開門，但是門卻一動也不動。房門上了鎖。

我問：「房間鑰匙在哪裡？」詩葉井回答：「鑰匙在神崎先生那裡。」說得也是——我後知後覺地想到，這裡是神崎的房間，鑰匙當然在他那裡。

我接著問：「那麼主鑰匙呢？」

詩葉井搖頭說：「東棟的房間沒有主鑰匙。雖然有西棟的主鑰匙，但是西棟和東棟的鑰匙系統不一樣，所以西棟的主鑰匙不能拿來打開東棟的房門。」

聽到她的回答，我突然感到怪怪的。咦？我好像在哪裡聽過這樣的說明。

「那麼備用鑰匙呢？」夜月焦急地問。「沒有備用鑰匙嗎？」

「沒有備用鑰匙。」詩葉井再度搖頭。「這間雪白館的鑰匙都非常特殊，不可能製作備用鑰匙。」

蜜村問：「這麼說，要進入房間的話，就只能打破窗戶嗎？」

詩葉井露出苦澀的表情說：「這個方法也不行。窗戶上裝了格子窗，沒有辦法讓人出入。」

「那麼到底該怎麼做，才能進入裡面……」

現場陷入一片沉默。這一來，剩下的手段只有——

「喂！發生什麼事了？」

就在這個時候，探岡來到東棟的走廊。跟他一起來的還有迷路坂及其他房客。除了神崎以外，目前在這間旅館的人都過來了。

我向他們說明狀況，包括門上貼的撲克牌、從房間裡聽到尖叫聲、沒有辦法打開門鎖、從窗戶也無法出入等等細節。

這一來，進入房間的唯一方式就是——

「只能把門撞破了。」探岡說。接著他轉向詩葉井，問：「可以嗎？」

詩葉井點點頭說：「這也是不得已的。拜託你們了。」

我和探岡在門口就定位，然後握住門把，使勁撞門。門發出嘎嘎的聲音。在撞了十次之後，門總算被撞開了。我和探岡順勢跌入房間裡。

房間裡一片漆黑。不久之後，天花板上的燈亮了，似乎是迷路坂替我們打開的。

神崎不在房間裡。

「該不會是在那間房間吧？」說話的是梨梨亞的經紀人真似井。他指著從入口望進去的左邊牆上的門。神崎住宿的這間客房似乎是連通兩間房間的構造。也就是說，從那扇門可以通往隔壁房間。此刻那扇門是敞開的。門位在比牆壁中央偏右的地方——也就是從入口望進去較偏裡面的位置。

大家戰戰兢兢地走向那扇門。第一個探視門內的是我。隔壁房間的燈似乎和主房間的燈連動，在打開主房間的燈之後，隔壁房間的燈此刻也是亮的。

也因此，可以看得很清楚——

被燈光照亮的男人身影——那是穿著宗教服飾的神崎的屍體。

室內有人在尖叫。是梨梨亞的聲音。這聲尖叫和她昨天傲慢的模樣完全不搭調……

但這聲尖叫從我的耳邊溜走。在梨梨亞還沒叫出來之前，我就發現到那樣東西，腦筋混亂到周圍的聲音都變得朦朧。

「開什麼玩笑？」我喃喃自語，撿起掉在屍體旁邊的那東西。探岡看到我這麼做，也連忙接近，然後說出跟我一樣的臺詞。

「開什麼玩笑？」

沒錯，這一定是某種玩笑。要不然，我手中怎麼會拿著——

確實關緊瓶蓋、宛如相機底片盒大小的塑膠製小瓶子。

探岡說：「這是模仿犯吧？」我點頭回應。

沒錯，這的確是模仿犯。然而它模仿的是犯人手法至今不明的懸案。

我盯著瓶子裡的鑰匙說：

「這起事件是『雪白館密室事件』的重現。」

＊

神崎胸口插了一把刀。由於他的脖子上沒有繩索狀的痕跡，因此這把刀應該就是他的死因。垂直插在仰臥的屍體胸口的這把刀，刀刃部分有三十公分左右，朝著連結主房間與隔壁房間的門口閃閃發光。從刀刃長度與形狀來看，似乎不是料理用的菜刀，可以推測是犯人從館外帶來的。

屍體的位置就如「雪白館密室事件」，正好面對連結主房間與隔壁房間的門，而屍體後方的窗戶則掛著宛若暗房用的厚重遮光窗簾。窗簾與地板之間有一公分左右的空隙，不過陽光幾乎照不進這間房間，光線相當微弱，更不可能照射到主房間。怪不得即使現在時間接近中午，但房間內卻如深夜般漆黑。

打開窗簾，就看到裝了格子窗的窗戶。這扇窗戶和「雪白館密室事件」現場的窗戶一模一樣。側拉式的窗戶現在雖然是打開的，但因為裝了格子窗，不可能有人從窗戶出入。此外，格子窗的一個個正方形格子都很小，無法從格子把房間鑰匙丟出去或放進來。

一如「雪白館密室事件」，屍體旁邊放了錄音筆。按下播放，就聽見男人的尖叫聲。一開始聽到時原本以為是神崎的聲音，不過看樣子似乎是其他人的聲音，或許是從電影或其他地方錄下的聲音。

接著我檢視自己手中的塑膠製小瓶子。瓶蓋上果然也有「0」型的突起物。我打開瓶蓋，拿出裡面的鑰匙。我必須先確認這支鑰匙是不是真的，於是我走到門口，將鑰匙插入鎖孔。我轉動鑰匙，可以順利轉動。看來這支鑰匙果然是真的。

「總之，我們得先報警才行。」不久之後，真似井似乎總算想起來而這麼說。在他身旁的梨梨亞抽抽噎噎地在哭泣。「沒、沒錯，我們得報警。」詩葉井也似乎總算想起來般地說。

所有人都前往大廳。眾人注視著詩葉井打電話報警，但她很快地就瞪大眼睛，驚恐地放下聽筒說：「電話打不通。也許是電話線斷了。」

探岡摸著下巴說：「也可能是有人剪斷電話線了。」所有人都注視著他，他便聳聳肩說：「這種假設很正常吧？這是暴風雨山莊的典型。」

「暴風雨山莊？」夜月問。

「哦，妳不知道嗎？真難得。」探岡說，「就是在與外界隔絕的豪宅或孤島發生殺人事件的故事類型。在那樣的情況，為了讓大家無法聯絡警方，凶手通常都會切斷電話線。」

夜月詫異地問：「警察來了，對凶手來說會有什麼問題嗎？」

「當然了。警察一旦介入，凶手就無法自由活動，這一來就不能殺死下一個目標了。」

梨梨亞驚恐地問：「你的意思是……凶手除了那位神父之外，還打算殺死其他人？」

「當然了。要不然切斷電話線就沒有意義了。」

梨梨亞的臉色變得蒼白。她焦急地拿出手機，用顫抖的手指操作畫面。「報警……我們得快點報警才行！」然而不久之後，她便以絕望的口吻喃喃地說：「收不到訊號……」

她把手機摔到地上，氣憤地喊：「根本就是陸上孤島嘛！」

「梨梨亞！請冷靜點！」真似井連忙安撫她，接著以焦躁的眼神瞪著探岡說：「請你不要隨便說些讓大家害怕的話！目前又還沒有確定是連環殺人事件！」

探岡無奈地聳聳肩。

「哦，那倒也是。真抱歉，我似乎有欠考量。」他雖然這麼說，但還是以強硬的口吻繼續說：「不過很遺憾，目前已經幾乎確定這起事件會演變成連環殺人事件。」

真似井問：「有什麼證據？」

「證據就是貼在門上的撲克牌。」真似井說到這裡，轉向我說：「小弟弟，你不是說門上貼了撲克牌嗎？可以讓我看看那張撲克牌嗎？」

「啊，好的。」我拿出一直放在口袋裡的撲克牌。這是一張紅心「A」，背面以水彩畫了兔子和狐狸在舉辦茶會的情景。探岡拿到撲克牌之後，交互檢視正反兩面，接著說：「果然沒錯。我剛剛聽到牆上貼了撲克牌，立刻聯想到那起事件。實際看到這張牌，我更有把握了。這張撲克牌跟『撲克牌連環殺人事件』用的牌是一樣的。」

在場的人有的一臉疑惑，有的面色蒼白。我屬於後者。撲克牌連環殺人事件是發生在五年前、至今仍未破案的連環殺人事件。被害人一共有三人，犯案現場一定會留下一張撲克牌。當我正在搜尋記憶角落、試圖回想起事件詳情，就聽到清爽的聲音插入：

「五年前的四月二十一日，在神奈川縣的巷子裡，有一名男子被打死。」

所有人的視線都集中到發言的女子身上。銀髮美少女芬里爾露出有些靦腆的笑容說：「我只是剛好記得。」接著她以平靜的聲音繼續說：

「遇害的男性是一位知名刑警，不僅很有實力，運氣也很好。他曾經碰巧在居酒屋碰到懸案的犯人，對方在喝醉的狀態下得意地告訴他，『其實我曾經殺過人』。也因此，他在警界算是一位名人。不過他的名聲卻在被殺害的半年前發生的車禍中被摧毀。他因為沒有注意前方，造成死亡車禍——後來就辭去警察工作。死者的家屬當然對他懷恨在心，因此警方也循這條線去搜查，但是最後沒有找到凶手。這起事件有一個不尋常的地方。」

芬里爾說到這裡停下來，指著探岡手中的撲克牌。

「死者身旁掉了一張撲克牌。撲克牌的數字是紅心『6』。」

眾人啞口無言地看著滔滔不絕說話的芬里爾，她便羞澀地笑著說：「我只是剛好記得。」有這麼剛好的事嗎？

她咳了一聲，繼續說明案情。

「接下來的事件發生在五年前的七月六日。案發地點是在千葉縣的公寓停車場，在那裡發現了三十多歲的中國男子被絞死的屍體。這名男子是任職於大學的研究者，據說自幼就非常優秀，不過他卻因此而輕視沒有學歷的父親，已經有十年以上沒有回中國。那一天，他是在從大學回家時，遭到某個人攻擊並殺害，凶器是綑綁行李用的尼龍繩。在男子屍體旁邊，掉了一張紅心『5』的撲克牌。」

芬里爾說完這起事件的概要之後，接著又說：

「又過了四個月，發生了第三起、也就是最後一起事件。日期是五年前的十一月十二日。在東京都內的大廈，有一名經營公司的男子被人下毒殺害。從他的胃裡檢驗出類似松茸的新種有毒菇類，因此應該是被人用這種菇類殺害的。這名男子經營的公司會逼迫員工過度勞動，也就是所謂的血汗公司，因此可想而知，怨恨他的人應該不少。不過這起案件後來也沒有破案。在他的屍體旁邊，留下一張紅心『4』的撲克牌。」

芬里爾說完之後，所有人的面色都相當凝重。也就是說，五年前殺害三個人的殺人犯，現在來到這間旅館再度開始殺人嗎？

「嗯，事件經過大概就是這樣。」探岡開口，接著他聳聳肩，誇獎芬里爾：「妳也真厲害。雖然說當時引起很大的話題，不過妳竟然連細節都記得這麼清楚。話說回來，我當然也記得。」探岡最後這一句，很難讓人判別是實話還是大話。

「可、可是，這次殺人的凶手，也不一定就是那個撲克牌連環殺人事件的凶手吧？」梨梨亞說。「也可能是模仿犯……嗯，一定是這樣。這種手法，只要買同一副撲克牌，就可以輕易模仿了！」

探岡說：「的確有這個可能性。」

芬里爾搖頭說：「沒有這個可能性。犯案時使用的撲克牌是獨一無二的產品，在這世上沒有同樣的東西。其他人沒辦法取得同樣的撲克牌來模仿犯案。」

聽了她的說明，探岡聳聳肩說：「那倒也是。」

「可、可是，這次使用的撲克牌，也可能是仿造品吧？犯人有可能準備了假的撲克牌來犯案。」

探岡說：「的確有這個可能性。」

這個叫探岡的男人，究竟是站在哪一邊的立場說話？

「那麼要不要確認看看？」芬里爾拿出手機，啟動某個應用程式。眾人看到芬里爾舉起的螢幕，紛紛露出疑惑的神情。

夜月問她：「那是什麼應用程式？」

「這是鑑定藝術品真偽的應用程式。」芬里爾說。「把想要鑑定的藝術品拍下來，放入這個應用程式，就可以鑑定是不是真的。這個應用程式裡儲存了真正的藝術品（真品）照片資料，並且可以使用ＡＩ來跟資料做比對。不論是手藝多精湛的偽造師，都無法做得跟真品一模一樣。只要有真品的照片資料，就能夠輕易鑑定真假。」她邊操作手機邊說。「在這個應用程式裡，也有五年前使用在撲克牌連環殺人事件的撲克牌照片資料，包含鬼牌在內的五十三張都有。撲克牌背面的茶會圖案是水彩畫，每一張都有微妙的差異，因此必須要有五十三張份的資料才能鑑定真假。順帶一提，應用程式中的撲克牌照片是早在五年前的事件發生之前，由藝術品商人拍攝的。也就是說，是遠早於凶手取得這副撲克牌的時候拍攝的。當時警方就是使用這個應用程式，判別留在現場的撲克牌真假——這是很有名的插曲。」

探岡說：「沒錯，太有名了。」

「那麼，探岡先生——」

「怎樣？妳在懷疑我嗎？我確實早就知道了。」

「不是這樣的。我想要確認撲克牌的真假，所以想要借一下那張牌。」

芬里爾注視著探岡手中的那張牌。紅心「A」——這次案件中貼在門上的撲克牌。探岡有些慌亂地說「喔，這張牌」，然後把撲克牌遞給芬里爾。她用手機拍下這張牌，手機立刻發出「叮咚」的聲音。

「鑑定結果出來了。看樣子是真的。」

現場的氣氛頓時變得沉重。

五年前的連環殺人事件凶手，在這棟旅館再次開始殺人。

芬里爾說：「和五年前加在一起，被害人的人數就增加到四人。目前為止使用的撲克牌有四張，數字是『6』、『5』、『4』，以及這次的『A』。如果是倒數，中間缺了幾個數字，不知道有什麼樣的法則。不過凶手使用的牌有一個共通點，就是這些牌都是紅心。也就是說，假設凶手只打算使用紅心撲克牌，剩下的牌還有九張，加上鬼牌就是十張。接下來就是重點：目前在這間旅館的客人和員工，合起來的人數是——」

「十一個人。」我喃喃地說。我感到毛骨聳然。剩餘的人數是十一人，凶手持有的撲克牌剩餘張數是十張。這意味著——

「凶手打算殺死自己以外的所有人嗎？」

探岡說出口，所有人的表情都變得僵硬。無人發言的狀態持續將近十秒。

「別開玩笑！」

突來的怒吼聲打破了現場的沉默。所有人的視線都朝向他——發出怒吼的是貿易公司的社社長。

社的面孔因憤怒而扭曲。他大步走向探岡，粗魯地抓住探岡的胸口。探岡發出「唔哇」的叫聲，但社並不理會，用力把他撞在牆壁上，接著用好像要震破玻璃的怒吼聲說：

「你從剛剛就隨口胡說八道，當別人是傻瓜嗎？」

探岡連忙說：「沒、沒有，我只是……根據客觀證據，進行合乎邏輯的推理。」

「這哪是合乎邏輯的推理！就是這樣的說法，感覺好像把人當傻瓜！你這個混蛋白痴偵探！我先說好，我的腦筋比你好多了！我是慶應大學畢業的。」

「我是東大畢業的。」

「……混蛋！」

社揍了探岡一拳。實在是太誇張了。詩葉井連忙出面阻止。

「社先生，請您冷靜點！」

「經理，妳也要好好檢討！」

「什麼？我也要檢討？」

「沒錯！誰叫妳在這種連手機訊號都收不到的地方經營旅館！妳難道沒有預期到會發生這種事情嗎？妳沒有預期到會有殺人狂潛入旅館裡、切斷電話線嗎？」

「我、我怎麼可能會預期到發生這種事！」

「不要找藉口！」

社大聲怒吼。所有人都畏懼他的威嚴，然而此時有人發出更激烈的怒吼。是哭腫眼睛的梨梨亞。

「不要為了那種無關緊要的事情爭吵！根本就是浪費時間嘛！」

聽到這段發言，社便把下一個攻擊目標鎖定為梨梨亞。

「什麼浪費時間？妳把我當傻瓜嗎？」

「我沒有把你當傻瓜。死老頭，我宰了你喔！」

「……妳說什麼？」

「吵死了，閉嘴，死老頭！聽你講話就很煩！」

梨梨亞拱起肩膀怒斥。接著她吁了一口氣，似乎稍微冷靜了點，接著又說：

「……總之，梨梨亞絕對不想繼續待在這種地方。在這種旅館跟殺人狂住在一起，不管有幾條命都不夠用！」

梨梨亞說完，快步想要走向玄關，被真似井從背後制止。

「梨、梨梨亞，妳要去哪裡？」

「這還要問？當然是下山！」

「下山？」

「這裡雖然說是陸上孤島，可是並不是真正的孤島！只要走一小時，就可以走到公路上！只要在那裡搭到便車，就可以下山了。」

梨梨亞說的話確實很有道理。在電話線被切斷、開始出現連環殺人跡象的此刻，這個方案的確像是最實際的唯一方案。

也因此，我附和梨梨亞的意見。

「詩葉井小姐，我也同意她的說法。大家一起下山吧。」

梨梨亞聽到我這麼說，露出高興的笑容。

「奴才，你很不錯嘛！」

「我不是奴才。」

我們帶了最低限度的行李到玄關集合，然後大家一起離開旅館下山。走出環繞旅館的圍牆大門之後，走了五分鐘左右，就到達切開山巒的深谷。然而我們立刻發現到哪裡不對勁。咦？好像缺了什麼東西。山谷裡……到底是缺了什麼？啊，原來如此。是橋梁。

「橋——不見了。」梨梨亞發出呻吟般的聲音。

正確地說，橋還在，只是沒有保留原形。

橋被燒毀，墜落到谷底。燃燒時間似乎已經過了很久，此刻已經感受不到熱度，大概是昨天晚上被放火的。

「陸上孤島。」夜月喃喃地說。

就這樣，雪白館與外界隔絕了。

＊

所有人都意氣消沉，再度回到雪白館的大廳。我們被關在這間旅館了。

我問：「旅館的食物還剩下多少？」

詩葉井回答：「應該足夠供應在場的各位半個月。」

這麼說，就是可以存活半個月。有這麼多時間，應該會有人發現異常而來救援吧？

這時我忽然想到一件事。

「今天以後沒有預定要來住宿的旅客嗎？來旅館的人如果發現橋被燒毀，應該會聯絡警方吧？」

梨梨亞恍然大悟地說：

「奴才，你說得沒錯。這是個好主意。」

梨梨亞以期待的眼神看著詩葉井。詩葉井說：「的確有客人訂了今天以後的住宿。」

所有人的臉上頓時充滿希望，然而詩葉井以苦澀的表情繼續說：

「不過我猜那位客人一定不會來。」

「為、為什麼？」梨梨亞問。

「因為……怎麼說呢？」

「這位客人有點奇特。」迷路坂代替詩葉井回答。她淡淡地說：「事實上，那位客人訂了從昨天起一個星期的這間旅館所有客房，而且還是在半年前就訂的。」

「半年前就訂了所有客房？那不是很奇怪嗎？」夜月說。「我是在一個月前訂這間旅館的房間，可是當時可以毫無問題的訂房。如果已經有人事先包下整間旅館的房間，那我應該訂不到房才對吧？」

迷路坂說：「這就是那位客人奇怪的地方。那位客人在訂房的時候說，如果有其他客人要在包下旅館的這段期間內訂房，可以讓對方優先住宿，但是在自己包下的期間，不希望有其他客人中途回去或有新的客人來，要我們拒絕那樣的客人——」

聽了這段說明，我皺起眉頭。也就是說，這位客人包下的七天期間內，可以讓這七天都會連續住宿的客人訂房，但是除此之外的客人卻會被拒絕訂房。這間旅館原本就只接受長期住宿一星期以上的客人訂房，因此我和夜月原本就預定這七天都要住在這間旅館，其他的客人想必也都如此。也因此，即使是被包下的期間，我們也能夠順利訂房。不過明天以後想要住宿這間旅館的客人，都被拒絕訂房——

「也就是說……」我發出呻吟。

「是的，除了那位包下旅館的客人以外，這一星期不會有任何人來到這間旅館。那位客人原本應該要在昨天到達，可是昨天早上忽然聯絡說『會晚一天』。不過就如先前詩葉井小姐所說的，那位客人今天大概不會來到這裡。因為——各位應該也猜到了吧？那位客人的真實身分，想必就是——」

就是切斷電話線、破壞橋梁的凶手。

凶手為了不讓救兵來到旅館，特地包下旅館的所有房間。

「開什麼玩笑！為什麼要接受那樣的預約？」社又開始生氣了。迷路坂淡淡地回應：

「那位客人事先匯來全額住宿費，因此我們原本以為是很正當的客人。」

「哪裡是正當的客人！怎麼想都很可疑吧？」

「現在想想的確很可疑，不過當時沒有想像到會發生這種事。」

「發揮一點想像力吧！動動腦筋！」

「人的想像力是有極限的。」

「妳把我當傻瓜嗎？我是念慶應大學的！」

「我是念東大的，只不過中途退學了。」

「……連妳也是東大的？」

社沮喪地垂下肩膀。接著他推開椅子，從大廳的座位站起來，前往自己房間所在的西棟，很快地又抱著行李回來。詩葉井連忙問：

「社、社先生，您要去哪裡？」

「我要回去。我不想繼續待在這種地方！」

「回去？可是橋已經燒毀了。」

「我知道！不過只要從森林裡繞路，應該就可以越過山谷了吧？也就是說，有辦法下山！」

「請、請等一下！太危險了。森林裡的路非常危險，不可能走出去。」

「就算危險，也比待在這種旅館、跟殺人狂在一起好多了！反正我要走了！放開我！」

「請等一下！」

當我目瞪口呆地看著兩人的對話時，探岡走過來，摸著被社毆打的臉頰，笑著說：「鬧得真厲害。像他那種人，一定會在一開始就被殺死。」

探岡的口氣似乎相當懷恨在心，感覺反倒比較像是他自己會去殺死社。

「先別管他，差不多也該過去了吧？」探岡說。

「差不多也該過去了？」我不理解他的話。「你也打算要下山嗎？」

「怎麼可能！不要把我跟那個笨蛋相提並論！」探岡以不屑的眼神看了社一眼，然後聳聳肩說：「電話線被切斷了，沒辦法報警，而且我們又被關在這裡。」

「這是典型的暴風雨山莊。」

「這一來，能做的事只有一個。」

「是什麼？」

「那還用問嗎？」探岡笑了。「當然是由我們來調查現場，然後解決這起事件。」

*

就這樣，探岡偵探團成立了。成員是探岡偵探和擔任助手（？）的我，還有——

「喂，你也一起來吧。」探岡招呼冷靜地觀望社與詩葉井爭執的男人。三十出頭的這個男人是……石川。這個人為什麼可以如此冷靜地觀望那場激烈的爭執？

他依舊保持冷靜的表情，歪著頭問：「我也要一起去？」

探岡點頭說：「你不是醫生嗎？應該可以驗屍吧？」

「的確可以，不過那不是我的專業。我的本業是心臟外科醫生。」

「驗屍應該比心臟手術簡單才對。」

「的確是這樣沒錯……不過這麼說的話，法醫會生氣喔。」

石川說完，忍俊不禁地笑了。我無法理解有什麼好笑的。

就這樣，石川醫生加入了探岡偵探團——

「我也可以加入探岡偵探團嗎？」

芬里爾以一副渴望的眼神看著我們。探岡明顯露出嫌惡的表情。看來探岡團長並不怎麼喜歡芬里爾，或許是因為她在說明撲克牌連環殺人事件時，展現豐富的知識量，因而對她感到警戒。團長不希望比自己優秀的成員加入。

不過到最後，他還是同意芬里爾加入：

「知道了，妳也一起來吧。」

他展現了寬容大量的一面。就這樣，偵探團總共有四人參加。

接著我們再度來到東棟三樓——神崎的房間。從宗教服飾上方被刀子刺入胸口的屍體仍舊在那裡。石川開始檢查這具屍體。

我看著這幅景象，感受到某種非現實的奇妙氣氛。雖然說是被捲入的，但是我沒有想到自己會參與凶殺案的調查，見識到驗屍過程。在平常的狀況，不可能會碰上這種事——除非像現在這樣，遇到橋被燒毀、與外界的聯絡手段被切斷、自己又莫名其妙成為密室偵探助手的狀況。

不久之後，石川結束驗屍，告訴我們結果：

「死亡推定時間是今天凌晨兩點到四點。」

「在三更半夜……不過正如我猜測的。」

探岡點頭，開始思索。我在他旁邊也開始思考。在半夜凌晨，大概很少有人會有不在場證明。要憑不在場證明鎖定犯人應該很困難。

正當我們在思考時，芬里爾卻逕自接近屍體並蹲下來，毫無顧忌地碰觸屍體。「……妳在幹什麼？」探岡問她，芬里爾便露出笑容。

「我也想要進行驗屍。」

探岡皺起眉頭看她，問：「妳會驗屍？」

「我對自己的技術很有信心。」

「真的假的？」

「別看我這樣，我至今已經驗過將近兩百具屍體了。我大概是全世界驗屍經驗最豐富的十七歲女生吧。」

芬里爾說完，立刻開始調查屍體。石川在她背後說：

「可是死亡推定時間應該就是我說的時間沒錯。」

這時芬里爾轉身對他說：

「我聽說醫學界有『第二意見（second opinion）』這樣的說法。」

「的確有，不過在日本並不盛行。」

「我認為在驗屍界，也應該要引入『第二意見』的觀念。」

「也就是說，妳考慮到我的驗屍結果錯誤的可能性？」

「不是的，我是考慮到石川先生是凶手的可能性。」

芬里爾面帶天真無邪的笑容這麼說。

「在『暴風雨山莊』中，如果凶手是醫生，就有可能提出錯誤的死亡推定時間，製造虛假的不在場證明，或是刻意消滅特定人物的不在場證明。為了避免這樣的情況，我認為在封閉的情境之下，驗屍應該採用雙人制。」

「原來如此。妳的說法的確有道理。」石川聳聳肩，然後溫和地笑著說：「那就請妳仔細檢查吧。這一來就可以證明我的清白了。」

「這樣也不能證明你的清白。即使提供正確的驗屍結果，你仍舊有可能是凶手。」

「哦，說得也對。的確如此。」

石川露出佩服的神情，然後愉快地笑著說：「要擺脫嫌疑還真不容易。」……這個人感覺好像格外缺乏緊張感。

芬里爾照著石川所說的，仔細檢查屍體。接著她宣布結果：

「死亡推定時間是昨晚兩點到四點之間。」

她宣布的驗屍結果和石川相同。至少這一來，就能排除石川虛報驗屍結果的可能性了。

芬里爾說：「從死後僵硬程度和屍斑來看，這個死亡推定時間應該沒錯。其實我本來也想要檢查直腸溫度，不過很遺憾沒有帶工具來。」

「等等，妳到底是什麼人物？」探岡狐疑地看著她。芬里爾輕聲笑出來，問他：「什麼人物是什麼意思？」

探岡加強語氣說：「怎麼想都很奇怪吧？未成年竟然能夠驗屍，而且還對撲克牌連環殺人事件那麼清楚。」

聽到他的問題，芬里爾笑了。

「我只是一般市民，是個對凶殺案和法醫學比其他人稍微懂一點的女生。只不過——」

她把手放入胸前，取出一樣東西給我們看。

「我相信的神或許跟你們不一樣。」

她取出的是掛在脖子上的銀色玫瑰念珠。我盯著被釘在十字架上的「那個」。

那是手腳被釘在十字架上、垂著頭的骷髏像。

「『曉之塔』？」

芬里爾臉上柔和的微笑，此刻看起來詭異而可疑。銀髮的美少女告訴我們：

「讓我來重新自我介紹吧。我叫芬里爾・愛麗斯哈莎德——宗教團體『曉之塔』的五大主教之一。」

「五大主教？」

聽到這個名詞，石川顯得困惑，但是我立刻明白了（探岡似乎也一樣）。「曉之塔」在統治教團的教皇之下，有號稱五大主教的幹部。也就是說，她雖然才十七歲，卻已經是「曉之塔」下一任教皇的候選人之一。

芬里爾俯視與她同一教團的神父——神崎的屍體。

「神崎的死令人遺憾。」她以哀悼的神情低下頭。「不過他在人生的最後，達成了驚人的成就。請看——如此完美的密室。」

她的聲音雖然平靜，卻顯得相當驕傲。

「我從來沒有看過如此完美的密室。神崎死亡的這個現場，一定能夠為許多人帶來無比的幸福。」

她取出手機，拍下神崎的屍體。

「曉之塔」把殺人現場的照片當作神像來崇拜。他們相信藉由祈禱超渡死者的冤屈，就能將其負面能量反轉為幸福。

印象中，他們的教義應該是這樣。

＊

芬里爾離開現場之後，我們有片刻時間仍呆呆地望著房間的牆壁和地毯。接著探岡似乎總算恢復清醒，重新開始調查現場。我也跟著他一起調查。

「對了，我忽然想到一件事。」探岡蹲在屍體旁邊說，「這起事件——有沒有可能是自殺？」

我點頭同意他的說法。

「真是巧合，我也正好想到同樣的可能性。」

「曉之塔」因為教義的關係，需要殺人現場——尤其是密室殺人現場。也因此，為了營造那樣的狀況而自殺，似乎是很有可能成立的推理。

然而——

「不對，不可能是自殺。」石川一口否定。

我問他：「有什麼依據嗎？」

「依據是屍體的傷痕。」石川邊說邊捲起神崎的外套袖子。屍體的手臂上有很大的傷痕，看起來像是被刀切開的。

「你看這個。」石川因為工作的關係，對血司空見慣，因此以稀鬆平常的表情說：「除了胸口被刺中的部位之外，這裡也有這樣的傷口。這一定是凶手割傷的，而且這個傷痕是在神崎死後才造成的。」

生活反應。

探岡問：「也就是說，沒有生活反應嗎？」

「沒錯，傷痕保持敞開的狀態。」

我聽著兩人的對話，也點了點頭。

人類的身體在受傷之後，傷口會自然閉合，以便止血並修復傷口。這樣的現象稱作生活反應。

然而人死後就會失去這樣的生活反應。死後的肉體如果受傷，傷痕就會保持敞開的狀態。也因此，檢查屍體的傷口，可以判斷傷痕是生前還是死後造成的。

石川說：「問題是，凶手為什麼要在殺死神崎之後，刻意用刀子割傷他的手臂？說實在的，這種行為完全沒有意義。凶手為什麼要特地這麼做？」

「唔，的確。」探岡似乎也很苦惱。「這樣的犯罪動機真是莫名其妙。」

不過我立刻就想到了。「不會，理由很簡單。」我告訴兩人。「石川先生看到手臂上的傷痕之後，立刻就否定了自殺的可能性。如果這就是凶手的目的呢？凶手是為了排除被害人自殺的可能性（這也是密室的典型模式之一），才刻意在屍體的手臂上製造傷口。」

密室推理小說當中最讓人掃興的，就是被害人偽裝成他殺、其實是自殺的模式。也因此，凶手刻意消滅這樣的可能性，在殺死被害人之後，刻意在他的手臂上製造傷口，向我們展示這的確是他殺。

石川發出苦笑，說：「原來如此，做得還真是徹底。而且還刻意模仿過去的『雪白館密室事件』，看來這起事件的凶手對密室有特別的執著。」

「的確很變態。」探岡說。「不過也因此更有挑戰意義。啊，對了，小弟弟，剛剛那個犯罪動機的答案，我當然也有想到，只不過把表現機會讓給你而已。」

他剛剛不是自己說「真是莫名其妙」嗎？不過算了。

「總之，請你們加油吧。」石川聳聳肩對我們說。「我能做的事到此為止，差不多也該回去了。我對密室一竅不通，大概也派不上用場。」

石川說完便離開現場。我們朝著他離去的背影揮手。

「好吧。」探岡伸了一個懶腰。「差不多該正式開始解開密室之謎了。」

聽到他的話，我不禁笑了。

「不是找出凶手，而是解開密室之謎嗎？」

「嗯。看樣子，應該也沒有找出凶手的線索。而且相較於找出犯罪者，我比較擅長解決犯罪手段。」

原來如此。那麼就來見識一下他的能力吧。

接下來我們花了一些時間，一一確認現場狀況。現場是和「雪白館密室事件」的現場相同格局的房間，家具和室內裝潢幾乎也一模一樣。鋪在地板上的地毯毛長、以及入口的門下方有縫隙等特點也一樣。除此之外，就連鋪在走廊的地毯毛長也相同。

遺留在現場的物品也和「雪白館密室事件」相同，包括錄有尖叫聲的錄音筆，以及裝入鑰匙的塑膠製小瓶子。

我拿著那個小瓶子來到走廊上，探岡也跟過來。我想要驗證在關上門的狀態下，瓶子是否能夠通過門板底下的縫隙。結果當然沒辦法通過。瓶子的大小比門板底下的縫隙還要大，不論如何都會卡到。

「這一來，就輪到這東西上場了。」探岡從口袋掏出釣魚線。我欽佩地說：「你準備得真周到。」探岡抬起嘴角笑了笑。

「我來到這間旅館，本來就是為了要解開『雪白館密室事件』之謎，當然至少會準備釣魚線。光是在腦袋裡擬定假說，如果沒辦法進行實驗，那也沒意義。」

我點了點頭。他說得的確沒錯。

接著我們開始進行各種實驗。我們把小瓶子擺在屍體旁邊，試圖用釣魚線讓鑰匙通過門板下方並進入瓶子裡；或是把釣魚線纏繞在瓶蓋上，試圖隔著一段距離關上瓶蓋；結果都沒有成功。不論嘗試幾次，鑰匙都無法進入瓶子裡，利用釣魚線操作也沒辦法關上瓶蓋。既然如此，或許應該往別的方向嘗試——雖然這麼想，不過這間房間的門就跟「雪白館密室事件」的現場一樣，如果要從房間裡面上鎖也需要鑰匙，因此無法使用在門鎖旋鈕施加物理性的力量上鎖的手段。也就是說，如果要製造密室，只能從門外使用鑰匙來上鎖。

太陽不知何時已經西沉，窗外變成一片漆黑。我們仍舊在苦思。瓶子既然無法通過門板底下，凶手一定得使用其他方式，從鎖上的房間外面把瓶子放回室內。這正是不可能的犯罪。

「話說回來，凶手為什麼要用塑膠製的瓶子？」我感到不解。不是使用玻璃瓶，而是使用塑膠瓶——其中有什麼樣的含意？或者只是一時興起？

「啊，該不會是……」

探岡試圖把塑膠瓶壓扁到變形，以便通過門板下方。我心想，原來如此。塑膠的確和玻璃不一樣，可以變形。雖然是很單純的想法，不過或許也可能因此而成為盲點。

然而——

「唔……」探岡立刻就放棄了。這個瓶子的塑膠很堅硬，即使用力壓也不會變形。如果硬壓，感覺似乎隨時會裂開。看來這個方式似乎也行不通。

「唔～」我發出呻吟聲。「這要怎麼辦呢？」

「你還在問『這要怎麼辦』！」

我聽到聲音回頭，看到蜜村站在那裡。她輕聲嘆了一口氣說：

「真不敢相信，你們竟然還在做這種事。」

我和探岡面面相覷。我們的確還在做這種事。外面都已經天黑了。

我說：「沒辦法，我們有解開密室之謎的使命。這也是為了大家，所以妳至少可以稍微誇獎一下我們吧？」

「好好好，我可以誇獎你們，不過也要等你們真的解謎之後才行。」蜜村用敷衍的口吻說。「先別管這個，現在已經是晚餐時間，除了你們之外，大家都已經到餐廳了。」

我和探岡面面相覷，彼此都摸了摸自己的肚子。

雖然很想吃晚餐——

「我們要等到解開謎之後再去吃。」我說。
「你打算斷食嗎？」蜜村感到傻眼。
「我會在不至於餓死的範圍內努力。」
「你預計會花上幾個小時？」
「應該可以在半夜十二點之前解決。」
「這樣會造成詩葉井小姐的困擾吧？」
「說得也是。」
「你還好意思說『說得也是』！」
「要不然該怎麼辦？啊，乾脆……」
「什麼？」
「妳也來幫忙解開這個密室之謎吧！」
聽到我這麼說，蜜村瞪大眼睛。我繼續說：
「如果是妳，應該有辦法解決這起密室殺人事件之謎吧？」
她瞪大的眼睛立刻轉變為不悅的神情。
「……你這是什麼意思？」蜜村問。「你的目的是什麼？」
我聳了聳肩。探岡也插入我們的對話，說：
「沒錯，你這是什麼意思？別開玩笑，她怎麼可能解開密室之謎？」
我說：「可是她的腦筋很好，還得過全國模擬考第一名——對不對？」

蜜村回答：「那是國中的事吧？」

「那還是很厲害呀！」

「也許吧。可是……」

探岡在一旁聽我們的對話，不禁發出笑聲。

「哦，的確很厲害。連我都沒得過全國模擬考第一名。」他說完，嘴角泛起嘲諷的笑容。「不過會念書跟真正的聰明是不一樣的。我認識很多功課好卻派不上任何用場的人。」

我心想，你是在說你自己吧？不過蜜村聽了似乎有不同的感想。她雖然看似個性冷靜，但其實怒火的燃點很低。她以明顯不耐煩的態度問我：

「這個人是誰呀？」

「他叫探岡。妳不是也見過他幾次嗎？」

「哦，就是發現屍體的時候一直說些蠢話的那個人吧？因為智力水準太低，我自然而然就從記憶中刪除了。記住這種人也只是浪費腦力。」

探岡頓時漲紅了臉。他似乎也被惹火了，用帶有怒氣的聲音說：

「我也早就忘記妳是誰了，直到剛剛都想不起來。」

「沒關係，我忘記你的時間更久。」

「哪有，我比較久！」

「才怪，我更久！」

這簡直就是小學生在吵架，很難相信是會念書的人之間的對話⋯⋯會念書不代表真正的聰明，原來就是這麼回事。

最後探岡甚至還說出「總之，我比妳聰明多了！」這種話。

「啊，對了，那麼我們來比賽吧！看看誰能夠更早解開這個密室之謎。輸的人要向贏的人跪下來磕頭道歉。怎麼樣？」

聽到探岡這麼說，蜜村倨傲地聳聳肩說：

「當然好，不過不要緊嗎？這代表你要跪下來向我道歉。」

「哦？妳很有自信嘛！」

「是啊，我一定會贏。因為——」

她說。

「我已經解開這個密室之謎了。」

聽到這句話，我和探岡有一瞬間停止思考。蜜村看到我們的反應，有些詫異地歪著頭說：

「我反倒無法了解，你們怎麼會為了這種三流密室花這麼多時間。」

＊

為了重現密室的手法，我們前往神崎房間的正下方，也就是昔日「雪白館密室事件」發生的現場。神崎的房間在發現屍體時，被我們撞破了門，因此門鎖已經損壞，鉸鍊也鬆開了。蜜村希望盡可能使用正常狀態的門來重現凶手採用的手法。「雪白館密室事件」現場的門雖然在十年前的事件當中也被撞破，不過在事件之後立刻被修復，現在已經能夠正常開關。而且這間房間的格局也和神崎的房間相同，的確很適合用來重現密室手法。

不過實際要進行重現的蜜村卻顯得很不高興。她似乎開始後悔先前一時激憤，就說出自己已經解開密室之謎。

「而且怎麼大家都來了？」

蜜村不悅地環顧四周。就如她所說的，雪白館的幾乎所有客人和員工，此刻都已經聚集到這間房間。他們是探岡找來的。

「有觀眾的話，氣氛會比較熱絡吧？」

他若無其事地這麼說，不過他的企圖很明顯。他大概是想要讓蜜村在眾人面前做出荒謬的推理而出糗。他的願望真的能夠實現嗎？或是——

蜜村嘆了一口氣。

「那就開始吧。」她用無奈的口吻說。她環顧眾人，首先開始陳述背景。「大家應該也知道，今天凌晨時分，這間旅館的房客神崎先生被殺了，死因是刺殺。現場是密室，而且還是模仿十年前發生的『雪白館密室事件』。不過反過來說，只要能夠解決『雪白館密室事件』之謎，就能夠解開這次事件之謎。也因此，我打算在『雪白館密室事件』發生的這間房間，進行重現犯罪手段的實驗。不過更重要的理由，其實是因為現場的房門被撞壞了──那麼請各位先到裡面的房間吧。」

我們依循蜜村的指示，從入口處的主房間進入隔壁房間。在十年前的事件中，就是在這間房間發現被刀刺中的人偶。這間房間此刻擺了代替屍體的小熊布偶，以及應該是從餐廳借來的菜刀。旁邊也擺了錄音筆及放入房間鑰匙的小瓶子。

蜜村檢起小瓶子，打開瓶蓋，從裡面取出鑰匙。

「在十年前的事件中，在場的作家和評論家都異口同聲地說『這是完美的密室』。我沒有讀過雪城白夜的作品，因此不了解十年前的事件，不過我認識的人當中，有人對這起事件很熟悉，所以這是他告訴我的。」

她說的「認識的人」當然是指我。我是在觀眾來到這間房間之前，跟她聊起這起事件。

「不過我感到很奇怪：這怎麼會是完美的密室？明明就是到處都有提示、非常容易解開的密室。只要分析每一道提示，自然就能夠發現犯人使用的詭計痕跡。」

蜜村說完之後，把手中的瓶子和鑰匙暫時先放入口袋中。接著她豎起雙手合起來共九根手指。

「提示一共有九個：

①錄有尖叫聲的錄音筆。

②裝了格子窗的窗戶。

③瓶蓋上的『0』型突起物。
④插在屍體上的刀。
⑤比瓶子還要窄的門下縫隙。
⑥毛長七公分的走廊地毯。
⑦關了燈一片漆黑的房間。
⑧毛長一公分的房間地毯。
⑨塑膠製的瓶子。」

「沒想到有這麼多提示！」夜月發出驚嘆。「可是不知道這些是什麼意思。」

芬里爾問：「地毯的毛長有什麼意義嗎？」

梨梨亞也開口：「房間的燈是關上的，感覺沒什麼重要性吧？」

蜜村撥了撥黑色長髮，說：

「那麼我就一一來說明這些提示吧。首先從『①錄有尖叫聲的錄音筆』開始。葛白，你認為這有什麼意義？」

「咦？妳問我？」

我突然被點名，嚇了一跳。蜜村對我聳聳肩，說：「有人負責聽我推理，我比較容易說下去。」我心想，原來如此。她的意思是要我來扮演助手的角色。

我為了回應她的期待，努力思索，然後陳述這樣的意見：

「應該是為了告訴大家，房間裡有屍體吧？也就是說，犯人是為了讓我們發現屍體，所以才放置錄音筆。」

蜜村點點頭。「嗯，沒錯。接著是現場窗戶，因為是『②裝了格子窗的窗戶』，所以沒有辦法讓人出入。要進入房間裡，必須撞破門才行。」

「也就是說……」

「沒錯。犯人是為了要讓我們撞破門，才放置錄音筆。而這個撞破門的行為，在製造這次的密室時，就成了很大的關鍵。」

蜜村說完之後，從口袋取出塑膠製的小瓶子。

「那麼接下來就來說明『③瓶蓋上的『0』型突起物』。這個突起的地方要這樣用。」

她接著從口袋掏出長三公尺左右的橡皮繩。這條繩子是把約五公釐粗的粗橡皮筋剪斷為條狀，然後一條條綁起來做成的。她把這條橡皮繩穿過小瓶子瓶蓋上的「0」型突起，然後走到格子窗前，跪在地毯上。接著她把橡皮繩前端穿過最接近地板位置的正方形格子（以下稱為「格子A」），讓繩索前端從窗戶外面通過隔壁的格子（以下稱為「格子B」）拉回房間內。這一來，橡皮繩就等於是繞過格子窗的一條縱桿。接著蜜村從口袋掏出細長的棒狀砝碼，把橡皮繩兩端緊緊綁在這個砝碼上。橡皮繩的兩端綁在同樣的砝碼上，形成一個巨大的環。

「接著要把這個棒狀砝碼垂到窗外。」

蜜村宣布之後，把砝碼從「格子B」放到窗外。這間房間在旅館二樓，因此砝碼不會到達地面，而是垂在窗外的狀態。接著她拿起穿了橡皮繩的塑膠製小瓶子，拉到與垂在窗外的砝碼相反的位置——亦即距離窗戶最遠的位置。

這一來，橡皮繩做成的環有一端穿過塑膠製小瓶子，隔著格子窗的另一端則綁了棒狀砝碼。而在這個橡皮環當中，則是格子窗的縱桿。蜜村試著把橡皮環往遠離窗戶的方向拉，橡皮環的邊端便勾到格子，繩子也被拉長。

蜜村點了點頭，然後和發現神崎屍體時一樣地關上窗簾。窗簾與地板之間有一公分左右的縫隙，因此沿著地板拉長的橡皮環不會碰到窗簾。

「那麼接下來就是『④插在屍體上的刀』。」

蜜村說完，在代替屍體的小熊布偶旁邊蹲下，並檢起放在地板上的菜刀。這把菜刀的刀刃有三十公分左右，磨得如刀子般銳利。她把菜刀插入小熊布偶體內，直達地板。小熊布偶放在通往主房間的門正前方，插在上面的菜刀磨亮的刀刃也朝著門的方向。

在小熊布偶的另一邊，則是嵌了格子窗的窗戶。門、布偶和窗戶剛好呈直線排列。

蜜村手中的橡皮環因為繞過並勾在格子窗縱桿上，因此被拉到幾乎呈直線狀態，看起來不像環，反倒像兩條平行的繩子。蜜村讓這兩條繩子夾住插在布偶身上的菜刀——也就是說，拉成細長狀的橡皮環等於是套著菜刀。接著她拿起橡皮環前端穿過的小瓶子，開始往後倒退。

「我要保持這樣的狀態，走到外面的走廊。」

她說完便依照自己的話走向房間出口。勾在窗戶格子上的橡皮環隨著她走動的距離拉長。當她抵達房間出口時，橡皮環已經拉長到原本的三倍以上。

她繼續走到房間外的走廊。大家也跟隨她。

橡皮繩拉得很緊。中途碰到連結兩間房間的門的門框，形成折線。要從案發現場的隔壁房間到主房間，必須通過位在主房間左側牆壁的門。也因此，從隔壁房間經由主房間、朝走廊拉長橡皮繩時，橡皮繩一定會接觸到連結這兩間房間的門的門框，形成折線。順帶一提，發現屍體時，兩間房間之間的門是敞開的，因此這次也同樣保持敞開的狀態。

「接下來我要保持這樣的狀態，關上房間入口的門。」

蜜村來到走廊上之後這麼說，然後關上房間入口的門。拉長的橡皮繩通過門下方的縫隙，被拉到走廊上。她手中仍抓著繩子，用另一隻手取出鑰匙，然後把門上鎖。

她對眾人宣布：「這一來，門就鎖上了。這支鑰匙在這個階段會被放進瓶子裡。」

她打開穿過橡皮繩的瓶蓋，把鑰匙放入瓶子裡，然後又關上瓶蓋。

「接下來把這個放入鑰匙的瓶子放在屍體旁邊，密室就完成了。」

她說得沒錯，不過問題就在這裡。這間密室最大的謎，當然就是要如何把裝了鑰匙的瓶子放回室內。

「這個瓶子會像這樣回到室內。」

蜜村蹲在門旁，試著讓瓶子從門底下的縫隙通過，但瓶子卻卡在門板下方。探岡看了笑出來。

「喂，妳不是在開玩笑吧？妳的腦筋到底有多差？」他愉快地說。「『⑤比瓶子還要窄的門下縫隙』——瓶子無法通過門下方的縫隙。連自己說的話都會忘記，妳的記憶力簡直就跟一隻雞一樣。」

「因為我上輩子就是一隻雞。」

「什麼？」

「我是開玩笑的。還有，你搞錯了。我不是要讓瓶子通過門下方的縫隙，而是利用瓶子無法通過縫隙這一點，像這樣讓瓶子卡在門板上。」

蜜村說完，放開拿著瓶子的手。瓶子被橡皮繩的張力往內拉，彷彿隨時會回到房間裡。不過因為卡在比瓶子還要窄的門下方的縫隙，因此沒有回去，而是卡在與鉸鍊相反的位置，亦即門的左下角。

接著蜜村保持蹲下的姿勢，用雙手撫摸門周圍的地毯，就好像在摸貓狗一樣搓揉地板上的毛。

「『⑥毛長七公分的走廊地毯』。」她說。「像這樣如何？」

我瞪大眼睛。她把長毛的地毯往門的方向撫平，使得卡在門口的瓶子埋沒在地毯的毛當中，完全隱藏起來。如果沒有實際蹲下來去摸，應該很難發現那裡藏了一個瓶子。

「這一來就準備完成了。」蜜村從門旁站起來說。「發現屍體的時候，我們不是把門撞破了嗎？葛白，如果現在我們同樣撞破門，你猜會發生什麼事？」

「應該會……」

我遲疑地開口。在目前的狀態下撞破門，也就是往裡面打開門的話——

應該會……變成那樣吧？也就是說，這個密室詭計——

「那就來實際試試看吧。」蜜村再度蹲在門的旁邊，從地毯中取出瓶子，打開蓋子拿出鑰匙。接著她以那支鑰匙打開門鎖之後，再度把鑰匙放回子裡。她緊緊關上瓶蓋，環顧四周，不久就把視線停在夜月身上。

「夜月。」

「啊，在。」

「可以請妳幫一下忙嗎？」

蜜村說完把手中的瓶子交給夜月，然後指著門的方向，對夜月說明：

「我們現在會回到房間裡，不過我想請妳留在走廊上，幫忙重現這個詭計。也就是說，要請妳來擔任助手。具體來說，就是要請妳等我們進入房間之後，再度把這個瓶子卡在門底下的縫隙。然後等我呼喚，就請妳用力開門。可以拜託妳嗎？」

「把瓶子卡在門底下，然後開門。」夜月喃喃說完，盯著手中的瓶子說：「好啊，沒關係。」

蜜村聽了點點頭，然後再度打開房間的門，招呼我們進去。獨自留在走廊上的夜月輕輕關上門。我聽見瓶子卡在門底下的縫隙，發出「喀噠」的聲音。

我再度檢視房間內的情況。

在房間的地板上，橡皮繩沿著地板被拉長，繩子的一端是走廊上的瓶子，另一端則勾在格子窗的一條縱桿上。在這條拉長的環中間，則有插在小熊布偶上的那把菜刀。

蜜村在連結兩間房間的門前停下腳步。這扇門和發現屍體時一樣是打開的。蜜村注視著門的正面，稍微離開門口到牆邊。其他人也聚集在她身邊。「那麼──」蜜村開口。

「夜月，請開門。」

蜜村呼喚之後，隔了一拍的時間──

門被用力打開。

原本卡在門板上的裝了鑰匙的瓶子失去阻礙，宛若被射出去的箭，或是在地上竄動的老鼠，被綳緊的橡皮繩瞬間加速拉入房間。瓶子以眼睛跟不上的速度奔馳過地毯上方，途中繞過轉角，被吸入隔壁房間。瓶子毫不減速地飛向橡皮環中央的菜刀。當瓶子飛到菜刀前方，穿過瓶蓋的橡皮環碰到菜刀的刀刃。三十公分長的銳利刀刃將橡皮環切斷，變成一條長橡皮繩。橡皮繩前端從瓶蓋上的「0」型金屬環脫落，繼續被垂在窗戶的棒狀砝碼往下拉，鑽出窗簾與地板之間狹窄的縫隙，從二樓的格子窗消失到房間外面。

房間裡只剩下裝在瓶子裡的鑰匙。

沒錯──只剩下鑰匙。

蜜村說：「這就是凶手使用的詭計。當我們聽到錄音筆的聲音，跑到這間房間的時候，鑰匙還在房間外面；可是在撞破門的瞬間，鑰匙就會像這樣被橡皮繩拉回室內。」

我們都驚訝地啞口無言。這就是殺死神崎、以及十年前「雪白館密室事件」的詭計真相。

第一間密室的詭計

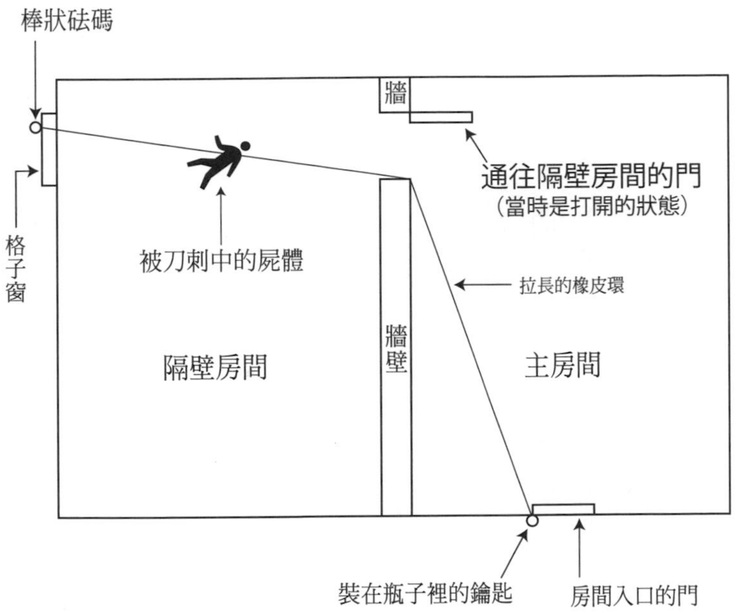
棒狀砝碼
牆
通往隔壁房間的門
（當時是打開的狀態）
格子窗
被刀刺中的屍體
拉長的橡皮環
牆壁
隔壁房間
主房間
裝在瓶子裡的鑰匙
房間入口的門

「可、可是，這個詭計應該有些勉強吧？」說話的是探岡。他似乎很努力地想要讓蜜村出糗。「瓶子的確可以在一瞬之間被橡皮繩拉到隔壁房間，但是還是會花上將近一秒鐘。在這段期間，我們當中應該有人會看到瓶子在地毯上高速移動吧？」

探岡的主張聽起來的確有道理。不過——

「所以才有⑦。」

「⑦？」

蜜村說：「沒錯，『⑦關了燈一片漆黑的房間』。發現屍體時，房間的燈是關上的，窗戶也拉起了暗房用的那種厚重的遮光窗簾，所以房間裡一片漆黑。再加上撞破房門的兩人——葛白和探岡——阻擋了我們從走廊上看進去的視線，因此沒有人看到。至於撞破門的兩人，因為剛剛從亮著燈的走廊進入漆黑的房間，眼睛要花一陣子才能適應黑暗，而且因為剛撞破門，所以也沒有心情去注意地面。」

探岡發出「唔」的呻吟聲。蜜村繼續說：

「接著是『⑧毛長一公分的房間地毯』。瓶子在地板上移動的聲音會被地毯吸收。要是瓶子用力撞上牆壁或格子窗，大概還是會發出聲音，不過畢竟剛剛才撞破門，在那麼大的音量之後，即使聽到細微的聲音，也沒有人會去注意。也就是說，相當於沒有聽見。還有⑨——」

蜜村環顧眾人。

「犯案時使用的瓶子是『⑨塑膠製的瓶子』。即使在地板上滑動或是撞上牆壁，也絕對不會破掉。換作是玻璃製的瓶子，一定會破掉——以上就是密室詭計的真相，謝謝各位聆聽。」

*

「那個女生到底是何方神聖？」

蜜村推理完畢之後，夜月這樣問我。我聳聳肩說：「她只是一般人。」夜月當然顯露出無法接受的表情。

「真的嗎？」

「是真的。」

這句話當然是謊言——不，應該不算謊言吧。蜜村漆璃只是一般人，沒有從事特殊的職業，或是接受特別的教育。

唯一和其他人不一樣的地方，就是她的過去。

三年前冬天，一名國二女生因為殺害父親的嫌疑被逮捕。從現場狀況來看，這名女生無庸置疑就是凶手，然而審判的結果卻判她無罪。為什麼？因為現場是密室。

三年前的冬天——日本發生第一起密室殺人事件。

這名嫌疑人的名字是蜜村漆璃。她是我昔日的同學。

回想1　三年前・十二月

我前往文藝社的社辦，發現裡面沒人。我無事可做，只好邊翻書邊等她，但是卻遲遲等不到她來。這倒是滿罕見的。自從我在國一的春天認識蜜村以來，已經將近兩年，這段期間她幾乎從來沒有在社團活動請假過。她總是比我更早到達社辦，有時在讀推理小說，有時則捧著桌上遊戲的盒子，等我來之後陪她玩。文藝社的社辦裡不知為何囤放著大量桌上遊戲。我和她常常以百圓硬幣代替籌碼，玩這些遊戲。

我面對堆積如山的桌上遊戲，思索著今天要和蜜村玩哪一個遊戲，但因為遲遲等不到她，最後失去耐性就先回家了。文藝社的社辦雖然小，不過如果只有自己一個人，仍會感到莫名的寂寥。

那一天我回到家，就看到電視在播報凶殺案的新聞。東京都的一名男子遭到殺害，而他國二的女兒正在接受警方盤問。光是這樣的內容就已經夠聳動了，不過這起事件還有另一個受到矚目的要素：男子被殺害的地點是他住家中的一間房間；這間房間從室內被鎖上，而且唯一能夠上鎖的鑰匙也在室內被發現。也就是說，現場是密室。根據我的記憶，日本至今為止並沒有發生過密室殺人事件。也就是說，這是日本最初的密室殺人事件——這一點讓我感到興奮。我想要快點到學校告訴蜜村這件事。然而次日當我到達學校，卻發現教室裡大家都在談論某個傳言：蜜村被認為是昨天新聞播報的殺人事件嫌犯，遭到逮捕。我一開始以為這只是惡質的玩笑，但是當我去蜜村的教室找她，她卻不在教室裡。

電視連日播報蜜村的新聞，其中也有我不知道的關於蜜村的資訊，譬如她的雙親離婚了，她是由母親擔任監護人，因此沒有和父親住在一起，姓氏也不一樣；蜜村的妹妹由父親擔任監護人，在父親被殺的兩星期前，從家中二樓墜樓死亡。

事件經過也逐漸變得明朗。

案發現場是東京都內的獨棟房屋，西洋風格的建築堪稱豪宅。父母親離婚之前，蜜村也和父親及妹妹住在這棟豪宅。案發當天，屋子門口設置的監視器拍到蜜村的身影，證明她在那一天的確造訪過那棟屋子。另外還有一項證據成為她被逮捕的理由：從被害人的胃裡，發現死者自己的指甲。就如神經質的人常見的習慣，蜜村的父親咬了自己的指甲，並吞下指甲的碎片。從指甲當中檢驗出蜜村的皮膚組織和血跡，而蜜村的手背上也有被指甲抓傷的痕跡。

警方認為這是蜜村和父親在纏鬥時受的傷，認為她是在殺害父親時遭到抵抗而受傷。對此，蜜村承認自己曾和父親纏鬥，但宣稱並沒有殺害父親。她主張她在和父親纏鬥之後離開現場，在那之後有其他人殺害父親。屋內雖然有管家、女僕等五名左右的傭人，但是在被害人的死亡推定時間，恰巧所有人都不在家。出入屋子的大門有監視器看守，因此傭人或強盜等第三者如果要出入現場而不被拍到，勢必得翻過圍繞屋子的圍牆。圍牆高度有十公尺左右，雖然不是絕對不可能翻越的高度，但警方似乎一開始就沒有考慮這樣的可能性。蜜村在父母親離婚之後的兩年當中，一次都沒有造訪過父親的屋子。也就是說，案發當天是她暌違兩年第一次造訪。如果說在暌違兩年的造訪中，和父親產生爭執並且被抓傷手背，然後剛好在這一天，有其他人翻過十公尺的圍牆殺害父親，那麼未免太巧合了。要是同意這樣的主張，那麼有一大半的刑事案件都難以證明了。

而且蜜村的父親並沒有咬指甲的習慣，更不用說是沾血的指甲。把指甲咬下來吞進肚子裡，一般來說是很難想像的行為。唯一可能的解釋方式，就是她父親為了不要被蜜村消滅指甲上的證據，才把指甲咬下來「藏」到肚子裡。

對此，蜜村主張「父親也許有這樣的癖好」——也就是說，咬下沾了女兒血跡的指甲吞下去的癖好。警方和檢方對於這樣的主張當然都一笑置之，在法庭上辯方也沒有提出來當作論據。

到頭來，蜜村直到最後都沒有承認自己是凶手，因此我不知道她是不是真凶。即使她是真凶，我也不知道她的動機。根據週刊報導，案發的兩個星期前，蜜村的妹妹墜樓死亡或許不是意外，而是被她的父親殺害的。蜜村是為了替妹妹報仇，才會殺害父親。不過警方從來沒有發表過這樣的內容，因此也有很多人認為這是週刊捏造的假消息。

案發時蜜村十四歲，仍舊是未成年人，不過經過家事法庭判斷應受刑事處分，因此不是在少年法院、而是和成年人同樣在刑事法庭接受審判。在東京地方法院的初審中，檢察官與辯護律師針對密室展開辯論。

就如各家媒體所報導，現場是完美的密室。父親的屍體是在他自己的房間被發現，而出入那間房間唯一的門沒有任何縫隙，不僅鑰匙、就連細線都無法通過。窗戶是封死的，不可能從外面侵入。案發現場的父親房間沒有備用鑰匙或主鑰匙可以打開，唯一的鑰匙是在房間內、屍體旁邊的辦公桌抽屜裡找到的。而且就連抽屜也是鎖上的，而抽屜的鑰匙則在父親屍體的口袋裡。

鑰匙上裝了標示房間號碼的鑰匙環，鑰匙本體則沒有刻印房間號碼，因此如果裝上鑰匙環，似乎就可以拿其他房間的鑰匙來偽裝成現場的鑰匙。不過在發現屍體時，在場的管家和女僕已經確認過鑰匙是真的。他們實際使用那支鑰匙，確認可以把門鎖上。也因此，放在現場桌子抽屜裡的鑰匙是真的，不可能被替換成仿造品。

檢察官雖然思考了各種可能性，但最終無法破除現場的密室狀況。結果蜜村在初審獲判無罪，二審與三審也維持原判。

第二章　密室詭計的理性分析

這天晚上，聚集在餐廳的所有人臉上都露出開朗的表情，似乎因為密室之謎解開而鬆了一口氣。話說回來，凶手還沒有找到，因此事件仍舊沒有解決。不過大家都刻意不去思考這一點，享受暫時的和平。

在如此和樂的氣氛中，只有探岡一直悶悶不樂。他不時以憤恨的眼神瞪視蜜村，似乎對於被她先解開密室之謎非常不滿。

在這當中，我發覺到一件事，因此在晚餐過後問迷路坂：

「對了，社先生去哪裡了？」

旅館的房客都聚集在餐廳，卻沒有看到那位貿易公司社長社先生的身影。迷路坂聽我問起，便回答：

「社先生已經離開了。」

「什麼？」我皺起眉頭問：「離開了？橋不是掉下去了嗎？」

「沒錯。」迷路坂點頭。「所以他打算穿過森林。今天中午左右，遠在蜜村小姐的推理開始之前，他就離開了。我和詩葉井小姐很努力地想要阻止他，可是他趁我們不注意就跑向森林。我們立刻追上去，可是卻找不到他。如果繼續深入森林裡，連我們都會有危險，因此我們只好放棄搜尋，回到旅館。」

「這……」

也就是說，社先生現在——

「他現在應該已經遇難了吧。」迷路坂淡淡地說。「這座山不是外行人在沒有地圖的狀況下能夠輕易走下去的。不過就算想要報警，我們也沒有聯絡手段。」

「畢竟電話線被切斷了。」

我感到錯愕與無奈。沒想到會以這樣的形式減少故事角色。

我深深嘆了一口氣。

「社先生為什麼這麼想要逃離這間旅館？」

「我怎麼會知道。不過……也許他心裡有底吧？」

「心裡有底？」

「他大概猜到自己會被殺死。」

聽到這句話，我有些毛骨聳然。也就是說，他料定了接下來還會發生凶殺案。

「對了。」我為了隱藏內心的不安，便改變話題。「待會可不可以讓我看看監視器拍下的影像？我想要看環繞旅館的圍牆入口裝設的攝影機影像。」

雪白館周圍被高二十公尺的圍牆環繞。要出入圍牆，只能通過唯一的一道門，而這道門上裝了監視器。

迷路坂顯得有些狐疑。

「可以是可以，不過為什麼要看那種東西？」

「為了排除凶手由外部侵入的可能性。」

由於橋梁被破壞，這間旅館成了暴風雨山莊，但也不能因此就斷定凶手一定在我們這幾個人當中。也有可能是潛藏在這座旅館周圍的某人殺死了神崎。不過只要調查圍牆門上的攝影機，就能排除凶手來自外部的可能性。外面的人如果不通過那道門，就無法殺死在旅館內的神崎。也就是說，如果凶手來自外部，那麼這個人一定會通過門，然後在監視器上留下身影。也因此，如果監視器上沒有外人的身影，就表示凶手必然在我們當中。

我如此說明，迷路坂便提出另一套歪理：

「不過凶手也有可能一直潛伏在圍牆之內。」

根據她的說法，監視器影像因為設定的關係，過了一星期就會被新的影像覆蓋而消失。也因此，如果有人在一星期前就潛入圍牆之內，當時的影像就已經被覆蓋而消失了。凶手有可能潛伏在圍牆內一星期左右，然後殺死了神崎。

雖然是頗為荒誕的設定，但很遺憾的是也無法完全否定這樣的可能性。我露出苦澀的表情，迷路坂便說：

「不過你可以放心，我每天都會檢查監視器的影像。自從這間旅館開業以來已經超過兩年，在這段期間，我每天都會檢查。即使是休假離開旅館的時候，我也會在事後一併檢查。所以如果有可疑的外人進入旅館的門，我一定會發現。」

我心想，原來如此。接著我戰戰兢兢地問：

「那麼妳有發現可疑人物嗎？」

「所幸沒有。」她回答。「昨天的影像也已經確認過了。」

「這樣啊……那就可以完全否定凶手來自外面的可能性了。不對，等一下，凶手也有可能從這間旅館開業之前就躲在這裡。」

「這是歪理。」

「不過也有這個可能性吧？」

迷路坂搖頭，說：「沒有這個可能。要潛伏兩年以上，就需要兩年份的食物吧？如果旅館的食物庫存每天都減少一人份的食物，那麼我們絕對會發覺到。」

「可是凶手也可能事先從外面攜入兩年份的食物。」

「那會是很大的行李吧？」迷路坂立即反駁。「院子裡沒有藏匿那麼大的行李的地方，所以凶手勢必得把行李藏在館內，可是我和詩葉井小姐每年都會進行一次館內大掃除。我們在每年春天左右，會打掃旅館的每一個角落。要是凶手攜入兩年份的食物，一定會在那個時候被發現。」

「唔……這樣啊。」

這一來就可以完全否定凶手來自外部的可能性了。換句話說，凶手就在我們當中。

在和她說話時，我忽然想到一件事：

「對了，昨晚的監視器影像中，有沒有拍到任何人的身影？」

「你為什麼這麼問？」

「昨晚橋不是被燒毀了嗎？要在橋上點火，就必須到圍牆外面。也就是說，監視器應該有拍到犯人的身影。」

迷路坂似乎在追溯記憶般思索片刻，然後搖搖頭。

「沒有。監視器影像裡沒有拍到任何人。」

「嗯，這樣看來……」

凶手應該是在到達旅館之前，事先在吊橋上設置某種定時點火裝置，利用這個裝置來點火。這也意味著這次的行凶是計畫性的犯案。如果是突發性的殺人，就不可能事先在橋上安裝點火裝置了。

迷路坂問：「會不會是利用裝了計時器的機械式點火裝置？」

我回答：「也許吧。不過有更簡單的方式，比方說利用磷來點火。磷具有接觸空氣就會起火的性質，所以平常會保存在水裡，不過可以利用這樣的性質來製造定時點火裝置。譬如把磷裹在含有水分的棉花裡，經過一段時間，棉花中的水分蒸發，磷就會接觸空氣而起火。也就是說，它會成為定時起火的火種。」

「原來如此。這一來，即使沒有專業技術或知識，也能做出來了。」迷路坂點點頭，然後又說：「也就是說，任何人都有可能燒毀那座橋。」她用手摸著下巴，露出若有所思的表情。

*

我在早上五點醒來。我繼續窩在棉被裡，躺了五分鐘左右，但沒有辦法再度入睡，只好換衣服前往大廳。雖然應該還沒有人起床，不過在那裡感覺至少比在房間裡發呆更能打發時間。

然而當我到達大廳時，那裡已經有先到的客人了。在那裡的是梨梨亞和她的經紀人真似井——更驚人的是夜月也在。她明明不擅長早起。

「香澄，你過來看！真的很厲害！」夜月興奮地揮手招呼我，然後看著真似井說：「聽說真似井先生以前當過占卜師。」

我不太懂她這句話的脈絡。我把視線移到桌子，看到桌面上排列著塔羅牌，總算稍微了解狀況。夜月大概剛剛才讓真似井用這副牌替自己占卜，並且對他的手藝感到驚嘆。

「奴才，你也坐下吧。」梨梨亞對我說「真似井會幫你占卜你無聊的未來。」她說話真過分。

我嘆了一口氣之後，依照她的指示坐在桌前。真似井問我：「你想要占卜什麼？」我思索片刻，然後說出第一個想到的念頭：

「可以占卜這次事件的凶手是誰嗎？」

梨梨亞踢了我的小腿，用冷酷的聲音說：「不要說這種無聊的話，奴才！老實占卜自己的愛情運勢吧！」

「好的。」

「那、那就來占卜愛情運勢吧。」真似井望著粗暴的梨梨亞，連忙這麼說。梨梨亞似乎從昨天就放棄裝可愛，不過看到她踢像我這樣的一般人的小腿，經紀人應該還是會感到很慌張吧。

塔羅牌洗牌的「刷刷」聲響起。接著真似井把牌排列在桌上，念著「逆位」、「塔」之類的名詞，然後告訴我：

「只要努力，就可以成功。」

好籠統。這個回答太籠統了。

「好了，香澄也占卜過了，可以再來玩地產大亨了嗎？」

夜月說完，把地產大亨的桌遊擺到桌上。根據她的說法，在真似井開始占卜之前，三人原本在這裡玩地產大亨。夜月說她偶然（真的很偶然）早起，到大廳看到梨梨亞和真似井已經起床，正在玩地產大亨，於是她也加入。

我問：「地產大亨是誰帶來的？」梨梨亞回答：「這是原本就放在大廳的，大概是旅館提供的遊戲。另外也有疊疊樂、麻將、賓果遊戲——不知道為什麼還有骨牌。會不會是之前有大學的骨牌同好會來住宿，結果忘了帶回去？」

梨梨亞可愛的推理讓我忍不住笑出來。「笑什麼？」她狠狠地瞪我一眼，然後用兇狠的聲音宣告：

「我會在地產大亨裡把你徹底擊垮。」

＊

當我們在玩地產大亨的時候，有越來越多的客人來到大廳。迷路坂也起床了，替大家提供飲料。「用餐時間還沒到嗎？」芬里爾問。「很抱歉，用餐時間是八點開始。」迷路坂指著連結大廳與餐廳的門。那道門就在我們這一桌旁邊，門前豎立著禁止進入的看板，上面寫著『晚上十一點～早上八點禁止進入』。「那真令人遺憾。」石川悠閒地說。

不久之後，蜜村也起床了。她看到我們在玩遊戲，狐疑地問：「你們在玩什麼？」我回答：「地產大亨。」她便回了聲「哦」。

最後蜜村也加入我們，和我、夜月、梨梨亞及真似井五人一起玩遊戲。玩著玩著，時間就到了八點。迷路坂搬走豎立在通往餐廳的門前的看板。我摸摸咕嚕咕嚕叫的肚子。或許是因為玩遊戲動了腦筋，肚子已經餓了。蜜村似乎也同樣感到飢餓。

我們打開連結大廳與餐廳的門，魚貫進入餐廳。門內有一道二十公尺左右的短走廊，盡頭有另一扇門。我們穿過這扇門進入餐廳，立刻發覺到有哪裡不對勁。

首先，餐廳裡沒有準備自助餐早餐。取代香噴噴的麵包氣味的，是強烈的鐵鏽味。我們的視線自然而然朝向氣味傳來的方向。那裡放了一張大概是從大廳搬來的單人沙發，一具屍體靠著椅背坐在沙發上。死者是詩葉井。

屍體旁邊掉落一張撲克牌——這是一張紅心「10」。

*

眾人呆呆地望著詩葉井的屍體。她的上衣胸口附近染上鮮紅色的血，看來似乎是被銳利的刀刃刺了好幾次。凶器就掉落在詩葉井坐著的沙發正前方。那是一把像薙刀般柄很長的斧頭——就是稱作斧槍的武器。斧槍在斧頭的另一端裝了銳利的矛，詩葉井似乎就是被這支矛刺了好幾次胸口。蜜村看著與柄垂直、宛若長槍般銳利的矛，喃喃地說：

「為什麼凶手不是使用斧頭，而是使用矛來殺死詩葉井？」

聽到這個問題的只有我，而我當然也無法回答。

詩葉井的屍體被擺在靠近餐廳南側牆壁（餐廳出入口所在的牆壁）的地方。坐在沙發上的身體面向東側，亦即餐廳出入口的方向。靠著南側牆壁、剛好在屍體右邊的位置，則設置著擺放餐具的櫥櫃。距離屍體兩公尺左右的這座櫥櫃上，也濺到些許血跡。

做為凶器的斧槍，則滾落在詩葉井坐著的沙發前方，柄尾（沒有附刀具的刀柄尾端）朝著牆壁。柄尾上有一塊染成藍色的裝飾布，大約是毛巾的大小。我伸手去摸，發現布被水浸濕了。蜜村也摸了那塊布，然後露出沉思的表情。

實際拿在手上，這支斧槍非常輕，看來似乎是類似舞臺用的仿造品，幾乎所有部件都是塑膠製的。這麼輕的話，不論男女應該都能夠使用。只有矛的部分被換成金屬製的刀具。

第二起凶殺案（餐廳）的現場

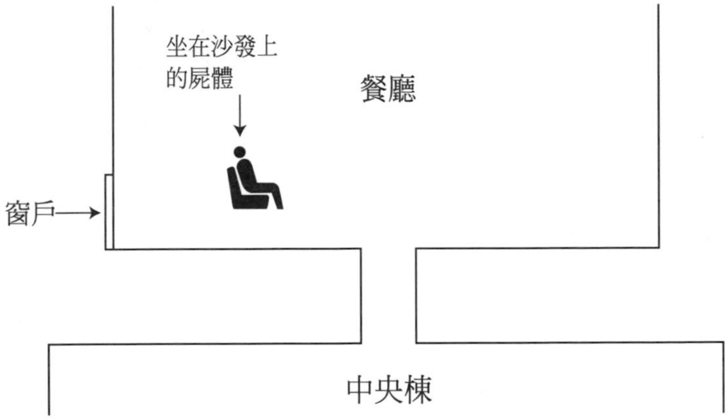

蜜村說：「怪不得凶手要用矛的部分來刺。斧頭部分是仿造品，所以沒辦法用來殺人。」

檢查過斧槍之後，我再度把視線移向詩葉井的屍體。石川醫生和芬里爾正在替她驗屍。

石川說：「死因應該還是刺殺。胸口被刺了五次。」

芬里爾說：「死亡推定時間應該是一、兩個小時之前吧？」

「嗯，根據我的鑑定大概也是這樣。也就是今天早上六點到七點之間。」

「我去看過廚房……」迷路坂開口。由於詩葉井遭到殺害，平常總是一副淡然態度的她似乎也有些慌亂。「她並沒有開始做早餐。不過詩葉井小姐總是在前一天就做好準備，早上要進行的工作並不多，所以大概都會在六點到七點開始做早餐。」

石川說：「也就是說，和死亡推定時間並沒有矛盾。」

我聽著他們的對話，在腦中整理資訊：詩葉井是在六點到七點之間，從她住宿的西棟來到餐廳，然後在準備早餐之前遭到殺害。這樣看來，死亡推定時間的確沒有奇怪的地方——不對，等一下。

剛好相反。這實在是太奇怪了。

「請問一下——」我對迷路坂開口。

迷路坂詫異地問：「什麼事？」

「我想確認一件事。這個餐廳棟沒有後門吧？」

迷路坂似乎不了解我的用意，稍微停頓了一下。

「……不只是餐廳棟，這棟建築本身完全沒有任何後門。窗戶也像那樣是固定的。」

餐廳北側的牆面是一整片採光用的窗戶，不過那裡的窗戶的確是固定而無法開關的構造。餐廳西側的牆壁角落（相當於西南角的部分）也有窗戶，不過那扇窗戶也同樣是固定的，沒有辦法讓人出入。

「也就是說，要前往餐廳，只能從中央棟的大廳進入嗎？」

「是的。我先前也說過，沒有經過大廳，就無法進入餐廳棟。」

「唔……」我感到不解。這到底是怎麼回事？這樣的狀況，該不會是——

夜月拉了拉我的衣角。

「香澄，你怎麼了？」她擔心地問。「如果你身體不舒服，最好去休息一下吧。」

「沒關係，我不要緊。我只是在想事情。」

我說完環顧眾人，然後對大家宣布：「我發覺到一件重要的事。」

「重要的事？」石川重複一次。「什麼事？」

「我今天早上五點就醒來了。」我當時太早醒來，沒辦法繼續入睡。「我起床之後到大廳，看到夜月、梨梨亞和真似井在玩桌上遊戲，於是就加入他們。」

「嗯，沒錯。」梨梨亞說。「不過那又怎麼了？」

「我們玩遊戲的地點，是在前往餐廳的唯一入口旁邊的桌子。」我說。「我們從五點——梨梨亞和真似井則是從更早之前——就待在那個位置。雖然偶爾也有人會去上洗手間，不過我一次都沒有離席，從五點就一直在那裡。直到八點，迷路坂移開通往餐廳的門口豎立的看板之前，我一直都待在那裡。也就是說，我從五點到八點，不知不覺地等於是在監視那扇門。在這段時間裡，沒有任何人前往餐廳棟。」

「這麼說——」芬里爾開口。「餐廳棟等於是某種形式的密室嗎？」

「是的，也就是所謂的『廣義的密室』。」

自從這個國家的密室殺人事件變得頻繁之後，法務省將密室分成三種類別：「完全密室」、「不完全密室」，還有「廣義的密室」。「完全密室」與「不完全密室」又合稱為「狹義的密室」。

「完全密室」的定義，是指室內發生殺人事件，而房間的所有門窗都處於上鎖的狀態，也就是最標準的密室類型。

相對地，「不完全密室」的定義，則是指室內發生殺人事件，而房間的所有門窗都處於相當於上鎖的狀態。譬如在往裡面開的門前有障礙物，因此無法開門，或是窗戶雖然是打開的，但因為是高樓層而沒有人能夠出入。這類型的密室稱為「不完全密室」。

至於「廣義的密室」定義，則是不屬於「完全密室」或「不完全密室」的任一者。譬如以雪地密室為代表的沒有足跡的凶殺案，或是進入案發現場的廣場的路徑裝有攝影機監視，處於無法通行的狀態，也屬於這類的密室。不過「廣義的密室」和「不完全密室」之間的界線有些模糊。譬如在窗戶打開的房間內發生殺人事件，而窗外則積了雪，如果通行就會留下足跡，因此不可能有人出入——在這樣的情況下，是否因為窗戶是打開的，所以要被定義為「不完全密室」？或者因為可以看作是雪中密室的一種，因此要被定義為「廣義的密室」？這樣的判斷頗為困難，就連專家的意見也會出現分歧。

「總之，這次案發現場的餐廳棟在早上五點到八點之間，屬於『廣義的密室』。」我說。「這意味著在這段時間當中，凶手和被害人詩葉井都無法前往餐廳棟。然而即便如此，詩葉井卻在早上六點到七點之間，在這間密室當中遭到殺害。那麼凶手究竟是如何殺害詩葉井的？」

「關於這一點——」石川若有所思地說，「應該是在早上五點之前就進入餐廳棟殺害的吧？餐廳棟成為『廣義的密室』，是在早上五點到八點之間吧？那麼在五點之前，還是能夠進入餐廳棟。凶手就是在五點之前把詩葉井叫到餐廳，然後殺害她。」

「不過早上五點以前約人見面，未免太早了。詩葉井為什麼會答應對方？而且就算詩葉井在那個時間來到餐廳，她被殺害也是在一個小時以上之後的早上六點到七點之間。這段時間餐廳已經成為『廣義的密室』，因此這回輪到凶手會面臨無法逃出餐廳的問題。」

「唔……」石川聽了我的話，再度陷入苦思。這時迷路坂加入對話，說：

「雖然不知道凶手是怎麼逃離餐廳的，不過我知道詩葉井小姐為什麼會在早上五點以前待在餐廳。之前告訴過各位，詩葉井小姐的房間在西棟，不過餐廳棟也有休息室。詩葉井小姐有時候準備餐點到深夜時，就會在休息室睡覺，不會回到自己的房間。」

「也就是說，昨天也是這樣的情況？」

「是的，可能性很高。」

這個說法的確可以說明詩葉井為什麼會在餐廳。這一來，剩下的謎就只有凶手從餐廳逃出的方法了……

這時有個意想不到的人物發出「啊」的聲音。

「該不會是這麼一回事吧？」說話的是芬里爾。石川對她的發言產生興趣，問她：

「芬里爾，妳想到什麼？」

「怎麼說呢……」

她咳了一下，銀製品般的頭髮隨之晃動。

「我大概知道誰是凶手了。」

*

芬里爾說：「這起事件的關鍵點，還是在於早上五點到八點之間，通往餐廳棟唯一的門在葛白等人監視之下，所以就如先前談到的，餐廳棟屬於『廣義的密室』。這段期間包括凶手在內，沒有任何一個人能夠出入這間密室。也因此，假設凶手在五點之前就在餐廳棟，那麼在殺害詩葉井小姐之後，也無法從裡面逃出來。不過實際上，有一個方式可以逃脫，只不過大概稱不上『詭計』。簡單地說，就是在餐廳棟『廣義的密室』解除之後再逃出來就可以了。」

「『廣義的密室』解除之後，再逃出餐廳棟？」我問。

「是的。門在監視狀態之下時，凶手沒有辦法逃出密室，不過在那之後，凶手就能夠逃出去了。凶手想必是躲在餐廳桌下之類的地方，趁我們的注意力集中在屍體時，走出餐廳回到大廳。」

的確，當大家注視屍體時，都處於背對餐廳出入口的狀態。在那個時候，的確有可能逃出餐廳棟。

「原來如此。」我脫口而出。我逐漸了解到芬里爾想要說什麼。「這一來，可能犯案的人就很有限了。凶手能夠逃出餐廳棟的時間是早上八點以後。也就是說，早上八點以前在餐廳棟以外的地方被目擊到的人，就可以自動從嫌疑人名單排除。」

「沒錯。」芬里爾點頭。眾人聽了，似乎都開始回溯記憶。我也整理腦中的記憶。這間旅館的客人和員工加起來，原本有十二人。其中神崎和詩葉井遭到殺害，社則下山了，因此現在減少為九個人。在這些人裡面，早上八點以前不確定在餐廳棟的人是誰？

「首先可以排除掉我。」我說。我在早上八點以前已經到大廳了。「還有跟我在一起玩遊戲的夜月、梨梨亞和真似井，也能排除在外。」

嫌疑人一口氣減少四人。這一來就剩下五個人。

「我也在大廳。」迷路坂說。「我當時在替大家端飲料。」

的確沒錯。這一來就剩下四人。

「我也在大廳。」蜜村說。「我後來也加入地產大亨的遊戲。」

沒錯。剩下三人。

石川說：「我也在。」芬里爾也舉手說：「我也是。」……關於這兩個人，我的記憶有些模糊。好像在，又好像不在。

「他們兩位的確也都在大廳。」蜜村說。「我記得我有看到他們。」

「這樣啊。」

這一來，就只剩下一個人。剩下的是——

「探岡。」

我說完環顧四周，這時才發現到一件事：

「對了，探岡去哪裡了？」

我沒有看到他的身影。不只是現在，我今天有看到探岡嗎？

夜月說：「我沒有看到他。」梨梨亞說：「梨梨亞也一樣。」其他人也都說沒看到他。

此刻在場的所有人，今天都沒有看到他的身影。

「這麼說……」

我轉向芬里爾。她對我點點頭。

「有可能犯案的人只有探岡。也就是說，殺死詩葉井小姐的就是探岡。」

我感到難以置信，不過這應該是事實。這一來，就得盡快找出他才行。

「探岡先生的房間在東棟一樓。」迷路坂說。「我們去那裡吧。也許他在房間裡。」

一行人由迷路坂帶頭，石川、芬里爾和真似井走出餐廳，夜月和蜜村跟隨在後，我也追著他們離開餐廳。當我們在連結餐廳棟與中央棟的二十公尺走廊上前進時，我聽到背後傳來哀嘆的聲音。我回頭，看到梨梨亞眼中含著淚水。

她抱著頭說：

「……討厭，我想要回家。」

我的心情也完全一樣。

＊

東棟一樓沒有鋪地毯，地板是焦糖色的木板。我們快步走在磨亮的地板上。探岡的房間在一樓的中央。當我們到達這間房間的門前，不禁啞口無言。探岡的房間門上，貼了一張紅心「7」的撲克牌。

「該不會連探岡都……」夜月困惑地說。迷路坂抓住門把想要打開門，卻聽到鎖栓（鎖上門時從門板側面突出的門栓）卡到發出的「喀喳」聲。

「門是鎖上的。」迷路坂說。她用手背敲了幾次門。「探岡先生，您在裡面嗎？探岡先生。」

「沒有回應。」石川說。「看來，果然已經——」

「怎麼辦？又要破壞門嗎？」真似井提議。迷路坂思索片刻之後，搖頭說：

「不，我們從院子繞到窗戶那邊吧。這裡是一樓，或許可以從窗戶看到房間裡的樣子。」

我們點頭同意，所有人再度回到大廳所在的中央棟，然後從玄關到外面。我們跑過積雪的庭院，前往探岡房間的窗戶所在的地方。接著大家貼在窗戶上，透過固定窗窺探室內的景象。

室內有一名男子倒在地上——是探岡。和走廊同樣是焦糖色的地板上積了一灘血。

*

為了進入房間，我們決定打破窗戶。我們把掃除用的拖把拿來，用柄的尾端戳了好幾次窗玻璃。玻璃被打破、出現可以讓人通過的空間之後，我們便越過窗框，進入探岡的房間。我和石川走近倒在地板上的探岡，立刻就發現他已經斷氣了。

探岡被手槍擊穿額頭。他穿著睡衣，不知是否因為和凶手纏鬥過，上衣的釦子掉了一顆。彈殼滾落在地板上，看來大概是使用了自動手槍。如果是左輪手槍，使用完畢的彈殼不會自動彈出，因此空彈殼留在現場的可能性很低。

我點了點頭，然後轉向迷路坂問：

「這間房間的隔音效果怎麼樣？」

「我聽說這間房間的隔音效果很高。」迷路坂回答。「這間房間據說原本是雪城白夜做為視聽室使用的房間，所以即使在房間裡開槍，槍聲也不可能會傳到房間外面。」

聽了迷路坂的說明，我便回答「這樣啊」。這一來，就不能憑聽見槍聲的時間來鎖定犯案時間了。雖然不知道凶手是否事先知道這間房間有隔音設備，不過我想起探岡的確說過，他這次是為了接受雜誌採訪而來到這間旅館。這麼說，替探岡訂這間房間的，很有可能是那位記者。如果那名記者是凶手假扮的假記者，那就不難刻意安排探岡住進可以隔音的這間房間。畢竟只要在訂房的時候，說一聲「希望可以住在東棟○○號房」就行了。

這時我聽見有人喊了聲「啊」，打斷了我的思緒。是夜月的聲音。她站在房間內的液晶電視前面，指著放置電視機的電視櫃。

「鑰匙。」

夜月指著的地方放了一支鑰匙。

迷路坂拿起鑰匙，說：「這是這間房間的鑰匙。上面刻有房間號碼。」

我點了點頭，環顧眾人說：

「在夜月接近電視櫃之前，除了她之外，有人接近這裡嗎？」

對於這個問題，所有人都搖頭。夜月以詫異的表情問：「你為什麼要這樣問？」我含糊地回答「沒什麼……」。我原本想到，或許有人趁發現屍體的騷動，偷偷把鑰匙放在電視櫃上。不過既然沒有人接近過電視櫃，就不需要考慮這樣的可能性了。也就是說，在我們進入這間房間之前，鑰匙就一直放在那個位置。

我做出這樣的結論之後，接近這間房間唯一出入口的房門。大家進入這間房間之後，還沒有人接近這扇門，不過這扇門的確是從裡面鎖上的。

「又是密室。」

房門上了鎖，窗戶也因為是固定窗，沒有辦法打開。唯一的鑰匙則在房間裡面。

「這是完全密室。」芬里爾說。她走近門，低頭看門的下方。「而且這扇門的下方沒有空隙。以密室本身的強度來說，比神崎被殺的第一起殺人事件還要高。」

就如她所說的，門板底下沒有縫隙。也就是說，不能使用從門的下方把鑰匙放回室內的手段。

芬里爾撥了撥銀髮，轉向石川說：

「我們來開始驗屍吧。也許會發現有趣的事實。」

「有趣的事實？」石川感到不解。

「沒錯，有趣的事實。不過要看他的死亡推定時間才能知道。」

芬里爾說完，開始調查探岡的屍體。在她驗完屍之後，輪到石川來驗屍。兩人宣告的死亡推定時間是今天凌晨兩點到三點。這時我才知道芬里爾先前那句奇妙的話是什麼意思。

「原來如此。」我喃喃地說。夜月聽到了，好奇地問：「怎麼了？」我告訴她以及所有人：

「詩葉井小姐的死亡推定時間是今天早上六點到七點之間。如果說探岡已經在兩點到三點之間死亡，那麼探岡就不可能殺害詩葉井小姐。」

夜月問：「這麼說，殺死詩葉井的另有其人嗎？」

「可是，這樣不是很奇怪嗎？」梨梨亞露出狐疑的表情。「只有探岡有可能殺死詩葉井小姐吧？如果探岡不是凶手，那麼到底是誰殺死她的？」

梨梨亞說得沒錯。餐廳棟處於巨大的密室狀態，而我們都在密室的外面。

「這一來，『廣義的密室』又復活了。」芬里爾喜孜孜地說。「而且探岡被殺的這間房間也是完美的密室。一個晚上竟然發生兩起密室殺人事件——實在是太美妙了。來到這間旅館真的是太棒了。」

她的肌膚因為興奮而微微泛紅，接著她開始用手機拍攝現場。我不禁抓住她的手臂。「好痛。」芬里爾皺起眉頭。下一個瞬間，我的身體就飛到空中。直到我的背部著地，我才發覺到自己是被摔出去的。

＊

「香澄，你不要緊嗎？」夜月撫摸著我的背問。「你被摔的那招好漂亮。」蜜村也替我擔心（？）。

把我摔出去的芬里爾站在原地把臉別開，似乎不打算道歉。

我發出呻吟聲從地板站起來，開始整理目前為止的狀況，亦即詩葉井和探岡被殺害的兩個不同的密室狀況。其中對於詩葉井被殺害的現場，我有些在意的地方，因此問石川：

「詩葉井小姐的死亡推定時間有沒有可能弄錯了？」

現場之所以成為密室狀態，是因為詩葉井是在大廳與餐廳棟之間的門被監視的期間遭到殺害。如果她遇害的時間比那扇門處於監視狀態的時間更早，那麼現場就不是密室了。

石川說：「我剛好也想到這一點，不過驗屍應該沒有錯誤。而且芬里爾也和我做出同樣的死亡推定時間判斷。」

「不過也可能兩人都弄錯了吧？」

「唔～」石川發出沉吟的聲音，然後聳聳肩說：

「那麼要不要再調查一次？這樣的話，大家應該也比較能夠接受。而且我也開始有些不安了。」

＊

我們所有人再度回到餐廳，準備重新調查詩葉井的屍體。進行驗屍的石川不久之後抬起頭，臉上露出苦笑。

「還是一樣。死亡推定時間應該還是今天早上六點到七點之間。」

這一來就確定現場是「廣義的密室」了。我皺起眉頭苦思。來到這間旅館三天，已經發生三起密室殺人事件。就算在這個密室殺人頻繁發生的時代，這個頻率也未免太異常了。

「石川先生，我也可以調查一下詩葉井小姐的遺體嗎？」

說話的是迷路坂。石川露出狐疑的表情說：

「當然可以，不過妳為什麼要調查？」

「有一樣東西……」

迷路坂說完，蹲在屍體旁邊，然後伸手去摸詩葉井的身體。接著她似乎找到了什麼，從上衣的內口袋取出一樣東西。

她手中拿的是一支鑰匙。

「這是西棟的主鑰匙。」迷路坂說。

這時我想到，不同於神崎和探岡被殺的東棟，西棟是有主鑰匙的。

「這支鑰匙由我來保管。主鑰匙只有一支，要是弄丟就糟糕了。」迷路坂說完，把主鑰匙收入自己的口袋裡。接著她正要從屍體旁邊站起來，卻中途停下動作。

「咦？」她露出詫異的神情。「有東西掉在地上。好像是信封吧？」

迷路坂的視線朝向距離屍體五公尺左右的餐桌下方。那裡的確有一個信封掉在地上。因為處於桌巾的陰影中，因此先前沒有發覺到。

我走近那張餐桌，蹲下來檢起那個信封。信封上沒有寫任何字。裡面有一張折起來的紙。

我取出那張紙，閱讀上面的文字。

這是詩葉井的遺書，也是殺人告白。

*

詩葉井的遺書內容如下：她就是撲克牌連環殺人事件的凶手，殺死神崎與探岡的也是她。她為了贖罪，決定自殺——簡單扼要地整理，大概就是這樣。遺書是用電腦打的，不過最後面有手寫的「詩葉井　玲子」的簽名。

「這是詩葉井小姐的字沒錯。」迷路坂檢視過遺書之後顯得很困惑，搖頭說：「不過我還是不敢相信，詩葉井小姐竟然會是凶手。」

「的確。」真似井也說。「而且她竟然是自殺的。她不是被斧槍的矛的部分刺死的嗎？」

「死因應該是這樣沒錯。」石川聳聳肩。「不過也不能因此就斷定不是自殺。如果握住接近矛的部分的柄，的確有可能用矛刺自己的身體……不過因為柄很長，應該很難刺吧。」

他說得沒錯。斧槍的柄長度有兩公尺左右，以自殺用的刀具來說，未免有些太長了。這把斧槍似乎為了方便攜帶，柄的部分可以分解。如果一定要拿它自殺，把柄的部分弄短一點，應該更容易吧？

「不過終究還是自殺吧？」梨梨亞如此說。「現場是完美的密室，也發現親筆簽名的遺書了。如果這不是自殺，凶手是怎麼殺死詩葉井小姐、又是怎麼準備遺書的？」

聽到她這麼說，眾人陷入一片沉默。不過不久之後迷路坂開口說：

「也許真的是這樣吧。雖然是感覺很不好受的結果，但是除此之外，也想不出其他可能性。很抱歉，詩葉井小姐為大家造成這麼大的困擾。」

迷路坂抓著圍裙洋裝的衣襬，深深鞠躬。現場的氣氛變得相當沉重。梨梨亞連忙說：「這、這種事不需要妳來道歉吧？」

這時有人拉了拉我的外套衣襬。我回頭看到是夜月在拉。她搧著領口，皺起眉頭對我說：

「……這間房間是不是有點熱？」

她這麼說，我才發現這間房間的氣溫的確很高。室內宛若炎夏般，籠罩在熱氣當中。暖氣似乎開太強了。

「空調的遙控器在哪裡？」夜月在餐廳內東張西望。不久後她看到遙控器放在餐廳北側窗邊的餐桌上，便匆匆跑過去。「咦？」夜月拿起遙控器，發出詫異的聲音。

「溫度設定很正常。為什麼會這麼熱？」

＊

殺害探岡使用的手槍在詩葉井的房間被發現。這是一把自動手槍，沒有裝消音器。為了保險起見，我們決定把手槍和彈匣分開保管。彈匣交給迷路坂，手槍本體不知為何由梨梨亞保管。根據梨梨亞的說法，是因為「梨梨亞在這世界上最信任的人，就是梨梨亞」。真似井雖然勸誡她「太危險了，還是請其他人保管吧」，但梨梨亞卻仍舊堅持：

「梨梨亞在這世界上最信任的人，就是梨梨亞。」

由於詩葉井的自殺，事件解決了，因此大家的表情都顯得有些安心。迷路坂替我們製作了簡單的早餐。吃完之後，眾人陸陸續續回到各自的房間。我也回到自己的房間，除了午餐和晚餐時間，都在房間裡打混。不過在洗完澡之後，我忽然決定要去調查探岡的房間。雖然因為犯人自殺，事件本身已經解決了，但還有尚未解決的謎，譬如探岡的房間是密室——還有現場遺留的撲克牌。撲克牌連環殺人事件在五年前發生三起，如果包含詩葉井的自殺在內，那麼在這間旅館也發生了三起，總共是六起。現場發現的撲克牌都是紅心，不過數字各不相同。我總覺得這些數字當中應該有某種法則。

撲克牌連環殺人事件第一次發生，是在五年前，被害人是前任刑警，現場留下紅心「6」的撲克牌。在接下來的事件中，被殺害的中國人身邊遺留的撲克牌是紅心「5」，第三起黑心企業社長被毒死的事件遺留的是紅心「4」，到此撲克牌連環殺人事件暫時進入休眠狀態。

現在這間旅館再度發生事件，神崎被殺害時是紅心「A」，詩葉井的自殺現場遺留的是紅心「10」，而探岡的殺害現場發現的撲克牌是紅心「7」。關於這些數字的意義，詩葉井的遺書中完全沒有提到，就如這間房間的密室之謎，仍舊處於懸而未決的狀態。那會不會是某種暗號？或者是在暗示被害人之間有某種看不見的連結——missing link？

我抓了抓頭髮。

我重新檢視探岡屍體原本所在的地點。屍體已經運到別處——為了避免屍體腐壞，已經被搬運到餐廳棟的酒窖。此刻屍體原本所在的位置，用尼龍繩勾勒出人形的白線。探岡是在很靠近牆壁的地方，雙腳朝著牆壁像是彈出去般倒下。他的雙腳與牆壁的距離只有十五公分左右，如大字般躺平的雙手與牆壁平行。探岡的雙腳朝向的牆壁裝了夜燈，在發現事件時應該是亮的。不過夜燈的光線很微弱，如果沒有移動到正下方，就無法閱讀文字。

我接著調查夜燈所在的牆壁對面的牆壁。那面牆上有彈痕與血跡，剛好在倒下的探岡背後的位置。子彈嵌在牆壁上，沒有穿透，大概是在貫穿探岡的頭部之後，威力就減弱了。

「真是的，你在幹什麼？」

我聽到聲音轉身，看到蜜村站在房間入口。我聳聳肩說：

「就如妳看到的，我正在調查密室。」

「事件已經解決了。」

「我知道，不過我還是很在意。只要眼前有未解的謎，我就會感到很在意。」

「『只要眼前有未解的謎，我就會感到很在意』？少在那裡裝酷了！」蜜村嗤之以鼻。

「這樣的話，你的人生不是充滿了該在意的事情嗎？」

「這樣的人生很棒吧？」

「是很棒，不過得不到報酬。你被賦予的考驗超出你的能力範圍。」

她說話比平常更為辛辣。我雖然皺起眉頭，不過還是逞強地對她說：

「沒關係，我有很可靠的朋友。」

蜜村呆了一下，然後指著自己問「朋友？」我點頭說：「沒錯，朋友。」我對這位朋友說：

「所以我想要請妳稍微幫一下忙，解開這個密室之謎。」

她頓時擺出苦瓜臉，然後用不悅的聲音說：

「你又想要把我捲入嗎？」

「不是我要把妳捲入，妳已經被捲入這起事件，還有這個暴風雨山莊。」

「『還有這個暴風雨山莊』？少在那裡裝酷了！」蜜村皺起眉頭看我。「而且你總是要別人幫忙，難道沒有一點點想要自己解決的志氣嗎？」

「很遺憾，我是那種寫練習題的時候，一遇到難題就會立刻看解答的人。」

「就是典型沒用的人。我最討厭這種人了。」

「妳說這種話，其實只是沒自信吧？妳沒有自信能夠解開這個密室之謎。」

我知道這句話會惹怒她。她瞪著我說：

「你該不會在挑釁我吧？」

「嗯。」

「你以為我是每次都會接受挑釁的輕佻女人嗎？」

「嗯。」

「很遺憾，我已經長大了，不會每次被挑釁就去當偵探小丑。」

偵探小丑是什麼？

蜜村嘆了一口氣，然後用平和的口吻說：

「不過如果被認為我解不開這個謎，感覺也很嘔，所以我願意接受挑戰。」

什麼？到頭來還不是接受了！根本沒有成長嘛！

她不理會我內心的想法，轉身環顧房間。接著她注視著描繪探岡屍體輪廓的白線，說：

「探岡的屍體是朝著牆壁伸出雙腿的吧？」

「嗯。」

「牆壁和腳的距離大約十五公分。」

「嗯。」

「地板上有空彈殼。」

「沒錯。」

「牆壁上有夜燈。」

「夜燈。」

「發現探岡屍體的時候，燈應該是亮著的。也就是說，在犯案的時間，這盞夜燈也是亮著的。」

蜜村說完之後，轉身前往對面的牆壁。她仔細端詳那面牆壁。

「子彈留在這面牆壁上。」

「嗯？那不是理所當然嗎？」

「會不會認為這一點理所當然，或許就是解決事件的分歧點。」

她抓了抓黑色長髮，然後對我說：

「我大概知道了。看來不是什麼大不了的詭計。」

我瞪大眼睛。

「妳真的已經知道了？」

「嗯。」

「未免太快了吧？」

「對我來說是標準的速度。對你來說或許是光速吧。」

的確是光速。她是光速偵探小丑。

「這樣看來，根據我的預測，大概——」蜜村說完跪在地板上，窺探床底下。接著她說「啊，果然」，然後把手伸到床下的縫隙。

「你看，床下有這種東西。」

她得意洋洋地拿了一顆帶線頭的小鈕扣給我看。

「那是什麼鈕扣？」

「應該是探岡睡衣的鈕扣吧？」蜜村說。「你看，探岡的睡衣不是掉了一顆鈕扣嗎？應該就是這一顆鈕扣。」

「也就是說，探岡和凶手纏鬥的時候，鈕扣被扯掉，滾落到床底下嗎？」

「你說呢？」

蜜村用耐人尋味的態度聳聳肩。我耐不住性子，問她：

「凶手到底使用了什麼樣的詭計？」

「你希望我告訴你嗎？」

她很壞心眼地這麼說。接著她抬起嘴角露出微笑。

「不用擔心，我現在就來說明。而且會使用邏輯——用非常理性的分析來說明。」

*

「這個案發現場留下了很多提示。」蜜村說。「把這些線索組合在一起，凶手使用的詭計就會自然而然地浮現出來。」

她這段有些戲劇化的臺詞讓我感到苦惱。我向她抗議：

「偵探小丑，可以說得更淺顯易懂一點嗎？」

「誰是偵探小丑！……好吧，為了讓智力測驗答案全錯的葛白也能夠理解，我就來說明吧。」

她輕描淡寫地替我捏造不名譽的過去。這個就……算了。

「妳說的提示是什麼？」

「第一，探岡是朝著牆壁伸出雙腳死亡的。他的腳和牆壁之間，只有十五公分左右的距離。」

「喔，對了，妳剛剛也說了同樣的話。」

「嗯，對呀——那麼這個提示代表什麼意思呢？那就是探岡是在距離牆壁很近的地方被開槍的。」

「唔……」

我注視著標示屍體位置的白線，然後心想，那當然了。

「那不是理所當然嗎？」

「是啊，的確是理所當然。不過跟接下來要說的事實放在一起，就能看出很有趣的東西了。」

蜜村指著裝設夜燈的牆壁對面的牆壁，也就是和探岡雙腳伸出的方向相反的牆壁。

「射死探岡的子彈嵌入這一面牆壁。」蜜村說。「你知道這意味著什麼嗎？」

我試圖思索答案，不過老實說，我不知道。頂多能夠知道子彈飛來的方向吧。

於是我老實告訴蜜村，這時她給了我意外的答案：

「沒錯，可以知道子彈飛來的方向。只要知道這一點，就能發覺到這個密室當中，有很奇怪的地方。」

「很奇怪的地方？」

我環顧整間房間，但沒有發現任何奇怪的地方。看來我的奇怪感應器大概是壞掉了。

「也就是說——有沒有紙筆？」

蜜村東張西望，我便從口袋取出記事本和筆交給她。她在上面畫了簡單的圖。

「位置關係大概就像這樣。」

「這張圖好簡略。」

「畫得很不錯吧？」蜜村顯得有些得意。「也就是說，照一般的想法，拿著手槍的凶手應該是背對著『裝夜燈的牆壁』對探岡開槍，子彈貫穿探岡，射入『留下彈痕的牆壁』。」

「嗯……」我發出沉吟的聲音。「這不是也很理所當然嗎？」

「不對，一點都不理所當然。凶手絕對不可能背對牆壁開槍射殺探岡。」

這句話反倒讓我感到奇怪。絕對不可能？為什麼絕對不可能？背對牆壁的凶手把槍口指向探岡，然後扣下扳機——就只是這樣而已，我不了解為什麼不可能。

「那是不可能的。理由是這樣。」蜜村靠近牆壁，輕輕靠在牆壁上，然後比出握著手槍的動作。「基本上，要背對牆壁對某人開槍，開槍的人就必須站在牆壁和對象之間。」

她把槍口指向我，然後以這個姿勢對我說：

「葛白，你可以靠近我一點嗎？」

被槍口指著的我依照她的吩咐走近她，然後在距離她三步左右的地方停下來。

「再靠近一點試試看。」

我又走近兩步。蜜村說「再靠近一點。」

我詫異地看著她。

「到底要靠得多近？」

「這個嘛……」她笑著說，「大概到距離牆壁十五公分的距離吧。」

別開玩笑──我心想。

如果靠得那麼近，我就會撞到她了。或者應該說，會把她壓扁。基本上，人體的厚度就已經大於十五公分了。只要她在那裡，我就不可能走到距離牆壁十五公分的位置。

「啊！」

這時我總算理解到蜜村想要說什麼。

「該不會就是這麼回事？」

「嗯，沒錯。」她說，「探岡倒在距離牆壁十五公分的地方，所以凶手如果要對探岡開槍，就得位在牆壁與探岡之間、只有十五公分的縫隙當中。不過這是不可能的吧？也就是說，凶手不可能背對著牆壁對探岡開槍。」

聽了她的說明，我點頭表示同意。不過此時我心中產生另一個疑問：如果凶手不可能背對著牆壁對探岡開槍，那麼究竟是怎麼殺死探岡的？

這時我忽然想到：

「啊！會不會是從隔壁的房間、隔著牆壁開槍的？」

凶手從隔壁房間開槍，子彈貫穿牆壁，射穿探岡的頭部──這樣的話，凶手就不必把身體塞入牆壁與被害人之間狹窄的縫隙當中，也能夠開槍殺死站在牆壁附近的被害人。

「可是──」蜜村注視著探岡的雙腳朝向的那面牆壁說，「牆壁上沒有子彈貫穿的痕跡。」

第三間密室（子彈密室）的現場

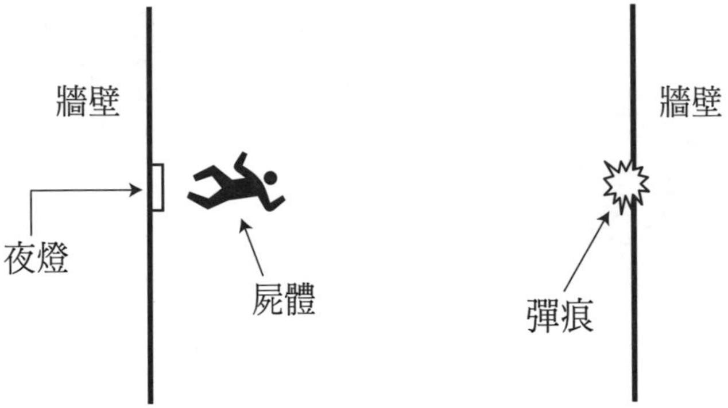

「這麼說我就很為難了。」

「真是為難你了。」

「可是這樣的話，到底是怎麼……」

我再度感到苦惱。背對著牆壁的凶手不可能射殺探岡，讓子彈貫穿牆壁射殺也同樣不可能。這樣看來，凶手根本就不可能用手槍射殺探岡。

我這樣告訴蜜村，她便說：

「的確。也許實際上真的就是這樣吧？就如你說的，凶手不可能開槍射殺探岡。所以只能這樣想：凶手並沒有開槍射殺探岡。」

聽到她的話，我啞口無言。這怎麼可能？探岡明明就已經被槍擊穿頭部了。

「是嗎？」她笑著說，「探岡真的是被手槍擊穿頭部的嗎？就算不用手槍，也有辦法讓子彈貫穿探岡的頭部吧？」

我苦思片刻，然後發覺到：「該不會是——」

蜜村點點頭。

「能夠想到的可能性只有一個：子彈爆炸，貫穿了探岡的頭部。凶手是使用了子彈爆炸的詭計。」

＊

「子彈爆炸的詭計？」我反問。

蜜村點頭，然後說：「方法有很多吧？」她豎起食指說：

「比方說，可以使用磷。」

「磷？」

「沒錯。磷具有和空氣產生反應就會起火的性質，所以平常會保存在水中，不是嗎？利用這樣的性質，就可以製作定時點火裝置。比方說，把少量的磷包在浸濕的棉花球當中，然後跟乾燥劑一起放在一平方公分的塑膠袋裡。這樣的話，棉花裡的水分遲早會蒸發，磷就會接觸空氣點燃。這一來，就成了過一陣子才會起火的火種。把這個火種放在彈殼裡，時間一到火種就會起火，延燒到彈殼內的火藥，讓子彈爆炸。」

我在腦中想像蜜村描述的特殊裝置。不使用手槍也能射出去的特殊子彈——這可以看成某種詭雷，同時也是對密室之謎的明快解答。探岡為什麼會在成為密室的房間裡被射殺？那是因為探岡自己鎖上了房間鑰匙，在成為密室狀態的房間裡，被凶手裝設的子彈奪走性命。

我感到腦中籠罩的薄霧頓時消散。

然而在此同時，我對於她的推理還是不免感到有些奇怪的地方。我感覺其中有無法彌補的破綻。也因此，我問她這個問題：

「這樣的詭計真的有可能在現實中執行嗎？」

蜜村聽了聳聳肩，問：「你是什麼意思？」

我回答她：「我是在講機率的問題。探岡是被子彈射穿頭部，不過既然是使用磷的定時點火裝置，那麼就連凶手也不知道正確的爆炸時間吧？可是凶手為了射穿探岡的頭，必須要精準算出子彈爆炸的時間，並且在那個時間誘導探岡走到裝設子彈的牆壁附近，不是嗎？」

但這種事是不可能辦到的。這也意味著蜜村所說的詭計不可能執行。

然而蜜村並沒有露出慌亂的神情，只是回答我：「嗯，沒錯。所以一定是相反的情況。」

「相反？」

「嗯，相反。凶手不知道子彈爆炸的正確時間，所以子彈才會射穿探岡的頭部。」

聽了她的說法，我皺起眉頭。這段話感覺好像玄奧的哲學。

「什麼意思？」

「提示就是掉在床下的鈕扣。」

「掉在床下的鈕扣？」

「凶手大概是把子彈裝設在床下。」蜜村說。「把子彈豎直放在床板下方的地板，讓圓柱形的子彈和地板呈垂直狀態。只要調整包裹磷的棉花裡的含水量，讓子彈能夠在夜間爆炸，子彈就會穿透床板，擊中探岡的背部。因為沒有使用手槍發射，子彈不會往直線方向飛，不過從床到地板只有幾十公分的距離，應該不會偏離才對。所以說，凶手設計的詭計應該是完美無缺的。但是後來發生意想不到的失算，子彈以凶手沒有設想到的方式奪走探岡的性命。」

「凶手沒有設想到的方式？」我感到不解。

「沒錯。這一切都是因為探岡弄掉了睡衣的鈕扣。」蜜村拿剛剛在床底撿到的鈕扣給我看。「探岡大概是晚上起床去上洗手間或做別的事，結果原本就搖搖欲墜的睡衣鈕扣掉到地板上。鈕扣滾到床底，探岡為了尋找鈕扣探頭窺探床底，結果就發現了——為了殺死自己而裝設、豎立在地板上的子彈。」

我想像當時的景象。探岡一定把鈕扣的事拋到腦後，伸手去拿子彈。

「不過因為是晚上，房間的燈是關著的。」蜜村說。「雖然開了夜燈，但是房間裡很昏暗，所以探岡不知道自己撿到的是什麼，只知道感覺很像子彈。所以他才靠近牆壁上的夜燈。夜燈的光線很微弱，如果沒有移動到正下方，連文字都無法閱讀。所以探岡移動到夜燈的正下方——距離牆壁只有十五公分左右的地方。接著他把子彈舉向夜燈。這時不幸的偶然發生了：當探岡把子彈舉到燈光下時，子彈就爆炸，貫穿他的頭部。」

也因此，探岡不是在床上，而是在牆邊被擊中。結果就造成凶手不可能拿手槍射殺探岡的狀況，給予了蜜村發現詭計真相的契機。

「所以說，依照凶手原本的計畫，空彈殼應該要在床底被發現。凶手大概希望看起來好像是有人躲在床底，在探岡睡覺時從床板下方射穿他的身體。」

然而因為種種偶然重疊在一起，使得結果產生變化。

「唔……」我思索著她的說法。依照蜜村的推理，的確能夠對留在現場的各種狀況提出說明。

我老實接受她的說法，不過同時心中也產生幾個新的疑問，因此決定一一消除。

首先讓我在意的是——

「凶手是什麼時候在床底下設置子彈的？」我問蜜村。蜜村摸著下巴，回答：

「我也不知道正確的時間，不過大概是在某個時間點取得探岡的信任，進入他的房間吧。有可能是昨天晚上，也可能是前天中午。從詭計的性質來看，設置子彈到爆炸的時間越短，詭計就越容易實現。畢竟時間短的話，就比較容易計算磷爆炸的時間。所以合理推斷的話，應該是在昨天晚上設置的。」

聽到她的回答，我點頭表示理解。相較於「三十小時之後爆炸的子彈」，「三小時之後爆炸的子彈」應該更容易製作。這一來，就如蜜村說的，凶手應該是在昨晚造訪探岡的房間，趁那時候設置子彈。

我理解之後，接著又問她下一個問題：

「接下來的問題是，妳對子彈上應該會留下的膛線痕問題有什麼看法？子彈在通過手槍的槍管時，會接觸到刻在槍管內的膛線，造成膛線痕。依照妳說明的犯案手法，子彈上面不會留下膛線痕，所以事後警方如果調查，就會輕易發現子彈沒有使用手槍來射擊吧？」

對於我的疑問，蜜村聳聳肩說「原來你在意這種事」。接著她彷彿事先準備好答案般，非常流暢地說明：

「一點問題都沒有。凶手不需要使用新的子彈，可以拿已經使用過、上面有膛線痕的子彈就行了。彈殼也可以同樣使用之前已經用過的，這一來底火上也會有撞針敲打的痕跡。」

我無法回答，只能說「的確」。聽她這麼說，的確沒有任何問題。身為光速偵探小丑的她，辯論能力也很強。或許她不是光速偵探小丑，而是光速辯論小丑。

「可是使用這個詭計的話，現場留下來的彈殼當中，應該會留下磷的痕跡吧？」我說，「警方事後調查時，一定會發現這個詭計才對。」

「不會。警察才不會調查彈殼裡面。」蜜村立即回答。「除非從詭計倒回去推理，否則應該不會進行化學分析。而且凶手或許打算事後找機會，把留在現場的彈殼換成其他彈殼，也就是換成沒有含磷的普通彈殼。反正這裡是暴風雨山莊，在警察來之前還有很多時間。」

聽她這麼說，我也開始覺得彈殼裡留下磷的痕跡幾乎沒什麼風險。我感到佩服，並發覺到此時腦中準備的疑問幾乎都已經消除了。剩下的問題只有一個。也因此，我問她這個問題：

「那還有最後一個問題：凶手是怎麼把那麼特殊的子彈帶進旅館的？像那種不知道什麼時候會爆炸的子彈，根本就危險到沒辦法隨身攜帶吧？」

對於這個問題，蜜村也依舊流暢無礙地回答：

「所以說，一定是在這間旅館裡面組合子彈的。」

「在旅館裡面？」

「沒錯，就是在彈頭跟彈殼分開的狀態之下攜帶。這一來，就不需要特地冒著危險攜帶加入磷的子彈，也不需要在電車上擔心什麼時候會爆炸。話說回來，如果凶手真的是詩葉井，就根本不需要拿著子彈在外面行動，所以一開始就不用擔心會爆炸了。」

我心想原來如此，不過立刻發覺到蜜村這段話有個部分讓我感到很在意。

「妳說如果凶手真的是詩葉井——難道妳不認為她是凶手嗎？」

聽到我這麼問，蜜村露出「糟糕」的表情。看來應該是失言了。

她以苦澀的表情說：

「應該不是。在暴風雨山莊當中，凶手如果自殺，就代表那個人不是凶手，而是另有真凶。如果是推理小說，大半都是這樣的模式吧？」

我心想，的確沒錯。我雖然也這麼想，可是——

「不過現場還有詩葉井的遺書。」

她親筆簽名的遺書留在現場，也因此，她的自殺是無可動搖的——我原本這麼想，但蜜村卻一口否定我的看法：

「要捏造遺書很簡單。比方說，在列印出來的遺書上，放一張有詩葉井親筆簽名的其他紙張——譬如她以前寫的信之類的。接著從上面用原子筆用力描詩葉井寫在信紙上的簽名。這一來，鋪在下面的遺書就會因為筆壓的凹痕，印出詩葉井的簽名了。之後再拿原子筆仔細地描遺書上的凹痕就行了。這樣的話，印出的遺書上就會留下『看似詩葉井親筆簽名』的簽名。雖然說如果進行詳細的科學分析，有可能會被發現是偽造簽名，不過只用肉眼要看穿，應該是不可能的。」

對於她流暢的說明，我只能感到佩服。用這樣的方式，的確可以偽造簽名。不過這也意味著詩葉井的自殺是偽裝的——也就是說，凶手還活著，潛藏在我們之間。

也就是說，殺人事件還會——

「不對，那是不可能的。」蜜村否定我的疑慮。「這間旅館不會再發生殺人事件。雖然不知道真凶是誰，不過那傢伙留下假遺書、讓詩葉井蒙上罪名，就是這麼回事。如果殺人計畫還在持續，凶手不會傻到讓其他人為自己背負罪名。因為——那是沒有意義的行為。」

我聽了她的見解，也覺得這個說法很有道理。

蜜村看到我的反應，笑了一下，然後說：「那我要去休息了。晚安。」

我朝著她的背影揮手，心裡想著，沒想到這麼簡單就能揭開謎底。

她果然是密室方面的專家。不論是做為偵探，或是做為犯罪者——

*

次日早上，我被敲門聲吵醒。時間還不到七點。我打開門，看到芬里爾站在門口。

「昨天很抱歉，把你摔出去。」

她一開口就這麼說。我回了聲「哦」，然後說「我並不在意」……老實說，被摔出去時超痛的，不過我不是那種會為了被女生摔出去的疼痛記恨很久的男人。我和芬里爾決定在此和好。

我抓抓頭說：

「話說回來，妳一大早就過來，只是特地為了告訴我這件事嗎？」

「不是，我是為了別的理由來找你。」芬里爾說。接著她告訴我：「我早上散步的時候，發現了屍體。」

聽到這句話，我感到腦中一片混亂。

蜜村明明說，不會再發生殺人事件了。

但是眼前的銀髮少女卻以鈴鐺般的聲音對我說：

「真似井被殺了。事件當然發生在密室裡。」

回想2　三年前・十二月

進入社辦，原本在看書的蜜村迫不及待地立刻抬起頭，然後把放在長桌上的一疊原稿拿給我。

「這是我這次寫的作品。你覺得怎麼樣？」

我回答「這樣啊」，然後也從自己的書包拿出一疊原稿，和她交換之後，彼此互相閱讀對方的作品。

當時我們正在進行各自寫短篇小說給對方看的活動。我們明明是文藝社員，卻總是在玩桌上遊戲——這樣的閒言閒語傳到顧問耳中，顧問便斥責我們，要我們「多從事文藝社該做的活動」。我們當然不是一直都在玩桌上遊戲，有時候也會做些閱讀等具有文藝社氣息的活動，不過顧問卻認為「如果只是閱讀，不需要特地進入社團」。顧問一本認真地指導我們：「看書在家或在圖書館看就可以了。」我和蜜村只能回答「說得也是」，接著自然而然發展為「那我們來寫小說吧」。然後在不知不覺中，我們都迷上了寫小說。

蜜村主要寫的是推理小說。文章和故事情節雖然很明顯是素人寫的，不過作品中出現的詭計和邏輯卻展現超出素人程度的銳利度，讓我在閱讀時不時發出「哦」的驚嘆聲。每當我發出「哦」的聲音，蜜村就會得意地哼哼笑。

另一方面，我寫的短篇則包括推理小說、科幻小說、恐怖小說和奇幻小說等各種領域。其實我只想要寫推理小說，不過很遺憾沒辦法一直找到新題材。彼此拿小說給對方看的文藝社活動是隔週舉行，要我每次都用推理小說挑戰，對我來說是強人所難。光從這一點來看，就會覺得蜜村很厲害。雖然一方面也是因為她的腦筋很好，不過更重要的是，我可以感受到她對推理小說的才能與愛。尤其是她這次給我看的小說，更是堪稱傑作。

我闔上原稿，對她說：

「還不錯。」

蜜村不滿地看著我。

「你怎麼老是一副高高在上的態度？」

「讀者總是從高處評論的。因為讀者就是顧客。」

「『因為讀者就是顧客』？少在那裡裝酷了！」

蜜村噘起嘴巴。我斜眼看她，然後重新翻閱原稿。「話說回來，這個密室詭計真厲害。」這回我老實說出內心的感想。「就算是專業作家，也很難寫出這種水準的詭計。」

蜜村聽到我的稱讚瞪大眼睛，接著用不悅的口吻說：「你怎麼突然稱讚起我了？真噁心。」老實稱讚也會挨罵，到底要我怎麼辦？

「不過這篇小說真的很棒。」結果我還是繼續老實稱讚。「應該可以送去給新人獎的評審單位吧？像是『這本推理小說真厲害』短篇獎之類的。」

蜜村或許感到有些不好意思，把視線從我身上移開，望著窗外說：

「『這本推理小說真厲害』的水準非常高，而且每次都有大約五百篇作品報名。」

「不過我覺得應該有機會耶。這個密室詭計實在是太厲害了。竟然會有這樣的手段——」

「這種詭計不算什麼。」她冷淡地說。看來她不是謙虛，而是真的這麼想。「跟我想到的終極密室詭計比起來，這不算什麼了不起的詭計。」

我稍稍吸了一口氣，反問：「終極的密室詭計？」這是推理小說迷的夢想，不過我很少聽她使用這樣的說法。她比較傾向「完美的詭計根本就不存在」的那一派。像她這樣的人竟然會說出「終極的密室」這種話！

我頓時很想知道那是什麼樣的詭計。不過在我開口詢問之前，她對我說：

「對了，葛白，你覺得要是日本發生了密室殺人事件，會有什麼樣的結果？」

面對這個唐突的問題，我呆了瞬間，接著立刻告訴她：

「妳不知道嗎？在日本從來沒有發生過密室殺人事件。」

蜜村聳聳肩，然後說：「我當然知道。所以說，我是在談假設的問題。如果發生了會怎麼樣？如果凶手是誰很明顯，但是現場是密室，所以那個人不可能犯案。像這種情況，你認為法院會判有罪還是無罪？」

「唔……」我苦思了好一陣子，不過越想越覺得答案好像很明確。

「應該會判有罪吧。」

「為什麼？」

「因為那個人很明顯就是犯人。」

「可是明明不可能犯案，還會判有罪嗎？」蜜村說。「譬如凶手如果有完美的不在場證明，就會獲判無罪，理由是那個人不可能犯案。既然如此，密室應該也一樣才對。就不可能犯案這一點來看，密室和不在場證明沒什麼差別。為什麼不在場證明可以，密室就不行？一點都不合邏輯。」

「唔……」我再度陷入苦思。蜜村這時對我說：

「所以說，葛白，我認為如果日本發生了密室殺人事件，應該會判無罪才對。」

這句話聽起來像是一本正經開的玩笑，也像是非常嚴肅的告白。至今我都不知道她真正的意圖。

不過在那段對話的一星期後，蜜村就因為殺人嫌疑被警方逮捕，而命案現場是任何人都無法解開的完美密室。

我想起了她所說的「終極的密室詭計」。

第三章　雙重密室

聽到真似井被殺的消息，梨梨亞的表情似乎隨時都要哭出來。「芬里爾，這是真的嗎？」她用渴求的口吻問。「很遺憾。」芬里爾說，「雖然還沒有直接檢查屍體，所以無法斷言，不過可以幾乎肯定已經死了。」

此刻在這間旅館的所有人都聚集到大廳。大家都是被芬里爾叫醒的。我們依照她的指示走出玄關，從庭院前往真似井房間的窗外。不只是為了從窗外窺探室內，還要打破窗戶進入密室當中。

「這次的門也上鎖了嗎？」走在院子裡時，夜月這樣問。芬里爾對此有些模稜兩可地搖頭。

「是的，房門的確上了鎖。不過還有另一個問題。」

「另一個問題？」

「除了房門上了鎖之外，還有另一個理由沒辦法開門。這一點只要看過現場就會明白——來，就是這裡。」

我們到達真似井的房間靠窗的那面牆壁。真似井的房間在東棟一樓。我們從窗戶窺探室內。就如芬里爾所說的，真似井倒在地上。

「真似井！」

梨梨亞發出悲痛的叫聲。不過我沒有看她，而是注視著室內的景象。這是怎麼回事？為什麼房間裡會——

排列著骨牌。

芬里爾說：「這就是沒辦法打開門的另一個理由。」我隔著窗玻璃，看著排列在房間裡的骨牌。

真似井倒在房間中央，周圍環繞著圍成四方形的骨牌。骨牌一直往門的方向延伸，剛好到達會接觸到往裡面開的門的前方。假設在這樣的狀態下打開門——

「骨牌會撞到往裡面開的門，接連倒下。」

我說出口。這一來，當然會產生一個疑問。

凶手到底是如何排列這些骨牌的？要排列骨牌，凶手必然得在室內。由於骨牌一直排到接近門的地方，因此凶手應該是在關上門的狀態下排列骨牌的。那麼凶手究竟要如何離開這間房間？在打開門的瞬間，門板就會撞到骨牌，排列好的骨牌都會倒下；但是如果不開門，就無法到外面。我喃喃地說出描述這個情況的詞：

「這是不完全密室。」

房門處於相當於上鎖的狀態——往裡面開的門被骨牌堵住的這個狀況，剛好符合法務省創造的這個名詞。

「總之，我們先打破窗戶進入裡面吧。」石川說。「也許他還沒有斷氣。」

石川雖然這麼說，不過大概連他自己也不相信這種話。即使隔著窗玻璃，真似井怎麼看都已經死了。

*

我們打破固定窗進入室內，發現真似井果然還是死了。房間的鑰匙掉在屍體的旁邊。石川和芬里爾驗屍的結果，死亡推定時間是昨晚三點到四點之間。梨梨亞一直在哭，夜月則在安慰她。

我看著排列在室內的骨牌。我記得骨牌跟地產大亨等遊戲一起放在旅館大廳裡。凶手會不會是使用放在那裡的骨牌？

我為了重新確認骨牌的排列，走到房間的入口。我背對牆壁，用視線追蹤排列好的骨牌。

骨牌環繞著屍體排成正方形。骨牌形成的正方形一邊長度約兩公尺左右，從正方形底邊（比較靠近房間入口的那一邊）中央，有同樣長兩公尺的骨牌行列朝著門口筆直延伸。我看著骨牌的排列，想像到把放大鏡的鏡片變成四方形的圖形，或者也像是煎蛋用的四方形平底鍋。放大鏡（或平底鍋）的把手部分接觸到往裡面開的門，一打開門就會撞到，使骨牌接連倒下。

門的鉸鍊位在門板左側，不過那是從房間內看過去的情況。如果從走廊上看，鉸鍊當然會位在門板右側。

我接近門，試著拉門把，便聽見鎖栓卡到發出的「喀喳」聲。就如先前芬里爾所說的，門不只被骨牌堵住，似乎還上了鎖。也就是說，這間密室既是不完全密室，同時也是完全密室。

我把視線移回真似井的屍體，聽見正在驗屍的石川與芬里爾的對話。

「話說回來，妳是怎麼發現這具屍體的？」

「我當時在院子裡散步。」芬里爾回答石川。「結果偶然發現真似井倒在房間裡。我感到很驚訝。就算詩葉井的死不是自殺，我也以為不會再發生殺人事件了。」

聽她這麼說，我想到蜜村也說過類似的話。

我轉向身旁的蜜村。她立刻迴避視線。我毫不留情地繼續注視她，她便嘆了一口氣說：

「……有什麼辦法？好啦，沒錯，我的確完全判斷錯誤。凶手把詩葉井的死布置成自殺的目的，不是為了要把罪名推給她，而是為了讓我們掉以輕心，以為事件已經結束了。在我們掉以輕心的這段期間，凶手就趁機殺害了真似井。」

總之，這一來原本中斷的殺人事件又開始了。撲克牌連環殺人事件再度發生。這時我忽然想到一件事，便問石川：

「有沒有看到撲克牌？」

「撲克牌？喔，對了。」

石川聽了我的話，再度開始檢查屍體，不久之後就找到那張撲克牌。撲克牌似乎是放在真似井外套的內口袋。石川拿出那張牌給大家看。

「找到了。這次是紅心『2』。」

老實說，就算找到撲克牌，我也不知道那代表什麼意思。數字的法則照例令人摸不著頭緒。

不過在我旁邊的蜜村卻低聲說：

「原來是這麼回事。」

聽到她的話，我感到相當驚訝。其他人似乎也都很驚訝。蜜村稍稍聳肩，對大家說：

「我知道撲克牌的數字法則了。」

她抓了抓黑髮，繼續說：

「這是諾克斯十誡。」

＊

【諾克斯的十誡】

1　凶手必須是一開始就出現在故事中的人物。

2　偵探進行調查時，不可使用超自然能力。

3　不可使用兩種以上的祕密通道或祕密房間。
4　不可使用未發現的毒藥、或是需要複雜的科學說明的機器。
5　不可出現中國人。
6　不可憑偶然或第六感解決案件。
7　偵探本人不能是凶手。
8　沒有提示給讀者的線索，不可做為解決事件的依據。
9　華生的角色必須把自己的所有判斷都告知讀者。
10　同卵雙胞胎的存在必須一開始就告知讀者。

＊

「諾克斯十誡？」夜月疑惑地問。

我告訴她：「這是從前有一位名叫羅納德・諾克斯（Ronald Knox）的推理小說家訂定的，可以說是推理小說的規則。雖然不需要絕對遵守，不過遵守這些規則，可以寫出比較像樣的作品──大概就像是類似指南的東西吧。名稱是模仿舊約聖經裡的摩西十誡。」

順帶一提，摩西的十誡是①上帝必須是獨一無二之神，②不可製造偶像，③不可妄稱上帝之名，④必須遵守安息日，⑤必須尊敬父母親，⑥不可殺人，⑦不可姦淫，⑧不可偷盜，⑨不可做偽證，⑩不可貪求他人的財產（參考維基百科）。諾克斯也是基督教的神職人員，因此參照摩西十誡，擬定出推理小說的十條規則。

聽了我的說明，蜜村點點頭說：

「沒錯。諾克斯的十誡各自都有號碼。案發現場留下的撲克牌數字，正好吻合這些號碼。」

她環顧眾人，繼續說：

「那麼就來一一驗證吧。首先是五年前發生的——撲克牌連環殺人事件的第一起凶殺案。被殺害的是前刑警，現場留下的牌是紅心『6』。」

我在腦中喚起諾克斯十誡——「等一下。」我從口袋拿出記事本和筆，把十誡全都寫出來，好讓我和蜜村以外的人了解。

「呃，諾克斯的十誡，第六誡是……」夜月從我背後窺探記事本。「『不可憑偶然或第六感解決案件。』」

「沒錯。」蜜村點頭。「遇害的前刑警在現役時期頗有名氣，不知為何運氣特別好，據說還曾經『碰巧在居酒屋遇見懸案的犯人，當場逮捕對方』。」

「也就是說——」芬里爾若有所悟地說，「那位前刑警是『憑偶然或第六感解決案件的人物』？」

「沒錯。也就是說，他的存在本身就暗示了諾克斯十誡的第六誡，可以看成是某種比擬。所以凶手就在現場留下『六』的數字，想要向世人提示這一點。」

我聽了她的推理，心想原來如此。從第一起殺人事件來看，似乎的確符合諾克斯十誡。

蜜村確認所有人都理解之後，繼續說：

「那麼就來看第二起事件。這起事件的殺人現場留下的數字是『五』，而被害人是中國人。」

聽了蜜村的話，所有人都探頭看寫在紙上的諾克斯十誡。

夜月說：「這個就很簡單明瞭了。『不可出現中國人』。」

被害人是「中國人」這一點，大概就暗示了諾克斯十誡的第五誡。

也就是說，這起事件也符合這套理論。接下來呢？

「第三起事件留下的數字是『四』。被害人是被毒死的，使用的是新品種的有毒蘑菇。」

「呃，諾克斯十誡的第四誡是……」石川接續蜜村的話：「『不可使用未發現的毒藥、或是需要複雜的科學說明的機器。』新品種的有毒蘑菇，也可以看成是『未發現的毒藥』吧。所以這起事件應該也算符合。」

「是的。這一來就知道，五年前發生的三起事件，全都符合諾克斯十誡。那麼這次發生在這間雪白館的四起事件又如何呢？」

聽了蜜村的話，我開始追溯記憶。我試著想起四起殺人事件當中，留在現場的撲克牌數字，並且在寫出諾克斯十誡的紙上追加這些資訊，好讓大家也都能了解。

第一起事件（被害人）神崎（撲克牌數字）『A』
第二起事件（被害人）詩葉井（撲克牌數字）『10』
第三起事件（被害人）探岡（撲克牌數字）『7』
第四起事件（被害人）真似井（撲克牌數字）『2』

夜月說：「最容易理解的是探岡『偵探』吧。這是暗示諾克斯十誡當中的第七誡，『偵探本人不能是兇手』。」

這一來探岡也符合假說了。那麼剩下的三名被害人呢？

迷路坂說：「詩葉井小姐有『雙胞胎』妹妹，所以這點也符合諾克斯十誡的第十誡，『同卵雙胞胎的存在必須在一開始就告知讀者』。」

我想起第一天在餐廳裡聽迷路坂提起過，詩葉井的雙胞胎妹妹在務農，並且會送新鮮蔬菜到這家旅館。

這一來詩葉井也符合了。剩下兩人。

「真似井……」梨梨亞揉著哭腫的眼睛說，「以前當過占卜師。他不是也幫你們占卜過嗎？所以說，應該符合諾克斯十誡的第二誡，『偵探方式不可使用超自然能力』吧？」

我心想，原來如此。不過聽到這段話的夜月提出疑問：

「超自然能力是什麼？是超能力嗎？」

蜜村回答她：「像是算命或是聽到神諭之類的。在推理小說的黎明時期，聽說有滿多小說是利用這種方式來找出犯人。」

總之，這一來真似井也符合假說。還剩下一個人——也就是神崎。

「諾克斯十誡的第一誡是『凶手必須是一開始就出現在故事中的人物』。」夜月說到這裡，皺起形狀姣好的眉毛。「這個我就不太了解了。所謂『一開始就出現在故事中的人物』，究竟是什麼意思？」

我們當然不是故事中的人物。

不過芬里爾在沉思過後，喃喃地說「原來是這麼回事。」當眾人的視線聚集到她身上，她便靦腆地說：

「諾克斯十誡的第一誡，換句話說就是『沒有從故事一開始就出現的人物，不能是凶手』。神崎是最後到達這座雪白館的人物，因此假設把這一連串的殺人事件整理為小說的形式，神崎就可以看成是『沒有從故事一開始就出現的人物，也因此等於是暗示了諾克斯十誡的第一誡。』

聽到她的話，眾人都恍然大悟。雖然是瘋狂的理由，不過的確符合。

就這樣，七起殺人事件——五年前發生的三起殺人事件、以及在這間旅館發生的四起殺人事件——全都符合諾克斯十誡。

蜜村說：「這就是留在現場的撲克牌的意義。」接著她看著迷路坂，對她說：「說到這裡，我有一件事想要請問妳。」

迷路坂被問到，露出詫異的表情。蜜村問她的問題是：

「這間雪白館有沒有祕密通道或祕密房間？」

眾人的視線自然而然投向寫出諾克斯十誡的那張紙。其中的第三誡是——

「不可使用兩種以上的祕密通道或祕密房間。」

這意味著如果只有一個，就可以使用祕密房間之類的設定了。蜜村或許也因此才會問這種問題。不過老實說，我內心想著「問什麼笨問題呀」。又不是推理小說，現實中不可能會有設置祕密房間的建築。

果不其然，迷路坂如此回答：

「有的。」

咦？怎麼搞的？竟然還真的有這種東西！——我心想。

＊

迷路坂帶我們去的地方是餐廳。她拿起空調遙控器，用大拇指壓背面，接著在指尖施力。這時遙控器背面的塑膠板滑開，露出新的按鈕。我們都發出「哦」的驚嘆聲。

「這是打開祕密房間用的遙控器。」迷路坂這麼說，然後指著餐廳南側的牆壁。「祕密房間的入口在那裡。」

她指的是擺在牆邊的餐具櫥櫃。那是在詩葉井屍體旁邊的櫃子。櫃子的寬度約有兩公尺左右，沒有設置櫃門之類的，因此乍看之下有點像書櫃。或許真的是書櫃也不一定。

迷路坂把遙控器指向那座書櫃，按下按鈕。

這時櫥櫃以驚人的氣勢往右側移動。櫥櫃移動的距離有一公尺左右，在牆上空出同等寬度的空間，並且有一道階梯從那裡通往地底。我們再度發出「哦」的驚嘆聲。

「走下這道階梯，就是祕密房間。」

迷路坂說完，便走下階梯。感應器啟動，自動亮起燈。我們也跟在她後面。往下走三十秒左右之後，就看到那間祕密房間。

那是一間天花板很高的昏暗房間。我們看到宛若從推理小說中跳出來的祕密房間，不禁瞪大眼睛，然後立即發現到擺在房間中央的某樣東西。地板上有個人形的東西倒在那裡。不對，那是——

「屍體？」

聽到我的聲音，夜月產生反應，肩膀顫抖。我立刻跑到看似屍體的那東西旁邊，石川和芬里爾也跟過來。三人一起俯視那樣東西。

「死掉了。」石川悠閒地說。

「的確死掉了。」芬里爾喜孜孜地說。

這兩人沒救了——我邊想邊注視腳邊的屍體。倒在地上的是穿西裝的男人，的確怎麼看都死掉了。正確地說，已經木乃伊化了。

我問石川：「死亡推定時間是什麼時候？」

「別強人所難。」石川發出苦笑。「如果是法醫學者還有可能調查出來，不過我是心臟外科醫生。我只知道應該已經死了相當長的一段時間。」

說得也是。不過當我這麼想，正在檢查屍體的芬里爾卻說：

「死亡推定時間應該是大約四個月前。」

石川聽到她這麼說，不禁瞪大眼睛。

「妳看得出來？真厲害。」

「不，驗屍方面完全得不出結果。」芬里爾邊說邊拿出類似證件夾的東西。「不過屍體外套的口袋裡，有這樣的東西。」

我們接過證件夾檢視內容。裡面放的是駕照。男人似乎是姓信川，年齡三十歲。石川端詳了駕照之後，盯著芬里爾問：

「為什麼憑這個就能知道死亡推定時間？駕照還沒有過期，應該沒有可以判斷死亡時間的要素吧？」

「因為我剛好認識他。」

「真的？」我驚訝地問。

「沒錯。信川和我跟神崎一樣，都是『曉之塔』的人。他在大約四個月前失蹤，所以我判斷他應該是在那時候遭到殺害。」

原來如此——我和石川都點頭。這個想法的確很有可能。

就在此時，從遠處眺望屍體的其他人也走過來。其中的蜜村問我：

「有沒有撲克牌？」

「撲克牌？……哦。」

我注視屍體，然後提心吊膽地摸索屍體口袋。撲克牌在屍體的褲子口袋裡。紅心「3」——符合諾克斯十誡當中的第三誡，「不可使用兩種以上的祕密通道或祕密房間」。

「不過凶手為什麼要依照諾克斯十誡來犯案？」

石川提出這樣的問題，蜜村便說：

「很遺憾，目前還不知道這個犯罪動機（whydunit）的答案。也許是某種自我表現欲，也可能純粹是為了娛樂而犯案。目前還很難說。」

蜜村說完之後轉向迷路坂，切換新的話題，問她：

「我想請教一件事。除了妳之外，還有誰知道這間祕密房間的存在？」

迷路坂稍稍歪頭，思索片刻，然後回答：

「基本上，只有我和詩葉井小姐知道。不過我聽說過，雪城白夜常常對造訪此地的客人炫耀這間祕密房間，所以實際上知道的人或許比我們想像的更多。如果把聽聞過的人也包含在內，就很難說有多少人知道了。」

原來如此。也就是說，目前在這間旅館的人當中，即使有人知道，也不足為奇。

「另外我也想要請問，妳為什麼直到現在都沒有告訴我們這間祕密房間的存在？」

「我不認為有什麼必須說出來的特別理由。」迷路坂回答蜜村的問題。「畢竟我也沒有想像到，這種地方竟然會有屍體。」

「不過發現詩葉井屍體的時候，餐廳是密室吧？」我插嘴問。「那麼不是應該考慮到，凶手有可能躲藏在和餐廳連結的這間祕密房間嗎？」

這時蜜村和迷路坂不知為何同時聳肩。

「不對，葛白，凶手躲藏在密室中的可能性，已經被否定過了吧？」

「沒錯。外部凶手犯案的可能性已經被否定了。」迷路坂也說。

「是的。發現詩葉井的屍體時，我們所有人都到齊了。凶手既然是我們內部的人，如果凶手躲藏在這間祕密房間裡，當時就沒有辦法全體到齊，一定會缺一個人。所以不需要考慮凶手躲藏在這間房間的可能性。」

我被滔滔不絕的言論辯倒，內心感覺有些不舒服，但蜜村不理會我的心情，繼續與迷路坂對話：

「對了，我還有另一個問題。旅館除了這間房間以外，有沒有其他祕密通道或祕密房間？」

對於這個問題，迷路坂搖頭。

「沒有其他祕密房間。」

「妳如此斷定的根據是什麼？」

「旅館要開業的時候，曾經請鑑定業者來調查過。」

聽到這句話，蜜村稍稍瞪大眼睛。

「妳是指密室鑑定業者？」

迷路坂點頭。

「密室鑑定業者」是調查建築內有沒有祕密通道等設計的專門業者。只要密室殺人事件發生，一定會被警察請去，調查建築的每一個角落。由於是使用超音波與X光來調查，精準度幾乎完全沒有問題。警察在搜查密室殺人事件時，首先會請密室鑑定業者調查祕密通道是否存在，以便排除「凶手使用祕密通道逃出密室」的模式。

然而很少會有密室鑑定業者來調查沒有發生過刑事案件的民間建築。關於這一點，迷路坂說明：

「畢竟這是推理小說家的屋子，如果沒有掌握裡面有什麼機關，就會造成顧客的困擾。」

聽了這個說明，我們都感到理解。蜜村開口說：

「既然如此，接下來讓我感到在意的，就是這具屍體究竟是在什麼時候、由誰搬到這間房間的。」

聽到這個問題，迷路坂稍稍舉起手說：

「關於這一點，大約兩個月前，有一名可疑的顧客造訪過。那個人戴著大墨鏡，無法判斷是男是女，身高介於一百七十公分到一百八十公分之間，不過也有可能穿著矮子樂之類的隱藏實際身高。那位客人提了很大的行李箱。」

「也就是說，是那位客人把屍體搬到這間祕密房間的？」

「很有可能。而且我和詩葉井幾乎不會使用這間房間。即使從兩個月前就被放置屍體，發現的機率也很低。」

蜜村陷入沉思。我也學她把手放在下巴上，忽然發現在距離屍體稍遠處，地上有某個東西。我走過去撿起來。

「銀幣？」

那是五百圓硬幣大小的銀幣，但似乎不是實際流通的錢幣。硬幣正反兩面都只有刻印英文字母的「M」。

「M。」

這是什麼？我正感到疑惑，從後面窺探我舉動的蜜村便瞪大眼睛。

「葛白，那枚硬幣是……」

「妳知道？」

「怎麼可能不知道——」

蜜村稍稍陷入沉思，似乎是在整理腦中的資訊。怎麼搞的？這枚硬幣是那麼嚴重的東西嗎？

這時芬里爾走過來，對我們說：

「你們知道密室代辦業者這種行業嗎？」

我和夜月彼此互看了一眼。夜月搖頭，不過我有聽過這個名詞。

「就是所謂的殺手吧?接受委託殺人，而且一定會使用密室殺人的手段。」

「有點不一樣。」芬里爾說。「密室代辦業者有實際接受委託殺人的，也有只提供密室詭計給委託人的。那枚印了『M』的銀幣，是某個密室代辦業者喜歡留在現場的東西。這位連性別都不明的殺手不是提供詭計給委託人，而是實際執行殺人。這枚銀幣出現在現場，就代表此刻發生在雪白館的連環殺人事件，很有可能是那位密室代辦業者的犯案。」

芬里爾說完，華麗地撥了撥銀髮。

「這個人物號稱是密室代辦業者當中最可怕的人物，自從日本的密室殺人事件開始以來——也就是在這三年當中——已經殺害五十多人。這個人物在警方與同業之間，有這樣的稱號。」

銀鈴般的聲音響徹房間。

「『密室師』。」

*

走出祕密房間之後，我首先向大家說明目前的搜查進度，亦即殺死探岡的密室詭計已經解決；不過很遺憾地，大家的反應並不熱絡。這也是沒辦法的事。新出現的第四個密室，以及在那裡發現的真似井屍體，另外還有「密室師」的存在——要脫離這樣的混亂狀態，光是解決一個密室之謎根本不夠。

也因此，為了突破這樣的狀況，我拿了在大廳找來的骨牌前往東棟。這當然是為了解開真似井被殺害的密室之謎，也就是排列骨牌的密室詭計。不過如果實際在真似井的房間做實驗，就會弄倒現場排列的骨牌，因此我決定在真似井隔壁的房間進行驗證。因為房間的格局相同，所以應該不會有問題。

意外的是，蜜村也跟我一起來。她一直對解開事件真相很消極，但現在卻突然產生幹勁。

關於這一點，蜜村皺起眉頭說：「以我的立場來說，不太想要引人注目。不過既然已經大受矚目，就已經無關緊要了。更重要的是要趕快找到凶手，以便睡個好覺。這幾天我的睡眠都很淺，實在很困擾。每天都只能睡六小時左右。」

這樣已經睡得很夠了吧？——我心想。

到達房間之後，我仿照犯案現場，在室內同樣地排列骨牌。蜜村在我旁邊看我排列。我在排到一定程度之後，到房間外面，請蜜村在房間裡等候。我拿出跟迷路坂借來的鐵絲，稍微打開門，然後把彎曲成L字型的鐵絲從縫隙伸進去。我使用鐵絲，小心翼翼地把排好的骨牌拉向門邊。

這次做為現場的東棟一樓房間的門，和同樣在東棟一樓的探岡房間一樣，門下方和地板之間沒有縫隙。不僅如此，只要關上門，就連細線通過的縫隙都沒有。也因此，要從室外移動骨牌，就只能像這樣在稍微打開門的狀態，把鐵絲伸進去操作。

我努力了十分鐘左右，擦拭額頭上的汗水，大聲問室內的蜜村：

「怎麼樣？骨牌有沒有排好？」

如果打開門，骨牌就會倒下，因此走廊上的我無法自己確認。蜜村的聲音隔著門板傳來：

「很遺憾，排得亂七八糟。」

「真的假的？」

「真的，骨牌幾乎都已經倒了。這個方法不可能實現吧？」

怎麼會這樣？那我這十分鐘的辛苦到底是在幹麼？

我打開門進入室內，排好的骨牌被往裡面開的門推擠，全都倒下來。

我苦思片刻，決定再度前往案發現場。蜜村也跟我一起來。我們從東棟回到大廳，走出玄關來到庭院，然後經由庭院，從打破的窗戶進入真似井的房間。光是前往隔壁的房間，就要走這麼一大段路，真麻煩。

我注視著排列在真似井房間的骨牌。骨牌以四方形圍繞真似井屍體原本所在之處，然後一直延伸到門的前方。第一個骨牌距離門板只有一公分左右。這一來只要稍微打開門，骨牌就會倒下。像我剛剛使用的方法——把門稍微打開，然後用鐵絲把骨牌移動到門前——看來是行不通的。

這時我忽然發覺到一件事。

「這間房間的地板材質，好像和其他房間不太一樣。」

「是啊。」蜜村也說。「看起來和其他房間不一樣，紋路很粗。」
其他房間的地板材質都像磨亮過一般光滑，相較之下，這間房間的地板材質則很粗糙，似乎也沒有打蠟，摸起來會有彷彿含有濕氣的不舒服觸感，讓我聯想到梅雨時的廢棄房屋。
蜜村說：「其他房間的地板也許是在翻修的時候，換貼過其他材質，然後不知道為了什麼原因，只有這間房間沒有翻修。」
「什麼原因？」
「我怎麼可能會知道。」蜜村聳聳肩說。
接下來有好一陣子，我們只是盯著排在地板上的骨牌，不過終於覺得這樣下去也不是辦法，就決定面對其他難題。我用手機拍下排列在地板上的骨牌之後，將排在門口附近的骨牌先快速收起來。從保留現場的觀點來看，這種做法很有問題，不過不這樣就沒辦法打開門了。
我轉動門鎖的旋鈕打開門。沒錯，這個犯案現場還有另一個大問題，那就是門不只是被骨牌堵住，還上了鎖。也就是說，這間房間不只是不完全密室，同時也是完全密室。
「算是某種雙重密室吧。」蜜村如此形容。
雙重密室原本是指通往房間的門有兩扇、而且每一扇門都上了鎖的狀態。像這次這樣一扇門被兩種方式堵住的狀態，是否也能稱為雙重密室——關於這一點，我也不是很清楚。

順帶一提，這間房間唯一的鑰匙掉在屍體旁邊，並且已經確認過是真正的鑰匙。此外，東棟因為沒有主鑰匙，因此也不可能用主鑰匙來鎖門。

這一來，凶手是如何製造密室的？我調查了房門一陣子，發現了某件重大的事實。

「蜜村！」我難以抑制心中的喜悅，對她說：「妳看這個鎖栓！」

「鎖栓？」

「這是不是中途被切斷了？」

我指著從打開狀態的門伸出來的鎖栓。乍看之下沒什麼問題，但仔細看，鎖栓在中途被切斷過，並且有使用黏著劑黏回去的痕跡。這應該是很重大的線索吧？

「哦，原來如此。」蜜村似乎也產生興趣。「會不會是凶手切斷的？」

「一定是。」

凶手一定是在半夜使用某種工具將鎖栓切斷。當時或許會發出很大的聲音，不過目前住在東棟的人只剩下被害人真似井，包含迷路坂在內的所有人都住在西棟。切斷的聲音應該不至於傳到西棟吧。

我如此陳述自己的意見，蜜村也表示同意，說：「嗯，沒錯。」不過她又說「等一下」，然後快步走出房間。不久之後，她拿著鉗子回來，用鉗子夾住鎖栓，用力旋轉，藉由槓桿的力量，把黏起來的鎖栓拆下來。我發出「哦哦」的驚嘆聲。

門在鎖上時，鎖栓會插入門框的鎖槽當中，因此才打不開。那麼如果鎖栓一開始就不存在會怎樣？這一來，即使轉動旋鈕，也不會對門的開關造成任何影響。

凶手在切斷鎖栓之後，一定是把切下來的部分插在門框的鎖槽當中，然後在轉動旋鈕的狀態關門。只要在切下來的鎖栓上預先塗上黏著劑，在關門的同時鎖栓就會黏起來，看上去就好像鎖栓一開始就「沒有被切斷」。

這一來，密室之謎就解決了。我為了檢視自己的推理，試著在轉動旋鈕的狀態下關門，不過這時發生了意想不到的事：門無法確實關上。仔細看，從門板側面有五公釐左右的鎖栓突出來。這五公釐的鎖栓撞到門框，阻礙房門關上。我把身體壓在門板上，試圖用力地壓，不過當然還是無法關上。由於門板和門框之間沒有縫隙，因此光是五公釐的門栓，就足以造成重大的阻礙。我心想，怎麼會這樣？

鎖栓因為被切斷，確實變短了，不過即使是變短的鎖栓，仍舊可以鎖上門。

「葛白，真遺憾。」蜜村同情地說完，用手抓住門鎖的旋鈕，轉動旋鈕讓突出來的鎖栓縮回去。旋鈕鎖發出強勁的彈簧聲。她在這樣的狀態關上門，然後再度旋轉旋鈕，接著轉動門把。鎖栓卡住門板的聲音再度傳來。我再度想到，怎麼會這樣。

「也就是說，鎖栓即使變短，也不會對鎖上門的功能造成任何影響。」

蜜村稍稍聳肩。

在這之後，我繼續挑戰密室之謎三十分鐘左右，後來因為蜜村顯露出想要回去的表情，我只好先暫停。我們回到大廳，想要先和大家會合，卻發現大廳不知為何有些吵鬧。我正詫異發生了什麼事，夜月便走過來告訴我：

「你們看。」她指著大廳的一張桌子。一名似曾相識的男人坐在那張桌子的座位。「社先生回來了。」

＊

座位上坐著一名衣服變得破破爛爛、顯得筋疲力竭的男人，年紀大約四十歲。蜜村看了之後狐疑地問：

「那個人是誰？」

這傢伙不會是認真的吧？

「他是社先生，貿易公司的社長。他先前不是住在這間旅館嗎？」

「喔，對了，的確有那樣的人。」蜜村有些不好意思地說。看來她是真的忘記了。

「……不過那個人不是已經下山了嗎？就是在第二天——發現神崎先生的屍體之後。」的確是這樣沒錯。他堅持要在下雪的天氣下山，因此我以為他早已遇難——說得直接一點，我以為他早就死了。

夜月說：「沒想到他剛剛回來了。現在石川跟迷路坂正在質問他。」

質問——這個說法不太好聽，不過社的對面的確坐著石川和迷路坂。我聽見他們的對話。看來社當初為了下山進入森林裡之後，果然立刻就迷路了。接著他在山中徘徊兩天左右，奇蹟似地得以回到這間旅館。

「話說回來，你為什麼要勉強下山？就算是小孩子也知道會遇難吧？」

迷路坂淡淡地說出辛辣的話。社以疲憊不堪的聲音說：

「因為我害怕被殺。我有被殺的理由。」

「被殺的理由？」石川反問。

社講述的自身經歷如下：

社以前曾經從事投資相關的詐欺活動，雖然賺了很多錢，但同時也招致他人怨恨。

「不過我在來到這間旅館之前，並沒有為此懺悔過。」社這麼說。「不僅沒有懺悔，我還幾乎把這件事忘了。後來旅館裡死了人，橋也被燒毀，把我們封在這裡。我想到凶手該不會是為了殺死我而燒毀橋，就感到很害怕。」

告解完自己的罪行之後，社的表情顯得有些清爽，看起來也像是變得達觀了。他用有些抱歉的口吻對迷路坂說：

「很抱歉，可以給我一些餐點嗎？我幾乎什麼都沒吃。」

「好的。如果只是簡單的東西，我可以立刻準備。」

社和迷路坂離開座位，準備前往餐廳。這時蜜村叫住迷路坂。兩人小聲地說了一些話。當蜜村回來，我問她：

「妳剛剛跟她說什麼？」

「我問她關於設置在圍牆門上的監視器的事。」她說。「我想要知道社是不是真的剛剛才回來。他也有可能更早就回來了。」

原來如此。也就是說，蜜村考慮到社是凶手的可能性。如果社之前就潛藏在這間旅館，的確也可能成為凶手候補。

「結果怎麼樣？」我問。

「社是清白的。」蜜村回答。「迷路坂似乎也想到同樣的可能性，所以當社回來之後，立刻檢查了監視器，結果社似乎真的是剛剛才回來的。也就是說，社不可能犯案。」

蜜村說完之後，注意到放在大廳櫃檯上的水壺。「這是什麼？」她拿起水壺，夜月便說：

「啊，那是剛剛迷路坂在旅館的置物櫃找到的。她說這不是旅館的用品，覺得很奇怪，不知道是誰帶來的。」

「哦。」蜜村盯著水壺。這是容量大約三公升的雪白水壺。不知是否心理作用，感覺蓋子的部分比一般水壺更加堅固。

我試著拿起來，發現滿重的，看來應該不是一般的水壺。

＊

當我在大廳思考密室詭計的解答時，蜜村在一旁拿著剪刀和厚紙板，不知道在做什麼東西。「你在做什麼？」我問她，她便回答：「現在不能告訴你。」她是個祕密主義者。

「話說回來，我想要稍微整理一下想法，你可以陪我聊一下嗎？」

她邊使用剪刀邊說。我不滿地瞪著這位祕密主義者，不過還是點頭回應。我也想要整理一下想法。

我問：「要談什麼？」

蜜村說：「關於詩葉井的屍體發現時的狀況。有件事我有些在意，不過卻不知道為什麼會變成那樣。」

「在意的事？」我反倒比較在意這段發言，不過——「好吧，算了。要從哪裡談起？」

「乾脆趁這個機會，把昨天早上的狀況依照時間先後來回顧吧。葛白，你是在早上五點左右前往大廳的吧？你可以先告訴我當時的情況嗎？」

「嗯。」我點頭。「我在早上五點去大廳，看到夜月、梨梨亞和真似井在那裡。接著我們談到真似井很擅長塔羅牌占卜——」

接下來，我和蜜村就談起發現詩葉井的屍體之前、彼此看到或聽到的情報，順便也互相確認後來發現探岡屍體之前發生的事。主要在說話的是我，蜜村則一邊做莫名其妙的勞作一邊聽我說。當我說到某一個部分，她便開口制止我：「停！」

她手中仍拿著剪刀，摸著下巴說：

「原來是這麼回事。」

「原來是怎麼回事？」

「你可以安靜一下嗎？我想要整理思考。」

這句話好過分。我乖乖閉上嘴巴，悲傷地度過這段時間。

不久之後，她把手從下巴移開，然後注視著我。

「我想要確認一件事。發現詩葉井屍體的時候，有沒有人接近窗戶？」

「窗戶？妳是指餐廳北側的窗戶嗎？」

餐廳北側的牆壁是一整面採光用的玻璃窗，不過和詩葉井屍體所在之處有些距離，因此如果有人離開屍體旁邊接近窗戶，一定會發覺。

於是我回答她：

「應該沒有人接近。」

「那麼在發現採岡屍體之後，再度回到餐廳的時候呢？」

「當時也沒有人接近——不對，等一下。」這時我想起來，當時夜月走近北側的窗戶。她是為了降低空調溫度，去拿放在窗邊的遙控器。

「也就是說，在夜月走向北側的窗戶之前，都沒有人接近那裡吧？」

蜜村說完之後，放下手中的剪刀看著我。

「我終於明白了。這一來，所有的謎都解開了。」

我瞪大眼睛。

「明白什麼？密室之謎嗎？還是凶手的真實身分？」

「兩者都是。」蜜村撥了撥黑色長髮說。「詩葉井被殺害的『廣義的密室』之謎、真似井被殺害的『雙重密室』之謎——還有做出密室的『密室師』真實身分，我都明白了。」

蜜村對我宣布。

「這起事件已經解決了。」

第四章　密室的冰釋

蜜村把我們帶到東棟——真似井被殺害的現場隔壁的房間。這是今天我和蜜村進行排列骨牌實驗的房間。蜜村似乎打算先在這裡進行第四起殺人事件、亦即真似井被殺害時的密室狀況重現實驗。

「請到這裡來。」

蜜村打開往裡面開的門，引導我們進入室內。房間裡有排到一半的骨牌。實際上這些是我之前排列的，只是因為沒有整理，所以就留在房間裡。她似乎打算重複利用這些骨牌。

除了因為在森林裡迷路而疲憊不堪、正在休息的社以外，所有人都聚集到室內。大家的視線自然而然都在追蹤排列在地板上的骨牌。

房間中央擺了大概是蜜村帶來的小熊布偶。那是在「雪白館密室事件」現場的布偶。這隻小熊這次似乎也被吩咐要扮演屍體。

小熊周圍排列著「ㄈ」字形的骨牌。這個形狀就好像把正方形縱向切成一半。這是一邊兩公尺長的正方形的左半邊，正方形的右半邊則不存在。

蜜村說：

「在這間密室裡，重要的是此刻不存在的正方形右半邊的骨牌。要如何排列這些骨牌，就成為使這間密室成立的關鍵。」

大家都點頭表示同意。要辦到這一點，當然是最困難的部分。

「那麼到底要怎麼做？」問話的是石川。蜜村說「要用這個」，然後拿起原本大概就放在房間的「那個」給我們看。

那是用厚紙板製作的勞作。蜜村拿著大約有滑雪板那麼寬的「倒ㄈ」字形厚紙板，以及同樣和滑雪板差不多寬、兩公尺長的直線紙板。紙板厚度都有一公分左右，因此與其說是板子，不如說是扁平的盒子。「倒ㄈ」字形和直線的紙板上，都以同樣間隔插著骨牌。這就是先前蜜村在大廳製作的奇妙勞作。蜜村把這兩個紙板擺在地板上，首先把「倒ㄈ」字形的板子放在扮演屍體的小熊右側。大家都發出「啊」的叫聲。「倒ㄈ」字形紙板和排列在小熊左邊的骨牌連結在一起，成為每邊長兩公尺的正方形。在缺少的正方形右邊加上「倒ㄈ」字形紙板，就完成了這個圖形。

接著蜜村把剩下來的直線紙板放在連接正方形底邊的位置。直線紙板此刻從正方形往門口直線延伸。「怎麼樣？」她問大家。

「這樣就徹底重現真似井被殺害的現場了吧？」

骨牌的確從門口直線延伸，然後碰上排列成正方形的另一群骨牌——和真似井房間的密室狀況相同。唯一的差異，就是多出了插著骨牌的兩塊紙板。

「那又怎麼樣？」梨梨亞問。「的確跟案發現場的情況一樣，可是這樣的話，凶手還是沒辦法逃到房間外面吧？」

對於這段話，蜜村露出理所當然的神情，然後說：「那是因為只有做到一半。」她說完，開始進行別的工作。她走向門口，把插入骨牌、長兩公尺的紙板前端用膠帶黏在門上。門板和紙板固定在一起。接著她又使用膠帶，將「倒ㄈ」字形的紙板和直線紙板黏在一起。這一來，門、直線紙板和「倒ㄈ」字形紙板三者就連結在一起。

蜜村完成工作之後，環顧眾人，然後把視線停留在夜月身上。

「夜月。」

「啊，在！」

「可以請妳幫忙一下嗎？」

「……又要我當助手？」

被點名的夜月不太情願地走向前。看來她比較想當觀眾聽蜜村的推理。不過蜜村說服她說「這是只能拜託妳的工作」，她便立刻握拳說「知道了」。夜月如此簡單地就成了偵探助手。

「我要做什麼？」助手詢問偵探。偵探告訴她：

「請妳現在把門打開，到走廊上，然後關上門。這樣就好了。」

「……這真的是只有我才能辦到的工作嗎？」

助手似乎總算感到懷疑，不過最後還是被說服，前往走廊。夜月抓住門把，往室內打開門。在這個瞬間，大家都發出「啊！」的聲音。

「咦？怎麼了？」夜月驚訝地俯視腳邊。插在厚紙板上的骨牌移動了——因為被膠帶固定在門板上，因此會隨著門的開關移動。

該不會——這時我理解到這個密室的詭計。

「那麼夜月，請妳到走廊上，把門關起來。」

蜜村這麼說，夜月便戰戰兢兢地到走廊上，然後緩緩地關上門。配合她關門的動作

——

固定在門上的厚紙板也移動了。「倒匸」字形和直線的兩塊厚紙板同時移動。從走廊方面來看，門的鉸鍊在門板右側，因此門是以鉸鍊為中心，打開時往右側旋轉，關上時則往左側旋轉。也因此，當門打開時，固定在門上的兩塊紙板會跟著往右邊旋轉，從屍體角色的小熊左邊排列的骨牌、也就是正方形左半邊暫時拉開距離；不過當夜月關上門，就好像影片倒轉般，厚紙板往左旋轉，然後再度連接正方形的左半邊，包圍小熊周圍的正方形骨牌也恢復原狀。從這個正方形的底邊，有一排骨牌往門口延伸。這也和凶手角色的夜月離開房間之前的狀態一樣。

「這就是骨牌密室的詭計解答。」

聽到蜜村如此宣布，眾人都發出感嘆的聲音。不過大家立刻發覺到，關鍵問題還沒有解決。芬里爾問：「插入骨牌的紙板呢？這些厚紙板要怎麼回收？」

蜜村聳聳肩回答：

「不用回收。」她露出淺笑。「我是為了方便才使用厚紙板，不過實際上使用的是冰塊。」

第四間密室（骨牌密室）的詭計

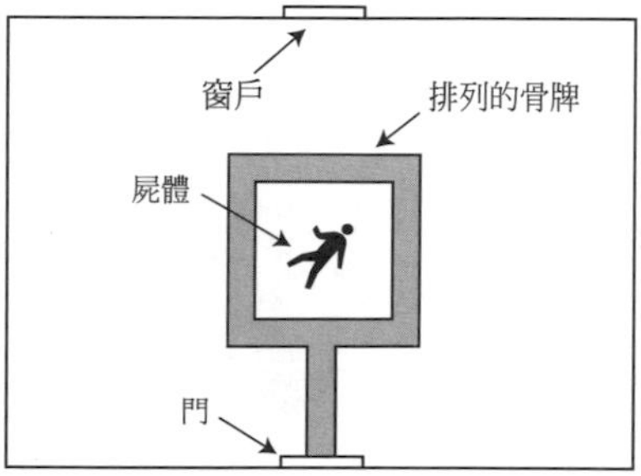

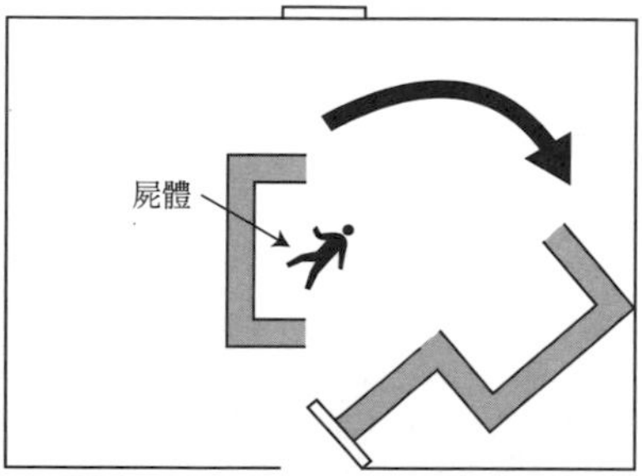

打開門，插在冰板上的骨牌就會跟著移動

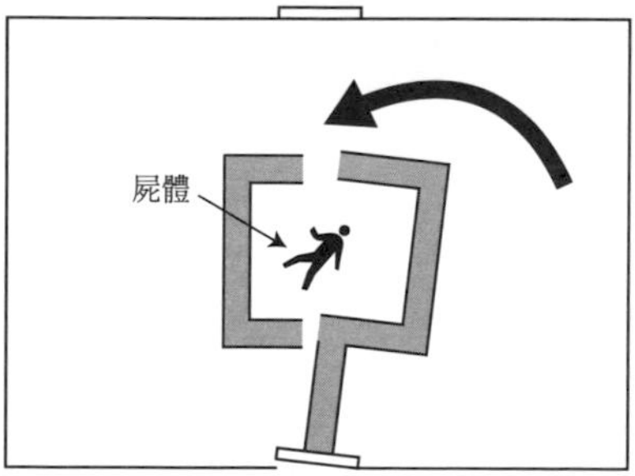

關上門，骨牌就會回到原本的位置

我有一瞬間感到思緒混亂，不過立刻察覺到她要說什麼。

「妳是指冰塊融化，使得插著骨牌的板子消失了嗎？」

「是的。只要利用空調提高室溫，就能夠輕易融解冰塊。而且在命案現場的真似井房間裡，地板材質比其他房間還要粗糙。也因此，和其他房間的地板比起來，冰塊融化之後的水應該更容易滲透。只不過因為沒有乾透，摸起來地板還有點濕濕的。」

這時我才想到，現場的地板材質中的確含有水分。我原本以為只是潮濕，沒想到卻是使用詭計的痕跡之一。

然而我忽然想到一個問題：

「不過這一來，這個詭計不是只能用在地板材質粗糙的那間房間嗎？」我說。「可是這次真似井住在那間房間，應該是偶然才對。假設真似井住在別間房間，凶手打算怎麼執行這次的詭計？」

畢竟在地板材質並不粗糙的一般房間，從冰塊溶解出來的水應該會直接留在地板上，這一來就會立刻被發現詭計中使用到冰塊。

然而蜜村卻搖頭說：「應該是相反的情況才對。」

「相反？」

「沒錯，相反。」蜜村點頭。「犯人為了隱瞞冰塊的詭計，一開始或許打算在室內灑葡萄酒之類的。這一來，從冰塊溶解的水和葡萄酒混在一起，就變得不明顯了吧？不過因為凶手發現房間地板的材質很粗糙，因此就認為沒有這個必要。即使不特地灑葡萄酒，也能自動隱藏冰塊詭計的痕跡。真似井正是因為碰巧住在這樣的房間，凶手才會配合現場狀況來修正詭計。」

聽了她的說明，我終於理解了。也就是說，即使不是那間房間，仍舊可以執行詭計，只是真似井恰巧住在最適合使用這次詭計的房間。

到此為止，我已經充分理解。剩下的謎只有——

「詭計中使用的冰板要怎麼準備？」我問。長兩公尺的直線板子和同樣尺寸的「倒ㄈ」字形板子，要用冰箱製作未免太大了。

蜜村的解答如下：

「這要使用液態氮」。接著她轉向迷路坂說：「我在大廳看到怪異的水壺，聽說是妳今天在旅館置物間發現的。」

迷路坂點頭。

「是的。那有什麼問題嗎？」

「那不是水壺，而是放入液態氮的容器。凶手在那個水壺當中裝入液態氮，帶進旅館，然後在犯案之後，就把水壺藏在置物櫃裡丟棄。」

我想起和蜜村一起發現的那個水壺。跟普通水壺比起來，氣密性的確應該很高，不過沒想到竟然是放入液態氮的容器。蜜村為什麼光是看到那個就能立刻發覺呢？

蜜村或許是察覺到我的疑問，便說：「我之前在網路上看到過。」

「網路？」

「沒錯，網路。我在亞馬遜網站上搜索『液態氮』跟『容器』，就得到結果。我記得當時感到很佩服，亞馬遜竟然連這種東西都有賣。」

蜜村說完撥了撥黑髮，繼續進行詭計解說。

「冰板的具體製作方式，首先要準備厚紙板之類的東西製作的兩公尺長扁平箱子。這是沒有蓋子的長方形箱子。接著以等間隔排列骨牌，並且注入水，然後再施加液態氮，水就會結冰，完成直線的板子。『倒ㄈ』字形的板子也是同樣的作法，只不過是用『倒ㄈ』字形的箱子取代直線。

另外在連結門板和直線板子、或是連結直線板子和『倒ㄈ』字型板子時，也會使用液態氮。譬如在連結門板和直線板子時，可以把門先用水沾濕，然後把板子前端貼在上面，施加液態氮。這一來，紙板就固定在門上了。

不過光是這樣會有強度上的問題，所以凶手或許還準備了另外的冰板。譬如說準備一個L字型的冰板，在縱棒頂端有一個拳頭大小的洞，然後把這塊L字型板左右翻轉，把板子頂端的洞掛在門把上，利用水和液態氮，把掛在門板上的這塊冰板緊緊貼在門上。接著再把貼在門上的這塊L字型冰板橫棒部分（也就是L字的底邊）和插入骨牌的直線冰板連結在一起。這一來，冰板就會固定在門把上，更能夠增加強度。冰板和門的接觸面積也會增加，同樣也能提升強度。」

她說到這裡，以冷靜的眼神注視眾人。

「關於真似井被殺害時使用的『不完全密室』，到此說明完畢。不過這起事件還有另一個謎，所以接下來要解釋殺害真似井時使用的『完全密室』。」

＊

真似井的屍體被發現的現場，可以看作是某種雙重密室。門不只是被骨牌堵住，還上了鎖。蜜村接下來要做的，就是解開這個「上鎖」之謎。

「這件事還沒有告知各位，不過在這次的密室當中，還有一項重大的特徵，那就是門上的鎖栓被凶手切斷了。也因此，這次的密室嚴格來說，或許不屬於法務省定義的『完全密室』。『完全密室』是指現場沒有必須特別提及的特徵，屬於最標準的密室，所以鎖栓被切斷的這間密室嚴格來說，或許不應該稱作『完全密室』，而應該定義為『準・完全密室』──」

「妳不用講這些艱深的前言了。」梨梨亞打斷蜜村的說明。「凶手到底使用了什麼樣的詭計？」

蜜村被打斷說明，顯得有些不滿，不過她還是收回噘起的嘴唇，繼續說：

「這是很單純的詭計。」

梨梨亞問：「這麼說，就是很簡單的詭計嗎？」

蜜村搖頭說：「單純和簡單是相似但不同的詞。這是非常精巧的詭計。我打算稱呼這個詭計為『自動鎖門詭計』。」

自動鎖門詭計？

「妳是指，門會自動被上鎖嗎？」夜月連忙問。「就像飯店的自動鎖那樣？」

「是的，就像那樣。」蜜村點頭。「不過我想各位也知道，案發現場的真似井房間並沒有安裝自動鎖。可是門鎖仍舊會自動鎖上。」

……怎麼可能會有這種事。

「百聞不如一見，還是請大家看實際的證據吧。」

蜜村說完走到走廊上，前往隔壁的真似井房間。看來她所說的「自動鎖門詭計」只能在實際的犯案現場、亦即真似井的房間才能重現。理由是——

「這扇門的鎖栓被切斷了。」蜜村指著從打開的門板側面突出五公釐左右的鎖栓。「這道鎖栓就是自動鎖門詭計的關鍵。因為被切斷，所以變得比較短，不過並不影響鎖門的功能。」

蜜村說完，試著關上鎖栓突出狀態的門，但因為五公釐左右的鎖栓卡在門框上，因此沒辦法關閉。即使用力壓，門還是關不起來。

「我放棄了。那麼該怎麼辦？」蜜村聳了一下肩膀，然後從口袋中拿出膠帶。「我打算這麼做。」

蜜村說完，把橫向狀態的門鎖旋鈕轉動二十度左右。門鎖在開鎖和上鎖時，要轉動旋鈕九十度，但她只轉了二十度。不過光是這二十度，就讓從門板側面突出的鎖栓完全縮回門內。

「啊，原來如此。」迷路坂開口。「鎖栓因為被切斷，所以變短了，即使只是稍微旋轉旋鈕，鎖栓也會縮回門內。」

蜜村對她點頭。

「是的。原本要轉動旋鈕九十度才能讓鎖栓縮回，不過因為鎖栓變短，所以只轉動二十度，就能讓鎖栓完全縮回去。至於旋轉二十度的旋鈕，就像這樣用膠帶固定住。」

蜜村依照自己所說的，將轉動狀態的旋鈕用膠帶稍微固定住。「接下來只要像這樣關上門——」蜜村關上門。由於鎖栓處於完全縮回的狀態，因此門毫無抵抗地關上了。這時她便宣布：

「這一來，自動鎖門詭計的準備就完成了。」

所有人頭上都頓時浮現問號。詭計的準備完成了？到底哪裡完成了？

「這怎麼會是自動鎖門詭計？」我忍不住開口詢問，蜜村便聳聳肩回答：

「你等著看吧。再等一下，門鎖就會自動鎖上了。」

眾人頭上再度浮現問號。

最後我們還是照蜜村所說的，乖乖等待。大家都注視著蜜村動過手腳的機關——貼了膠帶的門鎖旋鈕。一開始旋鈕沒有任何變化，不過大約過了一分鐘左右，我聽見細微的聲音。聲音似乎是固定住門鎖旋鈕的膠帶發出來的。

這個聲音是——

「膠帶剝落的聲音？」

就在我開口的瞬間，膠帶一口氣剝落，轉動二十度左右的門鎖旋鈕回到原本橫向的位置。在此同時，也聽見鎖栓跳出來的聲音。眾人發出驚訝的叫聲。

「就像這樣。」蜜村拉動門把，就聽見鎖栓卡住的聲音。門打不開，已經被完全鎖上。而且是自動上鎖。

「這就是自動鎖門詭計。」

蜜村這麼說。

*

「這、這是怎麼回事？」夜月看著自動鎖上的門，慌亂地問。「旋鈕為什麼會自動旋轉？」

我也跟夜月同樣處於慌亂狀態。明明沒有施加任何力量，轉動的旋鈕卻回到原來的位置。我怎麼想都想不出其中的道理。

蜜村回答我們的疑問：

「道理很簡單。這是利用門鎖本身具備的性質。」

門鎖本身具備的性質？

蜜村解釋：「一般來說，這種旋鈕鎖（轉動旋鈕的鎖）裡面裝有彈簧，所以如果只是稍微轉動旋鈕，會因為彈簧的力量回到原本的位置。就像這樣——」

她捏住旋鈕，再度轉動二十度左右，然後鬆開手。旋鈕伴隨著彈簧的聲音，回到原本的位置。蜜村稍稍聳肩說：

自動鎖門詭計

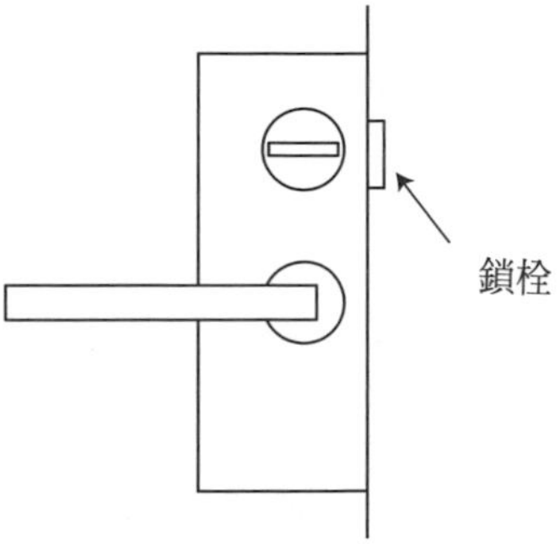

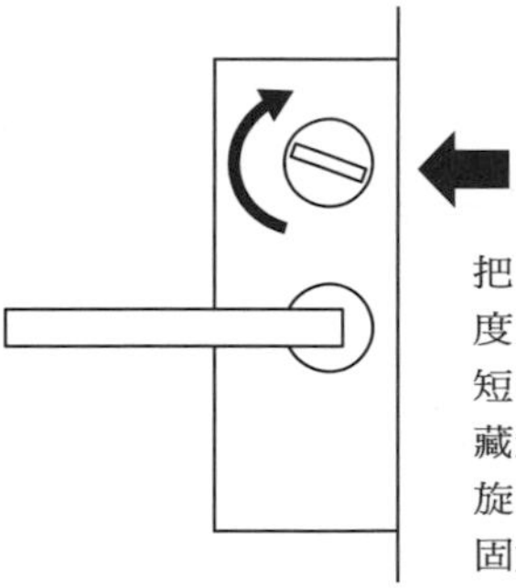

把門鎖旋鈕轉動二十度左右，被切斷而變短的鎖栓就會完全隱藏起來。
旋鈕會以液態氮凍結固定。

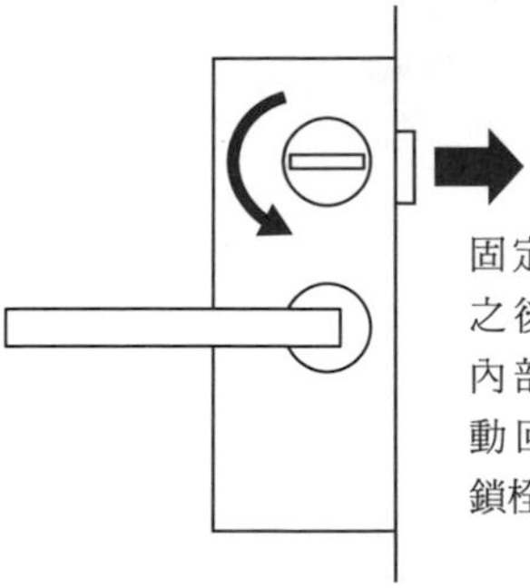

固定旋鈕的冰塊融化之後，旋鈕就會因為內部的彈簧力量，自動回到原本的位置，鎖栓也會再度跳出來。

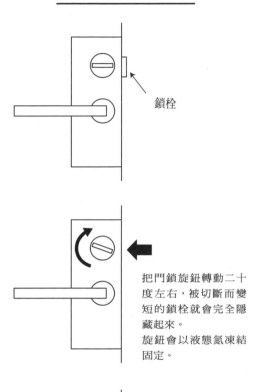

「大家可以想想看，門鎖的旋鈕不是總是保持標準的水平或垂直狀態嗎？不會停在半途的位置。你們沒有感到好奇過嗎？為什麼門鎖的旋鈕總是很標準的縱向或橫向？那是因為旋鈕鎖本身一開始就具備這樣的性質，可以修正旋鈕的方向。所以就像我剛剛示範的，即使稍微轉動旋鈕，也會自動回到原本的位置。話說回來，要是內部彈簧劣化，或是彈簧力量原本就很弱，旋鈕或許就沒辦法順利恢復原狀，不過所幸這扇門的旋鈕鎖——」

「彈簧的力道很強。」我說。

我想起和蜜村一起調查這間房間時，當她轉動門鎖旋鈕，便聽見很強勁的彈簧聲。

蜜村點頭同意我的話。

「話說回來，要是不知道旋鈕鎖有這樣的性質，就無法解開這個詭計了。葛白、還有在場的所有人，過去都摸過無數次的旋鈕鎖吧？所以姑且不論平常有沒有注意到，應該都或多或少知道旋鈕鎖有這樣的性質，也有很多機會可以去了解。更不用說在日常生活中，也有幾千次的經驗。凶手這次就是利用這樣的性質來打造密室。」

原來這就是凶手想出來的「自動鎖門詭計」。接下來只要在門框上的鎖槽中，塞入塗了黏著劑的鎖栓斷裂部分，在門鎖上瞬間，從門側面跳出來的鎖栓就會撞上插入鎖槽中的斷裂部分，讓兩者黏在一起。

這一來，剩下的問題就是——我注視著固定門鎖旋鈕用的膠帶。膠帶依舊黏在鎖栓上。

「剩下的問題，就是要怎麼回收這個膠帶。」

蜜村回答我的疑問：「關於這一點，我是為了方便示範這個詭計才使用膠帶，不過實際上凶手不是使用膠帶，而是使用液態氮。在轉動旋鈕的狀態潑上水，用液態氮凍住，就可以固定旋鈕。時間經過之後冰塊融化，旋鈕就會轉回來。這一來現場就不會留下痕跡，也不需要從密室回收使用過的機關了。」

她說完之後，撥了撥黑髮。

「這就是真似井被殺害的第四間密室的全貌。接著請大家到餐廳。我來說明剩下來的最後密室，也就是詩葉井小姐被殺害的『廣義的密室』詭計。」

＊

我們依照蜜村的指示前往餐廳。她把我們帶到發現詩葉井屍體的南側牆邊，對我們說「首先來複習一下密室的狀況」，然後開始描述當時的狀況：

「事件當天早上五點到八點之間，通往餐廳的門處於被大廳裡的葛白等人監視的狀態。詩葉井小姐的死亡推定時間是早上六點到七點之間——而在早上八點的時候，當時在館內的所有人都聚集在這間大廳。也就是說，誰都沒辦法殺死詩葉井小姐。那麼該怎麼辦？我認為凶手為了突破這樣的狀況，或許使用了遠距殺人的手法。」

「遠距殺人？」大家都露出困惑的神情。同樣顯得困惑的芬里爾詢問：

「所謂的遠距殺人，印象中是使用在不在場證明的詭計當中。妳的意思是，它也被使用在密室殺人事件當中？」

「是的。妳應該也知道，遠距殺人不僅是不在場證明的詭計，也是密室詭計。葛白，你也知道這一點吧？」

對此我點了點頭。

遠距殺人的確也能做為密室詭計的一種。譬如——

「凶手有可能使用藥物之類的東西，讓詩葉井小姐睡著。」我說。「然後讓她坐到沙發上，並且在餐廳內部設置遠距殺人的詭計。接著在餐廳成為密室的『早上五點』之前離開餐廳，到了詩葉井小姐死亡推定時間的『早上六點到七點之間』，發動遠距殺人的詭計，那麼因為『早上六點到七點』時餐廳已經成為密室，凶手就等於是從密室外殺死密室內的詩葉井小姐。」

也就是說，即使不進入密室之內，也能夠殺死詩葉井。這一來就能重現現場的密室狀況。然而要做出這樣的結論，必須忽略掉非常矛盾的一點——

也因此，我提出這個矛盾：

「詩葉井的胸口被刺了五次。」

「沒錯，我也很在意這一點。」芬里爾說。「遠距刺死被害人的詭計有幾種，代表性的就是在射出刀子的裝置上連結定時器，時間到了刀子就會射出去，奪走被害人的性命。這次的案件當中，凶器是斧槍。如果說時間到了，斧槍飛向被害人，的確能夠刺入被害人的胸口，可是這次詩葉井小姐的胸口被刺了五次。也就是說，刺入她胸口的斧槍曾經被拔出一次，然後再刺一次——不對，不只是一次。凶手重複了五次刺進去又拔出來的動作。」

芬里爾的一雙藍眼睛注視著蜜村。

「所以我感到懷疑，真的能夠透過遠距殺人，刺五次被害人的胸口嗎？」

餐廳陷入凝重的沉默中。

不可能——所有人都領悟到這一點。如果使用大規模的機械式機關，當然也可能辦到，不過現場既然是密室，如果使用那種大規模的機關，一定會留在現場。畢竟在密室狀況解除之前，就連凶手本人都不能進入餐廳，無法從現場回收遠距殺人的機關。

也因此，大家都覺得蜜村的推理應該是錯誤的。然而蜜村卻似乎完全不這麼想，臉上帶著悠閒的笑容聳聳肩。

「事實上，這是辦得到的。凶手可以用斧槍刺好幾次被害人的胸口，現場卻幾乎不留下痕跡。」

聽到她的話，我們都瞪大眼睛。她豎起食指補充：

「話說回來，如果不使用任何工具，當然是沒辦法讓這個詭計成立的。這個詭計會使用到某種工具。你們猜猜是什麼工具呢？提示就是，它現在還在這間餐廳裡。」

她突然出了這樣的謎題。我們都感到困惑，紛紛思考「有什麼工具……」。「會不會是餐桌？」夜月說。「桌巾好像也很可疑。」看來她似乎沒什麼特別的根據。

到頭來，眾人很快就放棄猜測，再度轉向蜜村。她聳聳肩之後，說出謎題的答案：

「凶手使用的工具——」蜜村指著它說，「就是這座櫥櫃。」

聽到她的話，我們都啞口無言。

她指的是座落在屍體擺放地點旁邊靠牆的櫥櫃。櫥櫃與屍體距離兩公尺左右，稍稍濺到了血。這是一座沒什麼特別之處的櫥櫃——不對，等等。

「這座櫥櫃應該會——」

我一開口，蜜村就點頭。「沒錯，這座櫥櫃——」她說到這裡，從口袋拿出遙控器，朝著櫥櫃按下遙控器按鈕。

櫥櫃突然朝右邊滑動。

接著那個空間就露出來，還有通往地下的階梯。沒錯，這座櫥櫃就是「祕密房間的入口」。

通往這座雪白館唯一的祕密房間。

「可是這間祕密房間又怎麼了？」迷路坂問。「我不認為它可以用在遠距殺人。」

蜜村點點頭說：

「沒錯，這間祕密房間本身跟詭計沒有任何關係。凶手使用的只有櫥櫃。」

「櫥櫃？」

「是的，因為——」

蜜村按下遙控器按鈕，櫥櫃便迅速滑動，遮住祕密通道。她又按下一次按鈕，櫥櫃再度迅速滑動。

「這座櫥櫃可以動得很快。」

蜜村撥了撥黑髮說。

「所以我想到，如果把斧槍固定在櫥櫃上，應該就能刺中被害人好幾次了。」

＊

「也就是說，凶手利用櫥櫃滑動的動作，刺殺詩葉井？」我問。

蜜村點頭。「具體來說——」她走近餐廳的餐桌，拿出藏在桌巾底下的一根木棒。那根木棒似乎是把掃帚的柄拔下來，前端貼了與柄垂直的紙製刀子，大概是在模擬當作凶器的斧槍矛的部分。矛和柄也呈垂直狀態，因此形狀幾乎相同。

「我來把這個固定在櫥櫃上。」

蜜村說完，把木棒的尾端插入櫥櫃裡。櫥櫃是空的，因此有足夠的空間。她更進一步，用牛皮紙膠帶把木棒牢牢固定在櫥櫃中。這一來，裝在柄上的刀子前端就像時鐘的針一般指著旁邊。假設有人坐在沙發上，這把刀就會正對著那個人的胸口附近。

「然後在這樣的狀態打開祕密通道——」

蜜村按下遙控器的按鈕。

這時櫥櫃迅速地往旁邊滑動，在此同時，裝在柄上的刀子尖端朝著應該是坐在沙發上的人胸口猛衝。

蜜村說：「這樣就會刺進去了。」接著她再度按下遙控器按鈕，這回櫥櫃往反方向滑動，固定在上面的刀子也回到原處。「這樣就可以拔出刺進去的刀子。」

我們都啞口無言。像這樣做的話，的確可以刺被害人好幾次。

櫥櫃位於坐在沙發上的屍體右側，寬度大約有兩公尺左右。當祕密通道打開時，櫥櫃移動的距離大約有一公尺左右。也就是說，把斧槍的柄垂直固定在櫥櫃上，讓矛的前端位於距離被害人胸口一公尺左右的地方，就能夠在打開祕密通道的同時刺向被害人，而在關上的時候抽出刀子。

屍體放置的地點在櫥櫃前方約兩公尺的距離，而斧槍的長度也是兩公尺——也就是說，屍體放在執行詭計時斧槍的矛能夠到達的最佳距離。此外，屍體因為靠著沙發的椅背，因此即使被用力刺好幾次，也不會倒下來掉到沙發下。

「還有，一般來說，遙控器這種東西——」蜜村舉起手中的遙控器，繼續說，「是以紅外線發射命令，所以即使隔著窗戶也能操作。凶手想必是從窗外遙控來啟動遠距殺人詭計的。」

蜜村指著餐廳西側的牆壁——剛好位於西南角落的窗戶。也就是說，凶手在被害人死亡推定時間的早上六點到七點之間，前往那裡的窗外，然後隔著窗戶發動遠距殺人詭計。

「這樣的話，斧槍不是會繼續固定在櫥櫃上嗎？」提出質疑的是石川。「可是詩葉井小姐的屍體被發現的時候，斧槍應該是掉在地上的。」

第二間密室（餐廳密室）的詭計

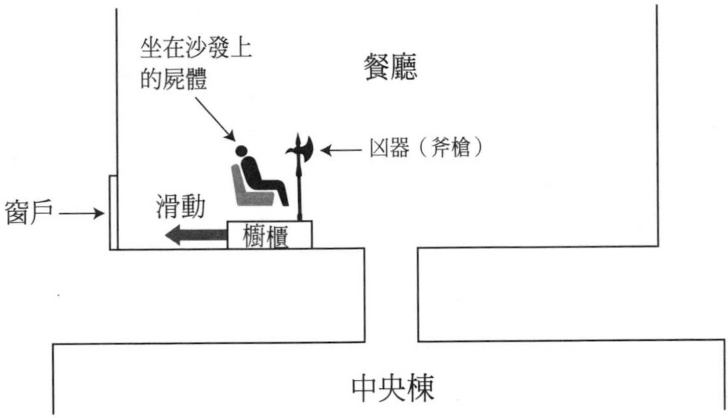

的確就如他所說的，斧槍被發現時掉落在地板上。柄尾雖然朝著櫥櫃的方向，但卻沒有固定在櫃子上。

那麼兇手是如何把斧槍從櫥櫃拆下來的？蜜村立即提出答案：

「很簡單，是用液態氮固定的。」

「液態氮？」我反問。

「沒錯，今天第三次出場。」

看來兇手似乎有濫用液態氮的習慣——雖然說的確很方便。蜜村繼續說明：

「具體來說，是這樣使用的：斧槍的柄尾上，原本不是放了一塊毛巾大小的裝飾布嗎？兇手把布弄濕，套在柄上之後，利用液態氮讓它結凍。這一來，布就可以代替黏著劑，把斧槍固定在櫥櫃上。斧槍除了矛的部位以外，都是塑膠製的仿造品，因此重量很輕，光是用冰塊就能充分固定住。不過冰如果太薄，在詭計發動之前，斧槍就會從櫃子掉下來，所以必須特別注意布裡面含有的水分量才行。」

聽到她的說明我才想起來，發現屍體的時候，斧槍上的裝飾布的確濕濕的。也就是說，那就是留在現場的詭計痕跡。

「然後兇手在最後——」蜜村再度舉起遙控器。「隔著窗戶按下空調按鈕。這個遙控器除了是祕密通道的開關之外，同時也是空調的開關。大家還記得嗎？發現屍體的時候，這間餐廳就像夏天一樣炎熱。詩葉井小姐被殺害是在早上六點到七點之間，屍體被發現是在早上八點。也就是說，事件發生到被發現之前，頂多只有兩個小時的時間，因此凶手必須在這兩個小時當中，讓固定住斧槍的冰塊融化。」

「怪不得凶手要調高空調的溫度。」

「沒錯。」蜜村說。「諷刺的是，這一點讓我察覺到凶手的真實身分。」

＊

「調高空調的溫度，和凶手的真實身分有關？」

我提出疑問，其他人也都露出驚訝的表情。只有蜜村以冷靜的表情繼續說：

「沒錯。空調溫度因為被調高了，所以室內就像夏天一樣炎熱。夜月為了調降室溫，去拿放在窗邊餐桌上的空調遙控器。從這一點就能連結到凶手的真實身分。詩葉井小姐被殺害的早上六點到七點之間，遙控器應該是在餐廳外面，否則就無法移動櫥櫃，發動遠距殺人的詭計。而且到早上八點之前，餐廳處於密室狀態，所以凶手無法將使用後的遙控器放回餐廳。也因此，凶手把遙控器放回餐廳的時間，至少是在密室解除的早上八點以後。而這個遙控器在夜月想要調降空調溫度的時候，也就是我們發現詩葉井的屍體、前往探岡的房間、然後再度回到餐廳的時候，已經放在餐廳窗邊的餐桌上了。」

我問：「這麼說，凶手把遙控器放回餐廳，是在發現詩葉井小姐的屍體之後，並且在我們再度回到餐廳之前？」

「沒錯，就是這樣。」蜜村點頭。「有可能做到這一點的人物只有一個。也就是說，能夠把遙控器放回餐廳的人物就是凶手。」

能夠把遙控器放回餐廳的人物就是凶手？

「可是把遙控器放回餐廳，不論是誰都辦得到吧？」迷路坂這樣問，蜜村便搖頭說：

「沒這回事。遙控放在餐廳北側窗邊的餐桌上。當時如果有人離開屍體接近窗邊，一定會被發覺到。也因此，在屍體被發現之後，直到大家離開屍體旁邊之前——也就是大家為了去探岡的房間而走出餐廳之前，誰都沒辦法把遙控器放回餐廳。」

這時我想到，我和蜜村先前談過相關的話題。她當時很在意能否在不被任何人發覺的狀況下接近窗邊。當時的對話，原來跟這一點有關。

而且——

「這麼說，當我們再度回到餐廳的時候，同樣地如果有人接近窗邊，也一定會被發覺。」我說。「回來之後第一個走到窗邊的是夜月，不過當時遙控器已經放在餐桌上了。也就是說，遙控器在我們回到餐廳的時候，已經放回去了。」

「沒錯，就是這樣。」蜜村撥了一下黑髮。「也就是說，凶手放回遙控器的時間點，是在①大家為了前往探岡房間而離開餐廳之後，②大家再度回到餐廳之前。」

也就是說，凶手是在①～②之間，偷偷回到餐廳的。

不過這時我就感到疑惑了。因為在那段時間——

「我們不是都在一起行動嗎？」

大家是一起前往探岡房間、再一起回到餐廳的。要是偷偷回到餐廳，一定會有人注意到。

我提出這個疑問，蜜村也點頭說：

「你說得沒錯。不過很簡單，能夠放回遙控器的時機只有一個：當大家為了前往探岡的房間離開餐廳時，等到餐廳裡面沒人之後再回來就行了。也就是說，凶手是最後離開餐廳的人。」

最後離開餐廳的人……

「葛白記得當時誰最後離開餐廳。」蜜村說。「根據他的說法，當時是由迷路坂帶頭，接著離開餐廳的是石川、芬里爾、真似井，在那之後則是夜月和我。走在我們後面的是葛白——他是倒數第二個離開餐廳的。比他更晚走出餐廳的人，就是凶手。」

聽到這句話，我重新回憶起當時的情景。我的確是倒數第二個離開餐廳。當我走在連結餐廳棟與中央棟的二十公尺走廊上時，聽到從後面傳來嘆息的聲音。我回頭看到那個人的身影。

「所以，凶手就是妳。」

蜜村以冷靜的聲音宣布。

「梨梨亞，妳就是『密室師』。」

＊

梨梨亞的嘴角泛起笑容，但立即收回，像是要掩飾般地露出慌張的表情。

「我不了解妳在說什麼。」梨梨亞對蜜村說。「妳憑什麼說梨梨亞是凶手?怎麼可能!」

「不過梨梨亞,除了妳之外,沒有其他人能夠把遙控器放回餐廳。」蜜村回答。「這不僅意味著只有妳能夠執行利用櫥櫃的遠距殺人詭計。記得嗎?詩葉井小姐的屍體被發現時,餐廳像夏天般炎熱,但是空調設定溫度卻調成適當的溫度。也就是說,有人使用遙控器降低了室溫。一般來說,會需要調節殺人現場室溫的人,應該就是凶手吧?餐廳在早上五點到八點之間是密室,沒有人能夠出入。假設空調的設定溫度沒有利用遙控器從餐廳外隔著窗戶調低,那麼能夠調低空調溫度的時間,就只有餐廳成為密室的早上五點以前。這一來就無法解釋早上八點時餐廳像夏天一樣炎熱的理由。溫度應該會降到更低才對。也就是說,早上五點到八點之間,遙控器應該是在餐廳外面。凶手要不是隔著窗戶降低空調溫度,就是在密室解除之後,趁把遙控器放回餐廳的時候調低溫度。不論是哪一種情況,能夠辦到的就只有能夠把遙控器拿到餐廳外面的人,也就是能夠把拿出來的遙控器放回餐廳的妳。假設妳不是凶手,為什麼要把遙控器拿到餐廳外面?」

對於這個問題,梨梨亞開口說「那是因為——」之後停頓一下,然後輕輕搖頭,以爽朗的表情說:

「算了。在四個密室詭計被解開之後,就等於已經輸了。繼續找藉口掩飾,有違梨梨亞追求的美學。」

她的聲音聽起來感覺好像毫不在乎。接著她用同樣的聲音宣布:

「沒錯,梨梨亞就是『密室師』。」

聽到這個告白，在場的人都僵住了。我以不敢置信的心情問：

「梨梨亞，妳真的是凶手？」

「是啊。美少女殺人狂，感覺很萌吧？」梨梨亞露出愉快的笑容。接著她懊惱地搔搔頭說：「唉，不過那真的是很愚蠢的失誤。為了製造『廣義的密室』，我還特地叫醒真似井，封住大廳的門，可是這一來真的是白費功夫了。遙控器原本是放在窗邊的餐桌上，所以我當時以為放回原處是最自然的。」

聽著梨梨亞滔滔不絕地說話，我腦中一片混亂。當我總算開口，說出的是很陳腐的這種話：

「為什麼要做這種事？」

她回以冷酷的笑容。

「為什麼？當然是為了工作。梨梨亞的家族世世代代都是殺手。聽起來很像在開玩笑吧？不過很遺憾，是真的。我爸爸媽媽都是暗殺者，姊姊是殺人委託的仲介業者，這次的工作就是透過姊姊接的。」她用輕快的口吻述說。「委託人是一位年輕女性，據說是集體自殺的倖存者。她和網路上認識的人、總共七人一起前往廢棄房屋，在聊起自己的境遇時，發現在場的七個人，每一個人都各有一名想要殺死的對象。所以他們就決定要殺死那七個人——委託殺人代辦業者來殺。大概是因為反正都要死了，膽子就變大了吧。既然要殺，乾脆自己親手殺死不就好了嗎——梨梨亞不免會這樣想啦。」

＊

與梨梨亞見面的女人從口袋取出那樣東西。雖然說是見面，不過因為梨梨亞戴著在路邊攤買的貓面具，因此女人大概沒有察覺到對方就是女星長谷見梨梨亞。

女人取出的是撲克牌。梨梨亞拿到撲克牌之後，立即察覺到它的意義。「這是……」梨梨亞開口，女人就點頭說「是的」，並開始述說：

「這是集體自殺的七名成員當中的一人持有的物品。他是個年輕男子，雖然不知道確切的年齡，不過仍舊屬於可以稱為少年的年紀。少年的父親在五年前過世。從他父親的遺物當中，發現了這副撲克牌。」

戴著貓面具的梨梨亞把頭歪向一邊，問：

「這麼說，他的父親就是撲克牌連環殺人事件的凶手嗎？」

女人回答：「是的。那名少年是如此判斷的。後來那名少年針對事件進行各種調查，在過程中察覺到父親犯下的案件不知是巧合或有意，剛好吻合十誡的內容。那名少年一定是腦筋很好。他在和我們談話時，還發現了另一件事：我們七個人各自憎恨到想要殺死的對手，剛好全部都吻合十誡。很驚人吧？我們憎恨的七個人，全部都吻合！」

女人的眼中蘊含著瘋狂，綻放著銳利的光芒。

「所以我們自然就討論到，要把那七人比擬為十誡，把他們殺害。我們替準備自殺的所有人準備了放入毒藥的杯子，不過其中一個放的不是毒藥，而是安眠藥。妳知道這代表什麼意思嗎？」女人得意洋洋地說。「只有一個人能夠存活下來。」

梨梨亞心想，那當然了。

女人聳了聳肩。

「沒想到會遇到這麼麻煩的事。原本想要和大家一起尋死，沒想到我現在還在這種無聊的地方喝咖啡。」

「那不是很好嗎？」梨梨亞說。「生命是很寶貴的。」

女人露出嘲諷的笑容。

「妳竟然會說出這種話。」

梨梨亞稍微把面具的嘴部挪開，喝了一口咖啡。雖然是自己泡的，不過咖啡很難喝。看來自己並沒有泡咖啡的天分。

正確地說，梨梨亞只有一件擅長的事。

那就是製造密室。

「總之，我存活下來了。」女人說。「所以我才會來見妳。」

女人指著梨梨亞的臉。

「來見妳這位『密室師』。」

＊

聽了梨梨亞的話，我感到奇怪的地方是人數的部分。這次的事件當中，即使包含在祕密房間發現的屍體在內，梨梨亞殺死的對象也只有五人。和女人委託梨梨亞的七人相較，還少了兩人。這麼說，梨梨亞的殺人計畫還沒有結束嗎？

梨梨亞搖頭說：「沒有，殺人計畫已經結束了。或者應該說，只是恰巧結束了。梨梨亞本來還想要再殺掉兩個人，也已經準備好密室詭計，可是後來卻沒有派上用場。你們知道為什麼嗎？因為那兩個人在來到這間旅館之前，就已經死掉了。」

聽到這句話，我感到困惑。到這間旅館之前就已經死了？這到底是怎麼回事？

不過也有人聽到這樣的說明，就似乎猜到了。令人意外的是，這個人是迷路坂。她以狐疑的口吻詢問：

「妳指的該不會是──巴士車禍？」

這句話喚起我的記憶。我想起來到這間旅館的第一天晚上，在大廳看到的新聞。那是巴士車禍的新聞。迷路坂當時說，原本預定要來本旅館的兩名客人在那場車禍中死了。

「嗯，沒錯。那兩個人在車禍中死掉了。」梨梨亞聳聳肩。「沒想到竟然會發生這種事。所以實際上，比擬為諾克斯十誡殺人的構想，打從最初的第一步就失敗了。畢竟在邀請到旅館的殺害對象當中，有兩個人在到達之前就死掉了。老實說，當時真的很絕望。雖然設法想要蒙混過去，不過落幕之後還有兩張牌剩下來，真的很丟臉。」

這時聽了梨梨亞說詞的芬里爾怯生生地舉起手。「那個……我有一個很基本的問題。」芬里爾露出不解的表情。「剛剛這段話，仔細想想不是很奇怪嗎？那位委託人不是說，七名對象都符合諾克斯十誡嗎？可是姑且不論探岡偵探和有雙胞胎妹妹的詩葉井小姐，像是最後才來到旅館的神崎、或是在祕密房間被發現屍體的信川又怎麼說？這兩人會符合十誡，是因為妳刻意營造那樣的狀況吧？如果說委託人在請妳殺人的時候，兩人已經符合十誡，那麼未免太不自然了。」

「嗯，梨梨亞也對此感到疑問。」梨梨亞點頭。「當初動了各種手腳，讓神崎最後才到旅館，不過老實說，梨梨亞也不是很了解為什麼要做這種事。不過委託人對於比擬為十誡殺人這一點，似乎有很強的執著。她堅持說，要透過比擬為十誡殺人，告發他們的罪行。她說他們違背了十誡，所以要接受上帝的審判。」

「上帝的審判……」蜜村喃喃地說。

「這個說法未免太誇張了。」石川露出苦笑。「既然提到審判，會不會跟參加集體自殺的那七名成員各自懷抱的仇恨有關？也就是說，他們的仇恨和諾克斯十誡密切相關。」

「老實說，這一點也不清楚。委託人沒有說明動機，只告訴梨梨亞要給誰哪一張撲克牌。」梨梨亞露出自嘲的笑容。「梨梨亞只知道真似井會成為目標的動機。我之前就告訴過葛白，真似井以前是偶像宅。根據我聽到的傳言，那傢伙以前對某個偶像團體的成員進行類似跟蹤狂的行為。結果那位偶像為了擺脫真似井的糾纏，在逃跑時被汽車撞死了。如果這個傳言是真的，那麼真似井就有被憎恨到想要殺死他的理由了。」

聽到梨梨亞說的這個傳言，蜜村顯得很驚訝。接著她似乎想要確認什麼，喃喃地說「真似井曾經是偶像宅」。不久之後，她彷彿被突襲般瞪大眼睛。「該不會——原來是這麼回事。」她臉上驚訝的表情立刻被咬牙切齒的懊惱取代。

「我真是笨蛋——竟然會做出天大的誤判。」她難得激動地說。「這不是在比擬為諾克斯的十誡。」

聽到這句話，所有人都注視著她。夜月問：「怎麼說？那位委託人不是要求梨梨亞，要比擬為諾克斯十誡來殺人嗎？」

「沒有，她沒有這麼說。」蜜村回答。「她沒有說要比擬為諾克斯十誡。」

「可是……」

「沒錯，她的確說出了十誡這個詞，不過我可以斷言，委託人雖然說過『比擬為十誡』，卻沒有說過『比擬為諾克斯十誡』。她說的十誡不是指諾克斯十誡，而是完全不同的十誡。」

夜月不解地問：「完全不同的十誡？」

「是的。」

蜜村撥了撥黑髮。

「是摩西十誡。」

＊

【摩西十誡】

1　上帝必須是獨一無二之神。

2　不可製造偶像。

3　不可妄稱上帝之名。

4　必須遵守安息日。

5　必須尊敬父母親。

6　不可殺人。

7　不可姦淫。

8　不可偷盜。

9　不可做偽證。

10　不可貪求他人的財產。

＊

「摩西十誡。」我喃喃地複誦這個詞，然後對蜜村說：「等一下。」我從口袋取出記事本和筆，寫出自己記得的摩西十誡。所有人都探頭看我寫的內容。

蜜村看我寫完之後，就說：

「那麼我們重新來回顧至今為止的事件吧。首先是五年前發生的第一起殺人事件，現場留下的撲克牌數字是『6』。身為被害人的前刑警曾經因為在駕駛時不注意前方，造成死亡車禍。這一點違反了摩西十誡的第六誡，『不可殺人』。

接下來的第二起事件中，留在現場的數字是『5』。遇害的中國男子對自己低學歷的父親抱持輕蔑的態度。這一點違反了十誡當中的第五誡，『必須尊敬父母親』。

然後在第三起事件中，現場留下的數字是『4』。被殺害的是逼員工過勞工作的血汗公司社長。這一點違反了十誡當中的第四誡，『必須遵守安息日』。安息日是指星期日，所以逼員工持續勞動不能休息的被害人，就等於違背這條戒律。」

我們盯著寫在記事本上的摩西十誡。的確到目前為止，全都說得通。

「接下來的第四起殺人，則是神崎先生在這間旅館被殺害的事件。」蜜村說。「現場留下的牌是『A』——也就是『一』。摩西十誡的第一誡，就是『上帝必須是獨一無二之神』。這裡所說的上帝，是指基督教的上帝，所以身為異教『曉之塔』神父的神崎先生就違反了這一點。

第五起殺人事件，被害人是詩葉井小姐。留下的數字是『10』，而第十誡是『不可貪求他人的財產』。我聽葛白說過，詩葉井小姐之所以能夠得到這間旅館，是因為跟大富翁結婚，獲得莫大的財產。就某種觀點來看，可以說是『貪求他人的財產』。

接下來的第六起殺人事件中，被殺害的是探岡，撲克牌數字是『7』，在十誡中吻合的項目是『不可姦淫』。姦淫是指外遇，而探岡本人的外遇緋聞曾經被週刊報導，所以這一點也吻合。至於真似井被殺害的第六起殺人事件——」

「留下的撲克牌數字是『2』，十誡中是『不可製造偶像』。」石川代替她說下去。「不過這一點我就不理解了。我聽說過真似井以前當過占卜師，難道他製作了佛像或基督像出售嗎？」

聽到他的話，我查閱寫在記事本上的摩西十誡當中的第二誡。「不可製造偶像」的意思是「不可崇拜偶像」，但我不知道這一點跟真似井有什麼關係。

這時蜜村說：

「只要翻譯成英文就知道了。」接著她解釋這句話的意思：「把『偶像』翻譯成英文，就是『idol』。」

身為英國人的芬里爾喊了聲「啊」，然後喃喃地說：「的確是這樣。」

也就是說——

「身為偶像宅的真似井崇拜偶像，因此違背了摩西十誡的第二誡。而且真似井疑似因為『跟蹤騷擾偶像』而被殺害。從這一點來看，也可以推論他是因為崇拜偶像被殺的。」

目前發生的八起事件當中，有七起符合摩西十誡。剩下的最後一起事件，則是在祕密房間發現的木乃伊化屍體。

蜜村說：「這起事件很簡單。現場留下的撲克牌是『3』，代表的十誡項目則是『不可妄稱上帝之名』。被害人信川是『曉之塔』的信徒，這裡所稱的『上帝』則是指基督教的上帝，不過廣義地來解釋，信川想必也違反了這一條吧。」

這一來，現場留下的所有數字都和摩西十誡產生連結。

「話說回來……竟然會有這種事。」我喃喃地說。

原本以為是被比擬為諾克斯十誡殺害的被害人，竟然同時也吻合摩西十誡。

「沒錯，真的沒想到。」蜜村嘆了一口氣說。「這一切的主因，就在於五年前被殺害的三人、以及這次成為目標的部分被害人，恰巧同時吻合諾克斯和摩西的十誡。這真的是上帝的惡作劇。再加上梨梨亞的惡作劇，害我產生天大的誤會。」

蜜村說完聳聳肩，又說：

「梨梨亞，妳先前不是說，因為在巴士車禍中死了兩名對象，使得計畫失敗了嗎？不過其實不是如此。這個殺人計畫打從一開始就失敗了——在妳聽委託人談話的那個時候。」

蜜村注視梨梨亞的眼睛憐憫地眯起來。

「真遺憾，迷糊的殺人狂，妳應該多用點腦筋來確認才行。」

梨梨亞瞪大眼睛。

她原本充滿自信的臉，此刻因為羞愧而染紅。

就這樣，雪白館發生的連環殺人事件落幕了。四起密室殺人事件都設計得非常出色，讓「我」得到很大的樂趣。不過這一切只是為「我」接下來要進行的殺人事件暖場而已。

＊

真沒想到會發生這種事。我原本自豪設計了完美的殺人計畫，竟然會出現這樣的插曲，害我必須等到事件解決。幸虧事件順利地解決了。

接下來——正式表演總算要開始了。

「我」現在就要去殺人。手法當然是密室殺人。這一定會是史無前例的完美密室。

當大家都睡熟之後，「我」走出房間，前往非殺不可的可憎對象那裡。

現在就讓我來示範——

什麼才是真正的密室詭計。

回想3　一年前・七月

那天是假日，剛升上高一的我正在努力打工。話說回來，那應該算是沒有得到國家許可的非法打工。具體的工作內容，就是陪夜月去買東西，領取兩千元的酬勞。我跟著她從逛了一間又一間的店，耗費將近五個小時，換算成時薪只有四百圓，看來也沒有遵守勞基法。

買完東西走出店時，夜月對我說「今天真謝謝你」。接著她抬頭挺胸說：「為了感謝你，今天姊姊就請你吃晚餐吧！」說完又露出靦腆的笑容。

太陽已經西斜，將夾在高樓大廈之間的大街染成暗紅色。夜月染成褐色的頭髮透著夕陽的紅色，像金髮般閃耀著鮮豔的光澤。我說：「我晚餐想吃壽司。」

夜月露出凝重的表情，然後以教導的口吻對我說：

「壽司很貴，所以沒辦法請。」

「就算只請迴轉壽司也可以。」

「那也沒辦法。香澄，你每次都吃二十盤左右吧？你還是小孩子，所以大概不知道，壽司吃二十盤，就會花掉幾千圓。」

她這麼說，我也只能惋嘆。我無奈地放棄壽司，提出排名第二的願望：

「那我要吃漢堡排。」

「很好，很平價。加起司的那種也可以嗎？」

我點頭，然後和夜月一起到家庭餐廳。當我雙手提著裝了衣服及布偶的紙袋走在人潮中，忽然有一名黑色長髮的女生走過我身旁。我不禁丟下手中的提帶。「香澄？」夜月發出驚訝的聲音。但我不理會夜月的呼喚，不知不覺就已經開始奔跑。我在追逐她的背影。即使被人潮阻擋，仍舊焦急地前進。我一定沒有看錯。那是——那個背影一定是她。

人影消失在巷子裡。我也進入這條巷子。夕陽光線射入巷裡。鮮紅的世界宛若夢境般美麗。

我在暗紅色的景象中凝神注視。蜜村漆璃在那裡。比我國二時認識的她變得稍微成熟一點。

「葛白，好久不見。」她說。

「嗯，好久不見。」我回應。我因為剛剛從人潮中跑過來而氣喘吁吁，努力調整呼吸。

「真的好久不見。」

蜜村嘴角泛起微笑。

「對不起，我也在忙很多事情。不過我應該至少跟你聯絡的。如果我跟你聯絡，你會見我嗎？」

當然了——我想要回答，但不知為何喉嚨卻哽住了。我真的想要見她，也有很多話想要跟她談，但是我真正想談的只有一件事，而這樣的內疚也讓我不敢說出來。

我真正想要問的事情是——

我不知不覺地就脫口而出。這句話彷彿具有自己意志的人格，從我的意識分離。

「妳——真的殺了人嗎？」

蜜村瞪大眼睛。看到她彷彿很震驚的表情，我立刻感到後悔。這句話等於是背叛了她。這句話在宣告我並不相信原本應該要相信的她。

然而這句話也是我最直率的真心話。我想要知道、想要問她，事情真相究竟是什麼。如果她繼續守著這麼大的「祕密」，我和她的關係不可能恢復原狀。

蜜村沉默片刻，好似在思考我的問題，接著她的嘴角泛起笑容。那是很爽朗的、她平常不會展現的滿面笑容。

「沒錯。」

她在暗紅色的巷子裡說。

「是我殺死了父親。」

*

當我恢復清醒，蜜村的身影已經從巷子裡消失。太陽已經西沉，周遭變得黑暗。她的身影宛如夏日幻影般消失在黑影中。然而她剛剛確實在這裡。

是我殺死了父親——

這句話仍舊縈繞在我耳中。

在那之前，我朦朧地相信凶手不是她，真凶另有他人——那樣的可能性雖然很低，但依舊存在，而且她剛剛的說詞很有可能只是在開我玩笑。

即便如此，我卻得到某種奇妙的確信。經過剛剛與蜜村的巧遇，我很愚蠢地完全相信了。

她真的殺了人。

*

從那天開始，我就收集有關蜜村的事件的相關書籍，日復一日埋頭閱讀。我把犯案現場的狀況一再放入腦中，研究要怎麼做才能重現這個密室。我在腦中喚起記憶中的她，思考著她有可能想到的事，或是她可能喜歡的東西。

我對事件的執著持續了一年左右。到現在我總算已經放棄，不再去研究，不過直到現在，我只要一閉上眼睛，就能立刻想起案發現場的狀況。

第五章　名符其實的完全密室

社抱著達觀的心境。他在堅持要下山之後，在冬季的森林裡徘徊兩天，內心多餘的情感都被排空了——包含所有的欲望，甚至對生命的執著。社原本是詐欺犯，招致許多人的怨恨，因此他此刻能夠平靜地接受，自己當然會面臨這樣的一天。

社在逐漸消失的意識當中，抬頭看那個人的臉。社面朝上倒在地板上，胸口插著一把刀。即使想要求救，他也發不出聲音，不過奇妙地是，他的心情很平穩。就連疼痛與無法呼吸的痛苦，他也能夠接受是對自己的懲罰。

只不過社無論如何都有想要問對方一件事。他設法擠出聲音，詢問刺殺自己的對手，自己為什麼會被殺。他希望至少能夠知道這個理由。他想要知道自己傷害誰的因果報應，循著什麼樣的路徑回到自己身上。

然而對方回答：雖然跟他有仇，但現在已經無所謂了。

如果硬要提出動機，那就是——

「因為我想要製造密室。」

社心想：這是什麼理由？這句奇妙的話，讓原本快要達到覺悟境界的他彷彿突然被拉住衣襬。他感覺好像忽然清醒，被拉回現實中。消失的欲望和執著頓時回到他身邊。

社心想：不行，既然要死，我想要因為更正當的理由死掉。不對，我不想死。我還沒有……

社的意識到此就終止了。

活人從兩人減為一人的房間內，刺殺社的人物自言自語。

「那麼——就來開始製作密室吧。」

＊

梨梨亞被關在東棟的一間房間內。迷路坂帶我們去看的那間房間裡，門的內側沒有門鎖旋鈕，開鎖和關鎖只能使用專用的鑰匙。也就是說，非常適合把人監禁在裡面。房間裡沒有窗戶，門也非常牢固，不可能撞破。東棟沒有主鑰匙，能夠開鎖的鑰匙也只有一支。

「那麼請進入裡面。」

「是～」

梨梨亞經過簡單的身體檢查之後，在蜜村的指示之下進入房間。迷路坂確認她進入之後，便鎖上房間的門，然後把鑰匙交給蜜村。

「這支鑰匙請妳來保管。」

「我來保管？」

「是的。在這間旅館中，妳應該是最值得信賴的人。」

看來迷路坂並不知道蜜村曾經被警察逮捕過。不過當時沒有報導真實姓名，所以一般人大概不會知道吧。

蜜村若無其事地收下鑰匙，然後放入口袋中。

*

當我睡著之後，突然被刺耳的鈴聲驚醒。這是鬧鐘的鈴聲，但不是我房間裡的鬧鐘。我檢視手機畫面，時間是深夜兩點。我打開門走出房間。

到了走廊上，鈴聲變得更大。這不是普通鬧鐘的音量。鈴聲似乎是從樓上、也就是西棟三樓傳來的。

我連忙跑上三樓，看到已經有人聚集在那裡。我看到夜月、蜜村、芬里爾和石川，另外還有迷路坂。除了社和梨梨亞以外，所有人都聚集到面對走廊的房門前方，加上我就是六個人。此刻在這裡的所有成員住的房間都在西棟，因此很快就到齊了。被監禁的梨梨亞當然無法過來，不過社是否因為在外面徘徊而太過疲累，以致於睡得很熟呢？

我重新眺望三樓走廊。

雖然先前就聽說過西棟是三層樓，但這是我第一次來到三樓。走廊的長度和一、二樓相同，不過門的數量卻不同。一樓和二樓的走廊上有五扇門，但三樓卻只有一扇，這或許代表房間數量不同吧。一、二樓有五間房間，但三樓卻只有一間，那麼這一間恐怕有五間房間的面積，看來應該不是一般的客房。

「這間房間是做什麼用的？」我指著鬧鐘在響的房間問。

「這裡是圖書室。」迷路坂回答。「主要是用來放置雪城白夜的著作和喜愛的書籍。藏書並不算很多。」

「唔……」我發出沉吟的聲音。為什麼會從圖書室傳來鬧鐘的聲音？我思索片刻，立刻發覺到這種問題想再多也沒用，於是開口說：

「總之，我們先進去吧。也許裡面發生了什麼事。」

然而蜜村卻搖頭。

「我們沒辦法進入房間裡。」

「為什麼？」

「因為門鎖上了。」

「鎖上了？」我心中產生不好的預感，詢問迷路坂：「那麼有沒有主鑰匙？西棟房間的門都可以用主鑰匙打開吧？還是說圖書室例外？」

「沒有，圖書室的房門也可以用主鑰匙打開，但是……」迷路坂說到一半停下來，接著她像是要掩飾失態，把視線移到旁邊說：「我找不到那支主鑰匙。」

「什麼？這是怎麼回事？」

「我明明把鑰匙掛在大廳櫃檯後方房間的鑰匙架上，而且那座鑰匙架還有五碼的密碼鎖，可是卻有人破壞鑰匙架，拿走了主鑰匙。都怪我不注意。直到昨天我一直都隨身攜帶那支鑰匙，但是因為事件解決了，我就改為放在鑰匙架管理。我完全沒想過鑰匙架本身會被破壞。」

氣氛似乎變得不妙。我注視著鬧鐘響個不停的圖書室房門。這麼說，此刻發生在這間房間裡的事，應該不只是鬧鐘在響而已。

夜月說：「就算沒有主鑰匙，只要使用圖書室的正規鑰匙，應該就可以打開吧？」

迷路坂搖頭說：「這一點也辦不到。圖書室並沒有專用的鑰匙。並不是因為鑰匙弄丟或弄壞了，而是因為打從一開始就不存在。各位住宿的房間在雪城白夜擁有這棟建築的時候，就已經是做為客房使用，因此為了借給住在客房的客人，才會有專用的鑰匙；但是圖書室要開鎖或上鎖，只需要一支主鑰匙就夠了，因此沒有必要製作專用的鑰匙。」

「唔……」眾人都感到無計可施。也就是說，圖書室的門只能用主鑰匙上鎖或開鎖，但此刻主鑰匙不知被誰偷走了，因此無法打開圖書室的鎖。

這一來，要進入房間裡，只能破壞門本身，或是——

「那邊有窗戶。」迷路坂指著走廊的盡頭。在盡頭的左手邊，有圖書室的窗戶。我們從走廊中央的門口前往窗戶旁邊。窗戶裝的是毛玻璃，看不到裡面的情況，只知道房間的燈是亮著的。

「我去拿拖把。」迷路坂說完，下了樓梯。過了幾分鐘，她拿著拖把回來。

「請讓開。」蜜村接過拖把之後說。大家依照她的指示離開窗邊，她便用拖把前端戳窗玻璃，撞出一塊可以讓人通過的洞。接著她越過窗框進入房間裡。我也尾隨在後。鬧鐘放在窗戶旁邊，因此我關上鬧鐘，然後環顧室內。

這是連結五間房間的空間打造的特大房間。書櫃都設置在與走廊相反方向的牆壁，房間裡空出來的地方也只有放幾張單人椅。這是一間沒有死角、視野良好的木地板房間。也因此，我們立刻就發現倒在房間中央的人——是社。眾人感到驚惶失措。社張大眼睛，明顯已經斷了氣。

「這是……」蜜村跑到社的旁邊，檢起放在他身旁的瓶子。這是大瓶的果醬瓶，關著蓋子的瓶子裡有一支鑰匙。

「這是西棟的主鑰匙。」迷路坂說。「不會錯。」

「真的？」

也就是說，唯一能夠將這間圖書室鎖起來的鑰匙被留在室內。

蜜村發出「唔～」的沉吟聲，捧著裝入鑰匙的瓶子走近房門。接著她難得發出驚訝的聲音喊：「天哪！不會吧？」我想知道發生什麼事便走過去，然後得知其中的理由。門內側的門鎖旋鈕被轉動過，明顯處於上鎖狀態。我為了確認而轉動門把，果然是鎖住的。也因此，凶手無法從這扇門離開房間，而房間裡的窗戶（包括我們在進入房間時打破的窗戶）都是固定窗，因此凶手也無法從窗戶出入。

也就是說，這間房間是完美的密室——不過這一點沒什麼好大驚小怪的。在打破窗戶之前，我們就多少猜到現場是密室了。

問題在於別的地方：從房間內鎖上門的旋鈕上面，覆蓋著半圓形的透明塑膠蓋。

我開口說：「這是……」

蜜村說：「這是扭蛋的蓋子。」

扭蛋（在球形膠囊中放入商品、並以自動販賣機販售的玩具）的蓋子覆蓋在門鎖旋鈕上。因為被蓋子阻擋，因此沒辦法直接碰觸旋鈕。

蜜村用指尖敲了敲扭蛋的蓋子，然後冷笑著說：

「真是被看扁了。兇手自以為消滅了密室詭計的典型模式之一嗎？」

我點頭表示同意，對她說：

「這一來，的確就沒辦法轉動旋鈕上鎖了。」

密室詭計的王道模式之一，就是使用機械性的裝置，從房間內側旋轉門鎖旋鈕，不過這次不能使用這樣的模式。扭蛋的蓋子以膠帶牢牢地固定在門上，很明顯是用手貼上去的。使用機械式裝置旋轉旋鈕之後，還要再用其他機械式裝置把扭蛋的蓋子貼到門上，怎麼想都不可能。不，基本上如果使用機械式裝置，一定會在現場留下痕跡。要回收那樣的痕跡，最王道的方式——

「不可能。」我正要窺探門板下方，蜜村就對我說。「門底下沒有縫隙，所以不可能從那裡回收任何東西。」

這裡的門和我們住宿的西棟客房的門一樣，屬於巧克力色的單扇門。就如我的房間，這扇門底下的確沒有縫隙，無法從門的下方回收機械裝置。基本上，因為扭蛋蓋子的關係，已經不可能用機械裝置轉動旋鈕了，如果還要回收裝置，那當然更不可能。

「更何況這間房間沒有成為死角的地方。」蜜村拿著放入鑰匙的瓶子說。「這一來也排除了凶手躲在房間裡的模式。」

聽到她這麼說，我重新眺望室內。書架都在牆邊，其他家具就只有單人椅。椅子也屬於只有板子和骨架的簡單構造，不可能有人躲在椅子後方。這一來的確不能使用「凶手假裝逃出密室，其實還躲在房間裡」的詭計。話說回來，除了被監禁的梨梨亞之外，其餘六人都集合到這間圖書室，因此打從一開始就不可能有人躲在這間房間裡。

「這一來，就剩下……」蜜村搖了搖手中的瓶子。裡面的鑰匙撞到玻璃瓶，發出金屬的聲音。「這支主鑰匙是偽造的可能性。」

蜜村想要轉開瓶蓋，但瓶蓋似乎關得很緊，沒辦法打開。她噘起嘴唇，把瓶子遞給我。我接過瓶子，試著旋轉瓶蓋。的確關得很緊，緊到莫名其妙。我使盡手臂的力氣，總算打開瓶蓋。

蜜村檢視鑰匙之後，開始拆下蓋住門鎖旋鈕的扭蛋蓋子。膠帶被撕下來，不過因為邊緣斷裂，留下五公釐左右的一小截在門上。蜜村想要用指甲把它摳下來，但最終還是放棄，轉動門鎖旋鈕之後，打開門走出去。

「葛白，給我主鑰匙。」

我從瓶子裡取出主鑰匙遞給蜜村。蜜村把鑰匙插入鑰匙孔當中轉動，就聽見門鎖上的聲音。我試著轉動門把，但門已經完全鎖上了。

「看來鑰匙果然是真的。也就是說，唯一能夠鎖上圖書室的鑰匙，果然還是在圖書室裡面。」

此刻犯案現場就已經確定是完全密室了。

蜜村再度把主鑰匙插入鑰匙孔，打開門鎖進入房間內。接著她詢問正在驗屍的石川和芬里爾：

「死亡推定時間是什麼時候？」

石川說：「大約兩小時前。現在是兩點多，所以應該是晚上十二點左右。」

「死因是什麼？」

「刺殺。他的胸口被刺了好幾處，不過似乎大多是在死後被刺的。這些傷口沒有生活反應。還有，從出血量來看，他應該是在其他地方被殺害之後，被搬到這間房間的。現場也沒有找到凶器。」

「這麼說，至少不是自殺了。」

「畢竟死後還被刺了幾刀。還有，芬里爾，那個——」

石川轉向芬里爾。芬里爾點頭，然後拿出那樣東西。

「從死者的口袋裡找到這個。」

那是撲克牌的紅心「9」——明顯和撲克牌連環殺人事件使用的是同一副牌。

「撲克牌的數字是『9』。」夜月湊過來說。「套用到摩西十誡，就是『不可做偽證』吧？」

「對了，社先生以前是詐欺犯。」我說。「這一來的確吻合。」

「是的。不過我想凶手把這張撲克牌留在現場，應該還有其他理由。」

聽到蜜村的話，我感到不解。但是我還沒開口問「什麼意思」，石川就先說：

「更重要的是，為什麼又發生殺人事件？事件不是已經解決了嗎？」

「是的，已經解決了。」蜜村說。「所以說，事件解決之後，又發生了新的事件。這代表繼梨梨亞之後，又出現第二個凶手。」

石川喃喃地說「真的假的」，然後搔搔頭，面帶苦笑地說：「該不會連這起殺人事件也是梨梨亞下手的吧？與其迎接新的凶手，倒不如想成是梨梨亞又殺了一個人，心情上會比較輕鬆。」

蜜村搖頭回答他：

「梨梨亞不可能是凶手。她被監禁在東棟的房間裡，而且那間房間的鑰匙由我保管，所以她不可能殺人。不過既然你這麼說，要不要去確認一下，以防萬一？」

*

我們前往監禁梨梨亞的東棟房間。蜜村打開門鎖，並打開室內的電燈。「……幹麼？」梨梨亞揉著眼睛，喃喃地問。

「……她在這裡。」蜜村看著石川說。

「嗯，的確在這裡。」石川點頭。

「……你們在說什麼？」梨梨亞露出詫異的表情。蜜村告訴她「明天再說吧」，然後鎖上梨梨亞的房門。

「這麼說——」門鎖上之後，我們再度開始討論。「梨梨亞果然不是凶手了。」芬里爾這麼說，蜜村便點頭。

「基本上，我打從一開始就不認為梨梨亞是凶手。」

「為什麼？」

「因為密室的強度不一樣。」蜜村回答芬里爾。「我雖然還沒有調查清楚，不過這次事件的密室強度，明顯和過去四起事件的程度不同。門鎖旋鈕被蓋上扭蛋蓋子而不能使用，唯一能夠鎖門的主鑰匙裝在瓶蓋緊閉的瓶子裡。更何況和神崎被殺的第一起事件不一樣的是，門板下方沒有縫隙。」

「這正是『完全密室』。」

「沒錯，而且更進一步，可以說是『超級完全密室』。如果梨梨亞能夠想出重現這種密室狀況的詭計，那麼我在解開她犯下的四起密室殺人事件時，應該會花更多工夫才對。」

她的口吻好像在說，前四起事件她毫不費工夫就解決了。不過這一點或許是事實，畢竟她是光速偵探小丑。

蜜村對我們說：「現在可以去調查一下社先生的房間嗎？他是在別的地方遭到殺害之

後，屍體被搬到圖書室。所以真正的犯案現場，或許是社先生的房間。」

*

我們前往社的房間，發現果然就如蜜村預測的，地板上有一灘血，顯然這裡就是真正的犯案現場。

石川打了一個呵欠。

「好累，我今天要先睡了……話說回來，真令人擔心，接下來應該不會再有人被殺了吧？」

石川如此抱怨。夜月連連點頭表示同意。

在那之後，我們回到圖書室，把社的屍體搬到餐廳棟的酒窖。擺了五具屍體的酒窖，此刻成為臨時的停屍間。

我跟蜜村在這裡和大家道別之後，回到圖書室再度展開調查。我打開門進入房間時，忽然想到一件事，便問蜜村：

「有沒有可能把鉸鍊的螺絲拆掉，把門拆下來？」

這也是常見詭計的一種。凶手來到走廊上之後，把鉸鍊拆下來，拆除門板，然後轉動門鎖旋鈕，在鎖栓突出來的狀態下，把門板拼回門框裡，然後再度鎖上鉸鍊螺絲，把門固定住。

我滔滔不絕地描述這樣的詭計，蜜村便以一副無奈的表情問：「葛白，你是黃金時代的人嗎？」她大概是在說我壞話，不過聽起來不太像壞話。畢竟黃金時代指的是阿嘉莎・克莉絲蒂及艾勒里・昆恩等作家活躍的時代，也是本格推理小說最有氣勢的時代。

姑且不論這個——

「葛白，你知道嗎？」蜜村以教誨的口吻說，「現代不可能使用那種詭計。你只要看一下門就會明白了。你去確認一下這扇門的鉸鍊螺絲在哪裡吧。」

「呃……」我照著她的指示尋找鉸鍊的螺絲。鉸鍊螺絲在門和門框各自的側面。

「在側面。」我向她報告。

「好，那你把門關上看看。」

我照她說的關上門，然後發出「啊」的叫聲。門在關上時，鉸鍊的螺絲完全被遮住了。螺絲的位置在門板側面與門框側面，在關上門時，兩個側面會重疊在一起，鉸鍊的螺絲自然也會被門板與門框夾住。

「在這樣的狀態下，要怎麼重新鎖上鉸鍊的螺絲？」

聽她這麼說，我也覺得沒錯，不過內心卻感到奇怪。「把門拆下來之後重新鎖上鉸鍊螺絲」這樣的詭計，我應該聽過幾十次才對，沒想到實際上卻不可能執行。這是為什麼？

蜜村說：「我也不清楚。也許以前的門構造不一樣吧？比方說，關上門之後，固定門板和門框的螺絲不會被遮住，都露出在走廊這一邊之類的。如果是往外開的門，就可以利用這樣的構造了。」

這個說法的確有道理。「這一來，即使門關上了，也能夠鎖上或拆下鉸鍊螺絲。」不過冷靜想想，這種設計很危險。螺絲露出在房間外面，意味著只要鬆開螺絲，就能夠輕易把門拆下。這樣的話小偷就可以自由出入了。

蜜村說：「事實上，這的確是以前小偷常用的手段。你說的詭計本身，似乎也是從小偷的手法得到的靈感。不過就像我剛剛說明的，現代不可能使用這種手段。」

「唔……」我陷入苦思，然後再度打開門檢視鉸鍊。

「不過我覺得螺絲好像有點鬆。」

「你想太多了。」

蜜村厭倦地說。接著她進入圖書室內，走到牆邊，伸手觸摸牆面。我問：「妳在做什麼？」她告訴我：「我在檢查凶手有沒有在房間的牆上鑿洞。」原來如此。如果凶手偷偷在牆上鑿洞，並且使用那個洞執行某種詭計，那麼這次的密室強度就會下降許多。蜜村想到這樣的可能性，因此在調查牆壁。

我和蜜村一起搜尋牆壁與天花板上有沒有洞或縫隙。找了一個小時之後，我們還是沒有找到。「看來應該沒有。」蜜村做出結論。她揉揉眼睛，似乎很想睡。時間已經接近四點。

「今天先休息吧。明天再繼續調查。」

蜜村宣布之後，準備要走出房間。我也跟隨著她，不過忽然想到一件事，便叫住她。

「什麼事?」蜜村不悅地問。她似乎真的很想睡。但我不理會她的睡意，問她:

「妳剛剛不是說，留在現場的撲克牌有其他意義嗎?」

社被殺害的現場留下的撲克牌數字是「9」，指的是摩西十誡當中的「不可做偽證」。社曾經當過詐欺犯，因此無疑吻合這一條，然而先前蜜村卻說凶手可能別有意圖。

「嗯。」蜜村打了一個呵欠。「凶手想要比擬的，或許不是摩西十誡，而是諾克斯的十誡。」

「諾克斯的十誡?」

「沒錯。」

「妳是指諾克斯十誡當中的第九誡嗎?」

我努力喚起記憶。諾克斯十誡的第九誡是「華生的角色必須把自己的所有判斷都告知讀者」。我懷疑地皺起眉頭。這是什麼意思?這一條跟社有什麼關係?

「社先生是華生的角色嗎?」我怯生生地問。蜜村聽了聳聳肩說:「也許他以前在某間偵探事務所當過助手吧。」她的解釋方式感覺很隨便。

我不滿地瞪著她，她便說:「葛白，你如何解釋諾克斯十誡的第九誡?你認為第九誡對推理小說寫手的要求是什麼?」

我想了一下，說:

「應該是公平競爭的精神吧。」

「那當然。不過我還有一種解釋。」

蜜村撥了撥黑髮，然後說：

「這條的意義，就是在否定敘述性詭計。」

她突然說出這種話，讓我皺起眉頭。這女的到底在說什麼？諾克斯十誡的第九誡，應該是在禁止「華生角色刻意隱瞞讀者推理時必要的資訊」才對。至少我沒有聽過「否定敘述性詭計」這種說法。

「這是什麼意思？」我忍不住問。

蜜村說：「敘述性詭計這種東西，不用我說明你應該也知道，就是利用文章上的圈套來誤導讀者認知的手法。簡單地說，就是讓讀者產生誤解。代表性的作法，就像是讓讀者把女人誤認為男人之類的。」

「也就是性別誤認詭計吧。」

「那我來考考你，這樣的誤解要如何產生？」

我思索片刻，回答：

「那是因為作者使用某種文章上的圈套吧？」

「這種說法當然沒錯，不過我問的是更本質的問題。這樣的圈套要怎麼製造出來？」

「作者努力製造出來？」

「我不是在談這種意志力的論調。」蜜村嘆了一口氣。「答案就是，作者刻意隱瞞資訊造成的。作者隱瞞了書中人物『A』的性別，導致讀者誤解了『A』的性別——大概就像這樣。而作者刻意隱瞞資訊，就意味著故事敘述者的角色（也就是華生的角色）沒有告訴讀者必要的情報。」

原來如此。對於華生角色來說，書中人物的性別當然是已知的，不過華生角色卻沒有告訴讀者這件事，所以讀者才會產生誤解——

但此刻我心中有產生一個新的疑惑。

「凶手為什麼要在現場留下『9』的數字？」我現在可以理解諾克斯十誡的第九誡在否定敘述性詭計這種說法，不過我不知道凶手為什麼要進行這樣的主張。

蜜村豎起食指說：「凶手想要告訴我們，這間密室沒有使用敘述性詭計。這就是凶手留下『9』這個數字的理由。」

我不太清楚她在說什麼。這段話或許是我認識她以來，聽她說過最莫名其妙的話了。

我用拳頭揉著眉間問她：「等一下，這是什麼意思？密室和敘述性詭計一點關係都沒有吧？」

這時蜜村似乎呆住了，以一副「不是在開玩笑吧？」的表情盯著我，然後說：

「只要是喜歡推理小說的人，應該都會想像過，能不能使用敘述性詭計來製造新的密室。所以我以為你應該也想過這種事。」

「我完全沒有想過。」

「那就代表你其實並不是真的喜歡推理小說。」

我對推理小說的愛情被粗暴地否定了。

我咳了一下，說：

「因為我認為敘述性詭計是旁門左道。只有讀書經驗很淺的人才會吹捧它，資深讀者欣賞的，應該是機械式詭計或尋找凶手的邏輯。」

「哇，原來你是那種類型。我先告訴你，敘述性詭計是很厲害的，跟一般小說的親和度很高。不論是愛情喜劇、科幻小說、奇幻小說或恐怖小說，任何文類都能使用。不過機械式詭計就不行了。只要出現機械式詭計，就會成為推理小說——」

「等等，妳扯太遠了。」我阻止她的熱烈辯論。「基本上，我不明白怎麼使用敘述性詭計來製作密室。真的有可能做到這種事嗎？」

「這個嘛，比方說——」蜜村沉默十秒左右，然後說：「這是我剛剛隨便想到的例子。」

「嗯。」

「比方說，在某間房間發生了殺人事件，現場只有一扇門和一扇窗戶，門窗都上了鎖。那麼凶手是如何逃出那間房間的？」

線索太少了。我苦思一分鐘之後問：

「答案是什麼？」

「答案就是房間的窗玻璃是破掉的。也就是說，窗戶雖然上了鎖，但是卻破了洞。凶手就是從窗戶上的洞逃出去的。」

這個答案太扯了。我理所當然地提出抗議：

「這樣算哪門子的密室？」

「當然了。我又沒有說現場是密室。是你自己誤解的吧？」

我回想蜜村出的問題，的確發現她沒有說。她雖然說門窗都上了鎖，但是沒有說是密室。

蜜村說：「這就是利用敘述性詭計製作密室的方式。只要隱藏必要資訊，就能誤導讀者。不過我剛剛舉的例子當然是很低層次的詭計。如果真的寫出來，一定會被讀者痛罵。另外也可以使用敘述性詭計，讓房間裡的凶手『變得看不見』。」

讓房間裡的凶手「變得看不見」？

「妳是指，凶手沒有逃出密室，可是讀者卻『看不見』凶手，所以誤以為凶手從密室消失了？」

「沒錯，大概就是這樣。比方說，房間裡有一隻貓，可是那隻貓其實是人類──之類的。也就是誤認人與貓的詭計。當然這個詭計也不怎麼巧妙，不過你應該可以理解了吧？使用敘述性詭計製造密室，就是指這種情況。這次案件的凶手藉由留下『9』這個數字，否定了敘述性詭計的可能性。凶手在宣告，這起密室殺人事件不是使用敘述性詭計，而是用物理性詭計、或是心理性詭計來達成的，可以看成是在表明某種決心。凶手一定是想要表明：這間密室絕對公平，沒有使用不正當的手段。」

我感到相當困惑。

「凶手到底在跟什麼戰鬥？」

「我也不知道，大概是看不見的某個人吧。」

蜜村努力壓抑呵欠。

「好累，我要去睡了。晚安。」

我也回她「晚安」。她只稍稍抬起嘴角笑了一下，然後就離開圖書室。

＊

次日早晨，我和蜜村前往監禁梨梨亞的東棟房間。當梨梨亞得知又發生新的殺人事件，瞪大眼睛，用有些不悅的口吻說：

「沒想到在梨梨亞被監禁的期間，竟然發生那麼有趣的事。」

「我們可是被搞得雞飛狗跳。」蜜村說。

「然後呢？你們想要來拜託梨梨亞幫忙推理嗎？」

「不是。這起事件我們會自行解決。更重要的是……」

蜜村從口袋掏出一張撲克牌。這是遺留在社被殺害的現場的紅心「9」。蜜村把這張牌拿給梨梨亞看。

「這張撲克牌是妳的嗎？」

梨梨亞接過撲克牌，仔細端詳，然後點了點頭。

「嗯，沒錯。這張牌掉在現場嗎？」

「是的。我想問妳，妳把這副撲克牌保管在哪裡？我想要知道凶手是從哪裡拿走這張牌的。」

梨梨亞聽了，似乎在心中做某種盤算般轉動眼珠，不過很快地大概就覺得太麻煩，聳聳肩說：

「要談這一點，首先必須要有梨梨亞的手機。」

「妳的手機？」

「嗯。在大廳窗邊的沙發上，你們先把手機拿來再說吧。」

我和蜜村面面相覷之後，決定姑且遵從她的指示。

就如梨梨亞所說的，她的手機在大廳的沙發上。我回到房間把手機交給她，順便問：「妳為什麼要把手機放在那種地方？」梨梨亞不高興地說：「又不是我想要放在那裡的。我當時在大廳滑手機，蜜村就開始發表推理——然後我就忘在那裡了。」

梨梨亞的手機邊緣有一個類似手錶龍頭（調整時間用的螺絲）的突起裝飾。梨梨亞用指尖捏了那個龍頭，迅速拉了五次，接著再「喀吱喀吱」地按下五次，就聽見「喀喳」的聲音，手機殼上下滑動，露出可以放幾張牌的祕密空間。裡面此刻放了一張紅心「8」的撲克牌。

「少了一張。」梨梨亞說。「昨天這裡應該還有一張紅心『9』。」

「也就是說，被凶手偷走了嗎？」

「嗯，大概吧。梨梨亞明明把紅心『9』放在這裡，沒有藏在別的地方或是交給其他人。」

蜜村沉思片刻，然後又問梨梨亞下一個問題：

「這個手機殼是市售品嗎？」
「不是，是訂製的。」梨梨亞說。「是找認識的工具店製作的。很酷吧？全世界只有一個。」
「這麼說，只有妳知道這個手機的機關嗎？」
「沒錯。那家工具店對於顧客的訂單內容守口如瓶，不會隨便說出去，而且梨梨亞也沒有告訴過其他人。如果告訴其他人，就失去設計機關的意義了。」
「那麼妳也沒有在其他人面前打開過這個祕密空間吧？只有在周圍沒人的情況下才會打開？」
梨梨亞點頭。
「平常大概只有在自己家裡才會打開。還有就是飯店的房間裡。」
「那麼在來到這間旅館之後呢？」
梨梨亞思索片刻，才說：
「……這個嘛，到這間旅館之後，應該只有在自己的房間打開過。比方說準備要去下手的時候，從手機殼裡取出必要數字的撲克牌。」
蜜村點點頭，然後朝著我說：「我們差不多也該走了。」
「什麼？這麼快就要走了？」梨梨亞發出不滿的聲音。蜜村說「我們也有很多事要忙」之後，忽然好像想到了什麼，對梨梨亞說：
「對了，梨梨亞，我們想要順便檢查一下妳的房間，可以嗎？」

「可以是可以，不過不要亂動我的皮包喔。這個給妳。」

梨梨亞說完，從口袋取出一樣東西交給蜜村。蜜村拿到的是一支鑰匙，不過不是梨梨亞住宿的西棟房間鑰匙。

「……這是什麼？」蜜村問。

「在五金行買的輔助鎖鑰匙。就是裝在門把上的那種鎖，裝上之後就不能轉動門把，所以沒辦法進入房間。要轉動門把，必須使用專屬的鑰匙才能開鎖，要從門把拆下輔助鎖也同樣要用到鑰匙。」

「也就是說，沒有這支鑰匙，就沒辦法進入妳的房間。」蜜村注視鑰匙。「……不過妳為什麼要裝這種東西？」

「因為梨梨亞是國民女星啊！」梨梨亞一本正經地說。「到了梨梨亞這種等級，即使是飯店員工也沒辦法信任。他們有可能是梨梨亞的瘋狂粉絲，擅自使用主鑰匙進入房間裡。所以旅行的時候，梨梨亞一定會隨身攜帶這支鑰匙。畢竟有時候包包裡會放入刀子之類的，萬一被看到也很麻煩。」

蜜村點頭說「原來如此」，然後思索片刻，說了聲「謝謝妳的合作」之後，總算離開房間。梨梨亞似乎感到很無趣，抱怨說：「討厭，你們真的要走啦？」

＊

梨梨亞的房間位在西棟的別屋。從西棟一樓北側有一條走廊通往別屋。沿著有屋頂牆壁的這條走廊走過去，就會到達別屋門口。就如梨梨亞說的，房門上裝了輔助鎖。蜜村用梨梨亞交給她的鑰匙打開輔助鎖，然後使用西棟的主鑰匙打開房門本身的鎖。蜜村進入室內，首先走到窗邊。這間房間裡只有一扇窗戶，窗上拉起厚厚的窗簾。蜜村若有所思地調查窗簾，然後喃喃地說：「窗簾上有洞。」

我也湊過去檢視，發現窗簾上的確有大約像指尖大小的洞。蜜村又思索片刻，然後使勁拉開窗簾。窗簾後方是固定窗。她再度拉上窗簾。

接著蜜村開始物色房間裡的各種東西。經過一分鐘左右，她大聲說：「這不是……」她拿起的是放在桌上的可疑機器。那是形狀類似雙筒望遠鏡的機器，但只有單邊鏡頭。

「那是什麼？」我狐疑地問她。

「大概是反偷拍偵測器吧。」

「反偷拍偵測器？」我沒聽過這種機器。「不是反竊聽器嗎？」

蜜村聳聳肩說：

「完全不一樣。只要透過這個類似望遠鏡的瞄準器來觀察，如果房間裡裝了針孔攝影機，就會透過燈光閃爍告知攝影機的位置。這種反偷拍偵測器只要打開開關，就會往前發射ＬＥＤ光線，碰到攝影機的鏡頭就會反射，讓機器再度捕捉到反射光，大概就像是聲納的光線版吧。針孔攝影機因為本身的特性，不能在鏡頭和拍照對象之間放置障礙物。鏡頭看得到拍攝對象，就代表拍攝對象也一定看得到攝影機鏡頭。這種偵測器就是反過來利用這樣的特質。其中也有性能很高的機型，即使是幾十公尺遠的針孔攝影機都能找出來。」

蜜村說明之後，露出詫異的表情說：「問題是，梨梨亞為什麼會持有這樣的機器。」

「啊！」這時我想起一件事。「之前我看過梨梨亞拿著尋找竊聽器的機器。」

在我來到這間旅館的第一天，就曾目擊那幅景象。我告訴蜜村當時的情況，她便說：「這倒是很有趣的情報。」

她撥了撥黑髮，然後把視線朝向窗外。

「可以去調查一下庭院嗎？」她對我提議。

我們前往中央棟，從玄關走到外面。庭院積了幾公分的雪。這是來到旅館的第一天下的雪。在那之後就沒有下過雪，但因為氣溫很低，所以積雪還沒有融化。由於被大家的腳印到處踐踏，因此也不能稱作新雪。不過當我們往庭院北側前進，來到梨梨亞住宿的別屋，雪地就處於完全沒有腳印的乾淨狀態。我們繞了別屋周圍一圈，仍舊沒有找到腳印。蜜村取出手機拍了幾張照片。當我們繞了別屋一圈之後，她忽然小聲地喊：

「啊！這就是剛剛的窗戶。」

我追隨蜜村的視線，看到那裡的確有一扇窗戶。那是我們剛剛在別屋裡看到的唯一窗戶。蜜村踏過沒有腳印的新雪，接近窗戶。但因為窗上拉起了窗簾，因此看不到裡面的模樣。

「不對，從這裡可以窺視裡面。」

蜜村用指尖敲了敲窗玻璃。我湊過去看她指的地方，看到只有那部分的窗簾有一個小小的洞。那是剛剛在室內也看過的洞。雖然只有指尖左右的大小，不過當我把臉湊近窗戶，就能夠從那個洞窺探室內。我可以看到床和家具。視野比我想像的還要寬敞，幾乎能夠瀏覽整間房間。

我離開窗戶，蜜村就湊過來，再度從窗簾的洞窺視室內。她一動也不動地維持這樣的姿勢幾分鐘，彷彿變成地藏菩薩一樣。「喂！」我呼喚她，她卻回我：「再等一下！」我正想著「到底有什麼好玩」，她就突然起身離開窗戶，然後看著我說：

「我們再去一次梨梨亞那裡吧。我有些事情想要問她。」

「妳要問她什麼？」

「我們剛剛進入別屋的時候，房間的窗簾不是關上的嗎？我想要知道梨梨亞是不是一直關著窗簾。還有，我也想要知道她最早關上窗簾是在什麼時候。」

我點頭說「這樣啊」，不過我完全不知道她為什麼想要知道這些事。我腦中充滿疑惑，跟著她再度去見梨梨亞。

「關上窗簾的時間？」梨梨亞聽了蜜村的問題，跟我一樣顯得很詫異。她保持狐疑的表情回答：「我一進到那間房間就拉上窗簾，後來一次都沒有打開過。也就是說，從第一天就一直關著。」

蜜村點點頭，然後對梨梨亞說「謝謝妳」。

*

我們問過梨梨亞之後，接著前往犯案現場的圖書室。我們的目的當然是為了解開密室之謎。我首先注意到的，是裝在門內側的門鎖旋鈕。雖然說旋鈕當時被蓋上扭蛋的蓋子無法使用，不過我總覺得這裡應該會有解開密室之謎的線索。

我在腦中思索。

如果凶手是使用這個旋鈕關上門的，那麼就會有四大難關阻擋在前方：①使用什麼樣的裝置旋轉旋鈕。②如何回收那樣的裝置，或是使它消失。③使用什麼樣的裝置貼上扭蛋的蓋子。④如何回收那樣的裝置，或是使它消失。

「唔……」

根本不可能辦到吧？我很快就感到頭痛。

「總之，先來試試各種方式吧。」我自言自語，然後從口袋取出釣魚線。說到密室，當然少不了釣魚線。不過這扇門的密合度很高，門與門框之間沒有釣魚線可以通過的縫隙。也就是說，沒辦法利用門的縫隙，從房間外用釣魚線來操作。不過還是試試看吧——我姑且用釣魚線纏繞旋鈕，然後望著門，思考要如何拉扯這條線。這時我忽然注意到一件事：

「咦？」

「怎麼了？」

蜜村耳尖地湊過來。這個女人對線索的氣味很敏感。我原本想要隱瞞情報，但還是跟她分享了。「這裡。」我指著門說。

「那截膠帶不見了。」

昨天蜜村從門上把扭蛋的蓋子拆下來時，有大約五公釐的膠帶留在門上，但現在那截膠帶卻不見了。「真的耶。」蜜村也把臉湊向門。

「是凶手撕下來的吧？」

「應該是吧。」

蜜村如此回答我的問題。那截膠帶很難想像會自然剝落，因此一定是有人撕下來的。而做這種事能夠得利的，怎麼想都只有凶手。

但是究竟有什麼意圖？那截膠帶對於凶手來說，難道是什麼必須刻意消滅的重要證據嗎？

「蜜村，妳怎麼想？」

「這個嘛……」

她似乎無心回應。她站在門前思索一陣子，然後喃喃地說：「果然還是這麼回事。」

接著她總算把視線從門移開，對我說：

「葛白，很抱歉。我打算退出這起事件的調查。」

聽到她的話，我不禁發出愚蠢的叫聲，慌張地問：

「咦？什麼意思？妳的意思是，妳不想要再跟這起事件扯上關係嗎？」

蜜村點點頭。我更加感到困惑，戰戰兢兢地問她：

「妳該不會是因為解不開謎，打算放棄？」

「不是，剛好相反。」蜜村說。「就是因為解開了密室之謎，我才不打算繼續扯上關係。」

我完全不了解她的意思。謎底解開了卻不想扯上關係？她只需要把答案告訴大家不就好了？

「因為這一來，會造成我的困擾。」

蜜村的眼神顯得格外冷峻。她開口說：

「一模一樣。」

她的聲音傳入我耳中。

「這起事件的詭計，跟我三年前使用的密室殺人詭計一樣。」

*

我在做夢。這是我高一時的夢。當時我總是在思考密室的事——不論是在學校，或是從學校回家的途中。即使回到家裡，我也一直在想疑似蜜村犯案的那起密室殺人事件的詭計。

我在腦中思考各種可能性，有時也會使用自己家裡的門驗證詭計。沉浸在密室中的每一天，現在回想起來，也滿誇張的。

不過當時的我，無疑地和她的密室在一起。

*

我醒來時，感覺到地板的硬度。這是犯案現場的圖書室地板。我大概是躺在地板上想事情時睡著了。我想要起身，忽然聽到細微的叫聲。我轉向聲音傳來的方向，看到夜月面色蒼白地站在那裡。她把手放在心臟前方，似乎鬆了一口氣。

「太好了。」夜月說。「我還以為你死掉了。」

她大概是把我看成屍體了。躺在犯案現場，當然難免看起來像屍體。

我從地板起身時，夜月問我：

「你們調查得怎麼樣了？」接著她東張西望，又問：「蜜村呢？」

我不知道該如何回答，迴避夜月的視線，告訴她：

「我跟蜜村分道揚鑣了。」

「什麼？為什麼？」

「因為目標不一致。」

「感覺好像樂團解散的說詞。啊！我知道了。」

「什麼？」

「你被甩了吧？」

夜月很篤定地連連點頭。我當然無法接受她的說法。

我說：「總而言之，她已經退出這起事件的調查。她說她不要再跟這起事件扯上關係。」

「什麼？那怎麼辦？」夜月顯得很困惑。「香澄，你打算自己一個人解決這起事件嗎？」

聽到意想不到的這句話，我有一瞬間感到錯愕，連忙搖頭說：

「我沒那個打算。對我來說負荷太重了。」

「嗯，的確。」夜月點頭。「我也覺得對你來說負荷太重了。」

「而且我跟蜜村的腦筋差太多了。」

「嗯，的確。大概就像鄰居傳言中很聰明的貓跟東大學生的差別。」

這樣說未免太過分了。我感到有些惱火。

「總之，我也不打算繼續跟這起事件扯上關係了。再怎麼想也解不開的謎，最好一開始就別去想，否則只是浪費時間。」

我這樣告訴夜月，她便喃喃說「這樣啊」，然後把頭歪向一邊說：

「不過你在說謊。」

「什麼？」

「你真的很不擅長說謊。」夜月的嘴角泛起笑容。「你現在其實心裡躍躍欲試吧？你一定很想要解開這個密室之謎。」

我用手指摸摸自己的嘴角，發現那裡浮現些微的笑容。

我戰戰兢兢地問她：

「我看起來真的像那樣？」

「嗯，真的像那樣。因為你看起來很愉快。」

我再度摸摸嘴角。看來我的內心根本隱藏不住。在殺人事件現場顯得愉快，實在是太缺乏道德觀念了，又不是芬里爾。不過這就是我真實的心情，所以也沒辦法。到頭來，我也跟她屬於同一類的人。

我現在感到無比愉快。

愉快到不得了。

理由很明確。

我可以再次挑戰蜜村的密室。

而且是在跟她三年前使用的詭計相同的密室裡。

在使用到她曾經在文藝社的社辦提起的「終極詭計」的密室裡。

「是我殺死父親的」——

一年前的夏天，她對我這麼說。在夏季染成暗紅色的巷子裡，我聽到她這麼說。從那天起，我就執著於她留下的密室。彷彿墜入愛河般，從那天起，我的生活就圍繞著她的密室打轉。

就如青春期的男生迷上中二病的輕小說一般。

就如執著於自己心愛的偶像團體一般。

或者就如憧憬年輕氣盛的樂手，連打扮和說話口吻都模仿對方。

對我來說，這樣的對象就是蜜村漆璃的密室。我投入所有熱情挑戰它，彷彿這世上除了她的密室以外，其他東西全都消失了。

我為什麼會那麼執著？理由有很多，譬如單純地想要知道答案，想要知道她想出來的「終極密室詭計」的答案，不過更重要的大概是——

我想要看她驚訝的臉。

蜜村是天才，沒有她辦不到的事。我總是為她感到吃驚，但我幾乎沒有讓她感到驚訝過。雖然我會做出愚蠢的舉動，讓她感到傻眼無奈，但是我大概一次都沒有超出她的預期、讓她目瞪口呆過。

所以我很想要看到她那樣的反應。

想像到那幅景象，我就會無比開心，臉上露出愚蠢的笑容，不知為何有些緊張，就好像下定決心要去告白一樣。所以當時的我即使沒有與她重逢的預定，仍舊一直想著密室的事。

不過到頭來，我還是放棄解開謎題。

蜜村留下的密室之謎對我來說是太高的障礙。高中生的我光憑雜誌或網路上的資訊想要解謎，根本不可能。

那麼——

如果不是從雜誌或網路得到的資訊，而是實際身臨其境呢？

結果會如何？還是解不開嗎？不，我認為——也許我能解開。真的嗎？那就試試看吧。所幸——

這裡就有最適合嘗試這個假說的密室。

「夜月，謝謝妳。」

「你怎麼突然道謝？」夜月露出困惑的表情。「我不懂你道謝的理由。」

「……啊，對呀。」

她說得沒錯。也許我太一廂情願了。

不過多虧夜月，讓我了解到自己想要做的事。所以我又說了一次「謝謝」，然後離開圖書室，直接前往蜜村的房間。

*

當我敲了房間的門，蜜村立刻探出頭來。她訝異地皺起眉頭，用不悅的聲音說：

「抱歉，我不打算告訴你密室的答案。」

她說完想要關門，但我把腳塞入門與門框之間。腳被夾到有點痛。她用力地想要繼續關門，讓我的腳更痛了。最後她終於放棄，把門打開。我對她說：
「我並不打算要請妳告訴我答案。因為沒有那個必要。」
蜜村露出狐疑的表情。
「什麼意思？」
「我會自己去解開那間密室之謎。」
蜜村驚訝地瞪大眼睛，然後立刻忍俊不禁。
「你真的以為你辦得到？」
我點頭說：「辦得到。因為我比妳想像的厲害好幾倍。這起事件會由我來解決。妳聽到我解開謎底之後，就會崩潰地跪下來想：怎麼可能！」
蜜村呆呆地聽我大放厥詞，然後露出苦笑。「別太不自量力了。」她嘲諷地說。「你怎麼可能解開那間密室之謎。」
「我可以解開。」
「你解不開。」
「我可以解開。」
「你絕對解不開。」
她瞇起細長的眼睛，以教誨的口吻說：
「我很清楚，你絕對解不開這個謎。不對，不只是你，全世界沒有任何人能夠解開。這間密室就是屬於那樣的密室。」

聽到她充滿自信的口吻，我學她聳肩的動作回應。我不會到這個關頭才退縮。這間密室的難度很高，是全日本都知道的事實。

所以我以從容不迫的態度說：

「姑且不討論這個。我在擔心一件事。」

「擔心？」

「嗯，擔心。」我點頭。接著我指著蜜村的臉說：「妳在三年前的事件中獲判無罪。這是最高法院的無罪判決。根據日本法律，今後這個判決不會被推翻。就算有人解開密室之謎，也不能改變妳的無罪判決。」

在日本，再審只有在冤案等推翻被告不利狀況的案例中才會進行。就算出現新的證據，曾經獲得無罪判決的人也不會重新被審判。

聽了我的說明，蜜村露出詫異的表情。「這種事我也知道。」她用試探性的口吻說。「那又怎麼樣？」

「所以說，我在擔心。」我告訴她。「就算法律上無罪，社會上的反應應該不一樣吧？如果密室之謎被解開，妳就會陷入大麻煩。妳會被媒體追逐，在網路上遭到撻伐。雖然說是因果報應，但是老實說，我並不想看到妳落到那樣的地步。」

她的表情顯得更加詫異。我對她提出建議：

「所以說，如果妳希望的話，我不打算對世人發表密室詭計的真相。雖然違反社會正義，不過那也沒辦法。我也不會告訴夜月他們答案。解決篇只有我跟妳兩人參與也沒關係。」

這是我對蜜村這位朋友的體貼。不是我要自誇，我是個很體貼的男人。不過蜜村不知為何，卻以憐憫的眼神看著這樣的我。

「葛白，你聽過『還沒抓到狸貓就在計算皮革可以賣多少』這句俗諺嗎？」

這句話是在諷刺對於還沒到手的東西想像種種計畫。

「我當然知道。」

「是嗎？那麼你應該是記錯了。正確的意思是，『等你解開密室之謎再來操心吧』。」

蜜村深深嘆了一口氣。

「我看你一副很嚴肅的表情，結果竟然在想這麼愚蠢的事，實在是讓我啞口無言。如果你真的解開密室之謎，就堂堂正正地對世人發表吧。不過這樣的未來再過一百億年也不會來臨。」

她的話讓我有些惱火。我不滿地回瞪她，說：

「妳不要後悔。」

「我怎麼可能會後悔！沒有那種程度的風險，我也會覺得很無聊。啊！對了，要不要我特別幫你一點忙？」

她的提議讓我感到錯愕。我連忙回應：

「妳不需要給我提示。我可以自行解決。」

蜜村聽了聳聳肩說：

「我不是要給你提示。我要告訴你的不是有關密室的線索，而是這起事件的凶手是誰。」

「什麼？」

聽到超出預期的這句話，我的思考停止片刻。接著我連忙對她說：

「妳已經知道凶手是誰了嗎？」

「那當然。」她挺起胸膛。「你以為我是誰？」

「妳是光速偵探小丑。」

「你竟然是這樣看待我的。」

蜜村露出震驚的表情。接著她咳了一下。

「總之，我可以告訴你凶手是誰。你想知道吧？那我現在就告訴你。」

「等、等一下。」

我連忙制止她，然後思索片刻。我的確很在意凶手是誰，但是讓蜜村來告訴我真的好嗎？我們現在已經分道揚鑣，可以說是彼此敵對的關係。

我把這樣的心情告訴蜜村，她便不耐地嘆了一口氣。

「你在說什麼？你只要乖乖聽我告訴你就行了。」接著她像是宣告世界真理般對我說：「畢竟誰是凶手對你來說，遠遠比不上密室之謎的重要性吧？所以就讓我來告訴你凶手是誰。你如果真的想要解開密室之謎，那就沒有時間去管密室以外的事。如果不把一切都奉獻給密室，你就不可能解開。」

她強硬地勸誡我，我也逐漸開始相信她的說法，最後決定乖乖聽她告訴我凶手是誰。

「那麼我就來告訴你吧。」

蜜村咳了一下。

「凶手就是——」

聽到她說出的名字，我瞪大眼睛。原來是那個人。太令我感到意外了。

「……順便問一下，妳應該有正當理由吧？」

「那當然。那個人之所以是凶手——」

她嘰哩咕嚕地告訴我理由。原來如此——原來她是基於這樣的理由，斷定那個人是凶手。非常合理。

「那麼剩下來的就請你加油吧。反正你也解不開。」蜜村說完，就結束與我的對話。

「對了，這個——」在關上門之前，她從口袋掏出一樣東西給我。

「這個就交給你吧。」

她給我的是紅心「8」的撲克牌。那張牌原本放在梨梨亞的手機殼中，是這次的事件中唯一沒有使用到的撲克牌。以諾克斯十誡來說，就是——

「沒有提示給讀者的線索，不可做為解決事件的依據。」

我注視著拿到的撲克牌一陣子。這意味著，解決密室的線索已經出現過了。

＊

我回到圖書室，拿起裝有主鑰匙的果醬瓶搖晃，發出「喀噠喀噠」的聲音。這個果醬瓶的直徑與高度分別是二十公分左右。由於標籤已經撕下來，因此無法確認是否真的是果醬瓶，不過看起來就像超市與便利商店販賣的果醬瓶放大版，也許是業務用的商品。

我邊搖動果醬瓶邊思考。凶手如果是使用主鑰匙上鎖，那麼就面臨三大難關：①凶手如何將鑰匙放回房間內。②放回房間的鑰匙要如何放進果醬瓶並關上瓶蓋。③關上果醬瓶蓋的機關要如何回收或使它消失。

「唔……」

根本就不可能辦到！我把果醬瓶放在地板上。光是①就已經不可能了，接著還有②跟③，等於是三層的不可能。也許凶手根本就不是用主鑰匙來鎖門的吧？

在三年前疑似蜜村犯案的事件當中，房間的鑰匙不是放在果醬瓶中，而是在桌子的抽屜裡。這麼說，把鑰匙放入果醬瓶和把鑰匙放入抽屜，難道是使用相同的詭計嗎？還是說，其實根本沒有使用鑰匙鎖門，所以這兩起事件的鑰匙才會放在不同的地方？

另外還有別的事讓我感到在意。其中之一是凶手移動屍體的理由。凶手將社的屍體從他在西棟的房間搬到圖書室。這樣的搬動不可能沒有意義。其中一定有對凶手有利的理由。

另外一個讓我在意的點，就是那截膠帶之謎。蜜村看到那截膠帶從圖書室的門上被撕下來，就猜到這次密室詭計的真相。那是把扭蛋蓋子貼在門上時使用的膠帶。撕下膠帶的想必是凶手，問題在於凶手為什麼要回收那截膠帶。還有另一個更大的問題是——

三年前的事件中，門的內側並沒有貼上扭蛋的蓋子。

這樣看來，凶手回收那截膠帶或許具有其他意義。也許凶手並不是為了把扭蛋貼在門上才使用膠帶，而是為了別的詭計才使用膠帶，然後為了隱藏痕跡，刻意把扭蛋的蓋子貼到門上。也就是說，不同於三年前，在這次的事件中，凶手遇到無法在犯案時從門上回收膠帶的某件事——

「哈囉，進展如何？」

這時夜月走進來，打斷我的思緒。推理的殘渣就像振翅飛走的鴿群般消失。可惡，我明明好像快要想到什麼。

我不滿地瞪著夜月，夜月也不服輸地回瞪我。

我們像不良少年般互瞪一分鐘之後，夜月再度拉回話題：

「有什麼進展？」

我只說了聲「啊？」，然後噘起嘴說：「就如妳看到的，這起事件已經陷入迷宮了。」

「你放棄得還真快！」

「沒辦法，我真的搞不懂。」我已經思考兩小時左右，卻完全想不到答案。「密室的強度太高了。」

「密室的強度？」

夜月感到不解。我為了轉換心情，便對她說明：

「簡單地說，就是密室的難易度。譬如這次的密室，在門板底下沒有縫隙吧？像這樣的情況，不能使用利用門下縫隙的詭計，所以凶手能夠使用的詭計範圍就縮小了，可以看成是有附加規則限制的狀態，像是『請解開密室詭計之謎，但不得使用從門下縫隙歸還鑰匙的詭計』之類的。」

聽了我的說明，夜月露出困惑的表情說：

「我聽不懂你在說什麼。」

「妳聽不懂我在說什麼啊……」

我感到沮喪。夜月聳聳肩說：

「總之，你就努力去想吧。反正時間還有很多。姊姊要去大廳悠閒地喝杯紅茶。」

「真羨慕妳。」

「搞不好還會吃草莓蛋糕。」

「什麼？」

夜月離開之後，我躺在地板上，望著天花板陷入沉思。就如她所說的，時間還有很多。被關在這間旅館之後，到了今天就是第五天。假設一個星期之後會有救援到達，那麼剩下的時間包括今天在內還有三天。再過三天，這起事件就會離開我的手邊，移到警方的管轄之下。這一來，我就無法在這麼近的地方思考密室了。

還有三天——在這三天當中，應該可以有所進展。

只要有三天的時間——

*

然而事與願違，事件已經有一半都陷入迷宮當中。我雖然每天都在現場苦思，但不僅無從得知凶手使用了什麼樣的詭計，就連該從何處著手都還無法掌握。我處於瀕死狀態。不論是心靈或肉體，我都處於瀕死狀態。蜜村在走廊上跟我擦身而過時，會發出「哼」的一聲冷笑。看來我就連自尊心都處於瀕死狀態。

來到這間旅館之後的第七天——救援大概在今天或明天就會到達。或許因為如此，早上聚集在餐廳的所有人表情都很開朗。自從社被殺害的第五天以後，就再也沒有人死亡，或許也是讓大家感到安心的原因之一。

我揉著熬夜過後的眼睛，坐在夜月對面的座位。她正在土司上塗果醬。那是迷路坂烤的土司。餐桌上另外還擺了荷包蛋、沙拉和小香腸。這些也都是迷路坂做的。雖然和詩葉井擔任主廚時相較有些遜色，但仍舊稱得上美味。

我忍住呵欠，在土司上塗了柑橘醬，然後又塗了蘋果醬。這是柑橘醬和蘋果醬的綜合口味。我先把土司放在盤子上，然後關上柑橘醬與蘋果醬的瓶蓋。夜月看著我的舉動，提醒我：

「香澄，蓋子反了。」

「蓋子反了？」

「我是指果醬的瓶蓋——唉，給我吧。」

夜月把柑橘醬和蘋果醬的瓶子拿到手邊，然後轉開兩個瓶蓋，交換兩瓶果醬的瓶蓋。瓶蓋上各自都有貼標籤，上面有柳橙和蘋果的圖案。看來我把兩瓶果醬的瓶蓋關錯了，所以才會被夜月指責——

在這個瞬間，我發覺到了。

我霍地從座位上站起來，直接衝向圖書室。「喂，香澄，你怎麼了？」我聽見夜月慌張的呼喚聲，不過我沒有加以理會，經由中央棟的大廳衝向西棟。當我到達位在三樓的圖書室，才氣喘吁吁地調整呼吸。

我環顧室內，然後發出「啊」的感嘆聲。

啊——怪不得我沒有發覺到。會發覺這種事的，在這世上只有三個人：我、這起事件的凶手，還有蜜村漆璃。

「香澄，你到底怎麼了？」

追著我過來的夜月問我。我告訴氣喘吁吁的她：

「夜月，請妳召集大家到餐廳。」

夜月詫異地對我說：

「大家早就聚集到餐廳了。現在正在吃早餐。」

對了——她這麼說，我才想到。我咳了一下。

「香澄，你到底是怎麼了？」夜月狐疑地看著我。「你該不會是睡昏頭了吧？」

我搖搖頭。我沒有睡昏頭。就算有，我現在也已經清醒了。

「我解開了。」

對我來說，這是清醒的結局。

「密室之謎已經解開了。」

回想4　四年前・四月

「新的密室詭計並不存在。」

和蜜村剛認識不久的時候，我曾經和她在文藝社的社辦談論密室的話題。

新的密室詭計並不存在——這就是我在這場議論中的立場。

「被稱為新詭計的東西，都只是既有詭計的延伸而已。譬如把上鎖的鑰匙放回室內的手段是新的，或是轉動門內側的門鎖旋鈕的方式是新的，這些並不能稱作是真正的嶄新詭計吧？可是實際上看到的都只有這種詭計。每次我在讀到解決篇的時候，就會挖著鼻孔想：喔，這個模式我早就看過了。」

蜜村聽了我的話，顯得很不以為然。

「葛白，你都邊挖鼻孔邊看書嗎？好髒。」

「……這只是比喻。」

「那就好。你真的沒有邊挖鼻孔邊看書吧？」

蜜村鬆了一口氣，然後說：

「我認為還是有可能出現新的密室詭計。推理小說的詭計不是常常被比喻為礦脈嗎？依照這個比喻，假設這世上的密室詭計數量是上帝預先設定的，就像礦脈含有的財富數量有限，然後在推理小說問世之後的一百八十年之間，這些財富被挖掘殆盡——這就是俗稱的『財富枯竭』理論。不過我認為這樣的理論是錯誤的。」

我對她的話產生興趣，問她「為什麼」。她回答：

「如果把密室詭計比喻為礦脈，你認為有可能從礦脈中挖出所有的金礦嗎？」

我苦笑著說：

「聽起來好像惡魔的論證。」

持續挖掘礦脈，不久之後就無法採得金礦，但絕對無法證明那裡「已經沒有剩餘的金礦」。如果持續挖掘，或許有一天又會挖到金礦。

但相反地，要證明「還有金礦」很簡單。只要實際去挖掘出來給大家看到就行了。只要高喊「看，這裡還有金子」就行了。

「我認為推理小說作家的工作，就是要證明這一點。」

蜜村托著臉頰，這樣對我說。

「所以說，推理小說作家絕對不能說出『新的密室詭計不存在』這種話。因為這等於是否定自己的工作。即使是謊言，也要虛張聲勢。這一來，或許有一天，從這個謊言當中會產生出真實的東西。」

第六章　密室的崩壞

夜月在餐廳邊喝紅茶邊等候葛白的聯絡。葛白在宣布解開謎題之後，召集眾人到餐廳（雖然大家原本就已經在餐廳了），自己卻不知道跑到哪裡去了。據說他要預作準備。

夜月無事可做，便加入在附近座位吃早餐的蜜村。兩人閒聊了一會兒，夜月忽然想要問她：

「你覺得香澄真的已經解開密室之謎了嗎？」

蜜村聳聳肩說：「誰知道。」

就在兩人閒聊當中，葛白回到餐廳。夜月覺得等了很久，不過其實才經過不到三十分鐘。

「那麼請各位到這裡來。」

葛白帶夜月等人到餐廳外面。他說話的態度格外正式。夜月覺得很不適合他。葛白不適合任何看起來聰明高尚的行動。

葛白帶他們去的地方是西棟三樓的圖書室，也就是社的屍體被發現的房間。在這間旅館發生的五起密室殺人事件當中，只有第五號密室仍舊未解。

葛白注視著眾人。在場的是目前在這間旅館的所有人當中，除去梨梨亞的五人，也就是芬里爾、石川、迷路坂、蜜村、以及夜月。再加上葛白自己，這六人當中有人殺死了社，並且建構了密室——

「那麼，各位——」

葛白向大家宣布。

「我現在就要來解開密室之謎。」

＊

葛白用一副隆重的態度說「接下來——」，然後環顧夜月等五人。接著他說：

「在開始推理之前，有件事我想要先確認一下。各位知道法務省製作的密室分類嗎？」

眾人都顯露出困惑的神情，面面相覷。

「那當然。」蜜村開口說。

「這是基本常識吧？」芬里爾也說。

什麼？這是基本常識？——夜月感到驚訝。不過石川說「我不知道」，迷路坂也接著說「我也不知道」，讓她內心好過一些。夜月也大方地舉手說：「我不知道！」蜜村和芬里爾以看到外星人的眼神注視他們，讓夜月不禁覺得，這些人也未免太過關心密室了吧？

「你說的那個密室分類是什麼？」夜月催促葛白解釋，葛白便聳聳肩說：

「三年前，日本發生了第一宗密室殺人事件之後，法務省就製作了這樣的分類。法務省針對完全密室（也就是門窗都鎖上的密室）的詭計進行分類。根據這個分類，密室詭計大致區分，只有十五種類型。」

十五種——夜月心想，沒想到這麼少。

「也就是說，不論是什麼樣的密室殺人事件，使用的詭計一定會屬於這十五種類型當中的一種。那麼我現在就來實際寫出這個密室分類吧。法務省製作的密室詭計分類大概像這樣。」

圖書室擺了一塊白板，不知是從哪裡搬來的。葛白拿起黑色的白板筆，在上面寫出法務省製作的密室分類。

【密室分類（為了建構密室狀況而使用的詭計等之分類）】

1 將上鎖時使用的鑰匙從門底下等縫隙放回室內。
2 以某種方式轉動位在門內側的門鎖旋鈕。
3 從祕密通道逃脫。
4 拆除鉸鍊，把門拆下之後再裝回去。
5 被害人自己上鎖。
6 凶手躲在房間裡。
7 把不是密室狀態的房間誤認為密室。

8　實際上是密室的場所和發現屍體的場所不一樣。
9　使用備用鑰匙。
10　趁發現屍體時的混亂，把鑰匙放回室內。
11　留在室內的鑰匙是假的，事後才替換為真正的鑰匙。
12　神速殺人。
13　在房間成為密室狀態之前，被害人已經死了。
14　由房間外側攻擊，殺死在密室中的被害人。
15　由房間內側攻擊，殺死在密室中的被害人。

葛白寫出所有的模式之後，蓋上白板筆的蓋子，然後用蓋上蓋子的筆敲了敲白板。

「密室詭計既然只能分成這十五種，這次使用的詭計一定也屬於其中之一。也就是說，只要一一驗證，一定能夠得到真相。」

「什麼？你是指，要把這十五種模式都驗證過？」夜月問。

「沒錯。所以可能會有點長，不過希望各位能夠好好聽完。這也算是密室類推理小說中的某種儀式。」

某種儀式——夜月不太能夠理解這種說法，不過還是點了點頭。其他人也同樣地點頭。那就姑且來聽聽他「有點長」的解說，也就是所謂「密室類推理小說中的某種儀式」吧。

「那麼首先來看模式1。」

葛白取得大家的同意之後，再度以過於正式的口吻說話。聽到這句話，夜月便注視白板上寫的模式1：「將上鎖時使用的鑰匙從門底下等縫隙放回室內」。

葛白說：「這可以說是密室詭計當中最主流的詭計。詭計內容也沒必要特地說明——就是從房間外側使用鑰匙鎖門之後，再把鑰匙從門底下等縫隙，使用細線之類的工具放回室內。不過這次無法使用這項詭計。蜜村，妳認為是為什麼？」

被點名的蜜村顯得有些惱怒。

「……為什麼要問我？」

葛白聳聳肩說：

「我想說如果有助手的話，比較容易說明推理。」

「這一點我知道。我是在問你，為什麼要我擔任這個助手角色。這樣感覺好像被看扁了，很討厭。」

蜜村冷冷地把臉別開。她之前在推理的時候，明明也把葛白當成助手——葛白指出這一點，接著兩人就展開一段無意義的爭論。無意義的爭論持續了五分鐘左右。

最後蜜村總算讓步，不情願地擔任助手角色。

「好吧，那我就來回答你。這麼基本的理由，其實我根本懶得說明。」她深深嘆了一口氣。「聽好了——要否定1很簡單。首先，包括門底下在內，這間房間沒有任何空隙，所以根本沒辦法把鑰匙放回室內。而且鑰匙又放在關緊瓶蓋的果醬瓶裡面，室內也沒有任何使用詭計的痕跡。密室詭計不是變魔術，不可能違反物理法則。『把鑰匙放回室內的方法』和『不留痕跡地關上瓶蓋的方法』都不存在，那麼就絕對不可能使用模式1。」

蜜村如此斷言。葛白點頭說：「嗯，我也這麼覺得。」蜜村惱火地說：「什麼叫『我也這麼覺得』？少在那裡裝酷了！」

總之，模式1被否定了。葛白用白板筆把寫在白板上的模式1劃掉。接著他指著模式2說：

「接下來是2，『以某種方式轉動位在門內側的門鎖旋鈕』，不過這個模式也會被否定。蜜村。」

「好啦，這題也要我來回答吧？」蜜村用不愉快的聲音回答。「這個模式也和1一樣。門內側的旋鈕被蓋上扭蛋的蓋子，無法轉動。凶手如果要用這個詭計，就必須用某種機械式（物理性質）的裝置來轉動旋鈕，然後再使用某種機械式的裝置貼上扭蛋的蓋子，不過室內沒有留下任何這種機械式裝置的痕跡。牆壁和門上沒有縫隙，因此也沒辦法回收這樣的縫隙。剛剛也說過，密室詭計不是魔法，所以這個模式也不可能辦到。」

葛白點點頭，劃掉模式2。剩下的模式還有十三個。

「那麼接下來是3，『從祕密通道逃脫』。這個就不用解釋了吧？現場的西棟沒有祕密通道，因此這個模式也刪除。」葛白劃掉模式3，然後指著隔壁的模式4。「接下來是4，『拆除鉸鍊，把門拆下之後再裝回去』。這是指把門拆掉之後，轉動門鎖旋鈕讓鎖栓跳出來，然後再從房間外面把門裝回去。這一點我之前也和蜜村驗證過，得到的結論是不可能辦到。這是因為關上門之後，鉸鍊的螺絲就會隱藏起來。所以這個模式也要消除。」

模式4被劃掉了。

「接下來是5，『被害人自己上鎖』的模式。這種模式有可能不是他殺而是自殺，或者也可能是被害人在房間外面遇刺之後，鎖上門關在房間裡，後來因為被刺的傷口導致死亡之類的情況。這一項要如何刪除？蜜村。」

「好好好，又輪到我出場了。」蜜村嘛起嘴唇。「這一項也可以非常簡單地否定。從驗屍時的生活反應得知，被害人社先生身上有死後才造成的傷口。所以假設鎖上門的是被害人本身，那就代表他在死後變成密室狀態的房間裡再度受到攻擊。那麼攻擊他的凶手是如何逃出密室的？很簡單，就是採用模式5以外的剩餘十四種模式之一。」

也就是說，討論又回到起點。這一來模式5就沒有意義了。

葛白用白板筆劃掉模式5。

「接下來是6——『凶手躲在房間裡』。那間房間沒有凶手可以躲藏的地方，所以這條也刪除。」

模式6被刪除了。

「接下來是7——『把不是密室狀態的房間誤認為密室』。這是比方說，往裡面開的門後面被放置某種障礙物，門被堵住沒辦法打開，結果就誤以為門被上了鎖。不過這次的門確實上了鎖，所以這個模式也要刪除。」

模式7也被刪除。

「接下來是8，『實際上是密室的場所和發現屍體的場所不一樣』。這個要說明比較麻煩一點。比方說在『房間A』聽見尖叫聲，大家為了確認裡面的狀況而打破窗戶，但是在實際進入房間之前因為某種理由離開那裡，再度回到現場時，因為凶手設計的詭計，被誘導到『房間B』而不是『房間A』，在那裡發現屍體。也就是說，大家因為詭計而把『房間A』和『房間B』搞混了。而『房間B』的窗戶跟『房間A』一樣是被打破的狀態，但是『房間B』的窗戶是凶手事先打破的。屍體被發現的『房間B』因為一開始窗戶就是破的，所以根本不是密室。不過這次沒辦法使用這個詭計。為什麼呢？蜜村。」

「是的，葛白老師。」蜜村以自暴自棄的態度說。「這次我們打破窗戶之後，立刻就進入室內。」

「沒錯，不過應該還有一個理由吧？」

「你是指現場是在三樓？」

「沒錯。」

夜月有些跟不上對話，便舉起手問：

「老師，現場在三樓有什麼意義嗎？」

「蜜村副教授會回答妳。」

「我是副教授？」蜜村瞪大眼睛，然後嘆了一口氣說：「這個道理很簡單。這次的現場在三樓，而三樓除了圖書室之外沒有其他房間，所以不可能會跟其他房間搞錯。這個詭計必須要在犯案現場同一樓層存在著相同格局的房間才能使用。當然也有在不同樓層有相同格局房間而混淆的類似詭計，不過就如各位所知，西棟是三層樓的建築，一樓和二樓都沒有和圖書室相同格局的房間，因此也不可能使用這個類似詭計。」

夜月聽完總算弄懂了。白板上的8被劃掉。

「接下來是9，『使用備用鑰匙』。這間房間沒有備用鑰匙，因此也要刪除。」

9很快就被刪掉了。

「接下來是10，『趁發現屍體時的混亂，把鑰匙放回室內』。這是指凶手偷偷拿著上鎖用的鑰匙，然後在發現屍體的時候若無其事地放在地板上。順利的話，就會讓人誤以為一開始鑰匙就放在那裡。不過這次的鑰匙很明顯地放在屍體旁邊，而且放在瓶子裡面。我們一進入房間，蜜村就發現鑰匙，我也看到了，所以無法使用這個詭計。」

也因此模式10也被刪除。白板上的密室種類越來越少，只剩下五種。

「接著是11，『留在室內的鑰匙是假的，事後才替換為真正的鑰匙』。留在室內的主鑰匙是真的，而且放入鑰匙的果醬瓶一直由蜜村拿著，所以也沒有時間替換。蜜村要自己替換也是不可能的。我為了避免蜜村偷偷替換鑰匙，一直暗中監視著她。」

「你竟然在監視我？太低級了。」

「總之，這一來就能刪除模式11了。」

白板上的模式又被劃掉一個。

「接下來是12，『神速殺人』。」

「『神速殺人』，好像在哪裡聽過。」迷路坂開口。

「這是非常有名的古典詭計之一。」葛白說。「密室被破壞的時候，被害人還活著，只是被下藥睡著，看起來好像死掉了。這時第一發現者衝過去喊『不要緊嗎？』而事實上這個第一發現者正是凶手。凶手跑過去假裝在確認被害人生死，其實卻拿暗藏的刀子刺死被害人。也就是說，在眾目睽睽之下神速殺人。」

夜月聽了心想，原來如此，所以才會稱為神速殺人。在眾目睽睽之下殺人，感覺滿震撼的。

葛白繼續說：「不過這個詭計有一項缺點，那就是發現屍體的時間和被害人的死亡推定時間會非常接近。也因此，只要經過驗屍，就能夠很簡單地判斷有沒有可能進行神速殺人。石川。」

石川突然被點名，似乎嚇了一跳，肩膀抖了一下。接著他苦笑著說：「不要突然叫我的名字。有什麼事嗎？」

「我想問你社先生的死亡推定時間。發現屍體的時候，他已經死亡多久了？」

「應該是——」石川似乎在追溯記憶。「死後過了兩個小時左右。」

「那就不可能進行神速殺人了。」

模式12被劃掉了。還剩下三種。

「接著是13，『在房間成為密室狀態之前就已經死亡』的模式。比方說上午還可以使用房間鑰匙，但是下午的房間鑰匙卻處於大家都看得見的狀態，無法使用。由於被害人遭到殺害的時間是在下午，因此無法使用鑰匙就不能把房間布置為密室。可是實際上，被害人遭到殺害是在上午而不是下午，當時鑰匙是可以自由使用的，亦即可以任意鎖上房門。現場成為密室，嚴格來說是在鑰匙處於眾目睽睽之下的下午，所以上午還不是密室。雖然門上了鎖，卻不是密室，因此就符合『在房間成為密室狀態之前就已經死亡』的狀態。但是這個模式——」葛白環顧眾人。「和這次的狀況完全無關。因為這次的事件當中，主鑰匙是在密室狀態的房間裡找到的。在這個13的狀態，絕對不可能會有鑰匙在室內被發現的狀況，所以就刪除。」

13的模式被刪除。現在只剩下兩個了。

「接下來是模式14。」葛白用蓋上蓋子的白板筆敲了敲白板。「『在密室裡的被害人因為來自外側的攻擊而遭到殺害』的模式。這是指凶手沒有進入鎖上門鎖的房間，就從房間外側以某種方式殺害房間內的被害人。譬如使用強力的電磁石，讓室內的金屬製書櫃倒下，把被害人壓死。不過這次也無法使用這個模式。為什麼？」

「我知道！」夜月舉手，然後很有自信地回答：「因為在這次事件中，被害人沒有被書櫃壓死。」

夜月得意洋洋地看著葛白，但葛白卻憐憫地看著她，讓夜月不禁感到納悶：為什麼？

「唉，算了。蜜村副教授，請妳說明。」

「知道了，葛白老師。」蜜村聳聳肩說：「這很簡單。被害人社先生被殺害的地點不是在圖書室，而是在自己的房間。」

夜月無法理解他在說什麼。社的確是在他自己的房間遭到殺害，後來屍體才被搬到圖書室，但那又代表什麼？

「妳不明白嗎？」蜜村副教授問。

「不知道。」夜月回答。

「那麼我給妳提示吧。這是很簡單的道理。」蜜村稍稍笑了。「凶手把屍體搬到房間，然後使用模式14。這不是很奇怪嗎？」

「奇怪？啊，我懂了——」

夜月總算發覺到了。

把屍體搬運到房間的時候，被害人已經死了——畢竟他已經成為屍體。這一來就不可能發生模式14：「密室裡的被害人因為來自外側的攻擊而遭到殺害。」模式14的前提，必須要由還活著的被害人親手將房門鎖起來。

「順帶一提，如果在搬運到犯案現場的時候，被害人還沒斷氣，那就和模式5相同，同樣地也已經遭到否定。」蜜村補充。

葛白看夜月理解了，便把模式14刪除。剩下的模式只有一個。

「最後是模式15。」葛白宣布。「『密室裡的被害人因為來自房間內部的攻擊而遭到殺害』。這是指在室內裝設某種機關——譬如時間到了就會透過定時器射出刀子之類的機械裝置。被害人親手鎖上房門之後，比方說在沙發上休息，結果被飛過來的刀子刺殺。

但這次也不能使用這種詭計。理由跟模式14一樣：被害人的屍體是從別處搬過來的，所以15也因為跟14一樣的理由被刪除。」

白板上的模式15也被刪除。

「咦？」

夜月發出聲音，其他人也都驚訝地看著白板。白板上寫了十五種密室種類，然而都在葛白推理過後，用白板筆劃掉了。

「香澄，這是怎麼回事？」夜月困惑地問。「怎麼可能不符合十五種密室詭計的任何一種？」

葛白聳了聳肩。

「就是這麼回事。使用既有的任何詭計，都不能重現這次的密室狀況。」

「怎麼會——」

困惑轉變為絕望。那麼為什麼現場會成為密室？先前扮演傾聽葛白推理角色的蜜村曾經說過，密室詭計不是魔法。因為不是魔法，所以絕對無法做到物理上不可能的事。

可是……

這怎麼看都是……

「魔法……」

「不是魔法。」

葛白打斷夜月的話。

「雖然說這的確怎麼看都是不可能的犯罪，似乎無法用物理方式來重現，不過只有一個方法能夠重現這個不可能的狀況，而且非常簡單。這是不屬於既有詭計體系當中任何一種的詭計。」

夜月屏住氣。不屬於十五種密室模式當中的任何一種——那就是法務省密室分類以外的第十六種詭計嗎？

「是什麼樣的方法？」

夜月提出這個問題，葛白便抬起嘴角笑了笑。

「我現在就來實際重現這個詭計。蜜村。」

「幹麼？」

「請妳來扮演屍體。」

蜜村瞪大眼睛，明顯地在鬧彆扭。她噘起嘴唇說：「為什麼要我做這種事？」

「拜託妳了，蜜村副教授。」

「我不是副教授。」

「那就稱呼妳光速偵探小丑。」

「為什麼光速偵探小丑要扮演屍體？」

兩人又爭執了一陣子，最後蜜村總算不情願地接受，扮演屍體的角色。

「那麼現在就來重現詭計吧。」葛白宣布之後，假裝用刀刺殺蜜村。「唔……！」蜜村倒在地上。葛白拉著蜜村的雙手，讓她在地板上移動一公尺左右。「凶手首先像這樣殺死社先生，然後搬到這間房間。不過實際上大概不是用拖的，而是背過來的。」葛白解釋。

「接著，」葛白從口袋中取出鑰匙。這是西棟的主鑰匙。「我要把這支鑰匙放進果醬瓶裡關上蓋子。」

葛白拿了放在房間角落的果醬瓶，把主鑰匙放進裡面，然後依照自己的宣言關上蓋子，放在扮演屍體的蜜村旁邊。在這個階段，主鑰匙就無法使用了。

葛白環顧眾人。

「接下來，我就要讓房間成為密室。」

聽到這句話，除了扮演屍體的蜜村以外，所有人——芬里爾、石川、迷路坂，當然還有夜月——都感到困惑。到底要用什麼手段，讓這間房間成為密室？

在眾人困惑的視線當中，葛白從容地打開門走出去，在走廊上關上門。隔著門板可以聽見門外的葛白說：

「那麼我現在就要製作密室了。」

在他說這句話的同時，就聽見某樣東西插入鑰匙孔的聲音。接著門內的門鎖旋鈕開始緩緩地旋轉——

喀喳！門很輕鬆地就被鎖上。

「咦？」

夜月目瞪口呆，立刻奔向門，轉動門把並拉門。門打不開。房門已經毫無疑問地被鎖上了。

到底發生了什麼事？門為什麼打不開？

夜月雖然感到困惑，但還是轉動旋鈕打開門，葛白便進入房間。

「到底是怎麼回事？你到底是怎麼鎖上門的？」夜月在混亂的思緒中質問他。

葛白從口袋中拿出某樣東西，說：「我是用這個來鎖門的。」

葛白手中拿的是一支鑰匙。這是造型修長的西棟客房的鑰匙。眾人都感到困惑。這是怎麼回事？用這支鑰匙能夠上鎖，難道那是——

「備用鑰匙？」

夜月如此詢問，葛白便露出苦笑說：

「這間房間沒有備用鑰匙。能夠鎖上這間圖書室房門的，只有裝在果醬瓶裡的主鑰匙。這不是大前提嗎？」

「可、可是如果不是備用鑰匙，那麼那支鑰匙究竟是……」

「哦，這支嗎？」葛白舉起手中的鑰匙。「這是我房間的鑰匙。」

聽到這句話，夜月笑出來。她以為葛白在開玩笑。

「香澄，你在說什麼？」她以指責的口吻說，「你房間的鑰匙怎麼可能鎖上圖書室的門？能夠用你的房間鑰匙上鎖的，就只有你房間的門吧？」

就連小孩子都明白這種道理。

不過葛白卻聳聳肩，然後用教導小孩子的口吻說：

「沒錯。所以說，我交換了門。我把鉸鍊拆下來，把我的房間和圖書室的門交換過來。這樣的話，就能用我房間的鑰匙，把犯案現場圖書室的門鎖起來吧？」

＊

「把門交換過來？」

夜月喃喃地說。我對她點頭。西棟的所有房間，包含圖書室在內，都使用同樣的門，所以只要拆除鉸鍊，就能跟其他房間交換房門。凶手就是利用這一點，交換自己房間與犯案現場圖書室的門。這一來，圖書室的門就變成凶手房間的門，因此凶手可以利用房間的門，把圖書室變成密室。即使主鑰匙留在室內，仍舊能夠鎖上門。

我注視著扮演屍體倒在地板上的蜜村。她驚訝地瞪大眼睛，然後小聲地說：「你竟然真的找到真相了。」她的聲音大概只有我聽見。我對她點頭。

接著我又瞥了一眼夜月。「嗯？」夜月狐疑地問。她似乎沒有自覺，不過我之所以能夠發現到這個密室詭計，全都要歸功於她。今天早上，當我把柑橘醬和蘋果醬的瓶蓋搞錯而闔上時，夜月打開瓶蓋，交換了兩個蓋子。當我看到她這麼做的瞬間，立刻想到這次交換門的詭計。在此同時，我也想起和蜜村一起調查圖書室房門鉸鍊的情景。當時我覺得鉸鍊的螺絲好像鬆了。蜜村雖然說是我想太多，不過看來那的確不是我多心。那正是密室詭計遺留下來的痕跡。

拆除鉸鍊把門拆下或安裝上去的工程，即使在現代也是裝潢業者經常進行的工作。就算是外行人，只要經過一定的練習，應該也能夠不花太多時間就執行。手腳俐落一點的話，或許不需要花十分鐘。而且我在來到這間旅館的第一天就確認過，西棟房間的門都採用內部有空洞的夾板門。因為是木製的門，門板重量大約十公斤左右，因此不論是男女都能夠自行交換門板。

當我發現這個詭計之後，同時也解決了腦中一直牽掛的兩個問題。

「這起事件有兩個不可思議的地方。」我豎起右手的兩根手指，對大家說。「第一，凶手為什麼要把屍體搬到圖書室。第二，凶手為什麼要撕下留在門上的那截膠帶。」

乍看之下，這兩點都是沒什麼意義的行動，但事實上卻都有合理的理由。

「先從第一個問題來思考吧。凶手把社先生的屍體從他的房間搬到圖書室的理由是什麼？乍看之下，屍體不論是在社先生的房間發現、或是在圖書室發現，似乎都沒有太大的差別，不過對於凶手來說卻不一樣。屍體一定要在圖書室被發現才行。」

包括夜月在內，所有人都露出茫然的表情。夜月問：「為什麼？」我回答：

「理由很簡單。這間圖書室沒有正規的鑰匙，只能用主鑰匙來開鎖——這一點具有重大的意義。這個交換門的詭計，其實有一個很大的缺點。假設凶手使用這個詭計，想要把社先生的房間、而不是把圖書室製作成密室，讓屍體在社先生的房間被發現，那麼凶手就要把社先生房間的門和自己房間的門交換。在這樣的情況下，凶手必須把能夠上鎖的所有鑰匙——也就是主鑰匙和社先生房間的鑰匙這兩支鑰匙——都留在房間裡面。要是沒有把可以上鎖的鑰匙都留在室內，基本上就不是密室了，所以凶手就得把主鑰匙和社先生房間的鑰匙留在室內，然後用自己房間的鑰匙來鎖門。這一來密室就完成了，不過這個密室並不完美。乍看之下好像是完美的，但實際上卻不是。」

「為什麼不是？」夜月感到不解。「應該沒什麼問題吧？」

我說：「這是交換門產生的弊害。凶手把自己房間的門裝在社先生的房間，所以這扇門就能用凶手房間的鑰匙來上鎖，不是嗎？但是這一來，這扇門就不能用社先生房間的鑰匙來上鎖了。明明是社先生的房間，卻不能用社先生房間的鑰匙來上鎖，這一點很明顯地有問題。更何況凶手為了製造密室狀態，把社先生房間的鑰匙留在室內。偵探發現現場是密室之後，首先一定會確認鑰匙是不是真的。那支鑰匙當然不能鎖上社先生房間的門，因此偵探就會判斷鑰匙是假的，就結果來看，密室狀態就瓦解了。」

事實上，留在房間裡的社先生房間鑰匙是真的，但是偵探不知道門被交換過，一旦發現鑰匙無法使用，就會判斷那支鑰匙被交換成很相似的偽造品。鑰匙明明是真的，卻會被當作是假的。

「可是圖書室沒有正規的鑰匙。」我繼續說。「圖書室的門只能用主鑰匙上鎖，而主鑰匙能夠鎖上西棟所有房間的門，因此也能鎖上凶手房間的門。」

實際發現社的屍體時，我和蜜村都確認過留在房間的主鑰匙是不是真的。我們試著用主鑰匙鎖上圖書室的門。當時圖書室的門被換成凶手房間的門，不過主鑰匙能夠鎖上圖書室的門，也能鎖上凶手房間的門。即使門被交換過，光憑主鑰匙也不會被發現到事實真相。也因此，凶手才要把社的屍體搬到沒有正規鑰匙、只能用主鑰匙上鎖的圖書室。

「這就是第一個問題、『為什麼要搬動屍體』的答案。」我說。「接下來是第二個問題：凶手為什麼要撕下那截留在門上的膠帶。這個答案很簡單。」

明明沒有必要撕下膠帶，凶手為什麼要特地撕下來？理由是——

「凶手並沒有撕下膠帶。社先生的屍體被發現之後，凶手趁大家睡著的時間，特地把曾經交換過的房門再度恢復原狀。也因此，留在犯案現場的門上那截膠帶，已經移動到凶手房間，所以看起來才會以為是凶手撕下了膠帶。」

這截膠帶一定還留在凶手房間的門上。也因此，只要現在去調查大家的房間，就會立刻揭曉誰是凶手。不過應該沒這個必要。畢竟我已經知道凶手是誰了。

而找出這個真相的人不是我。

「蜜村。」

我呼喚她的名字。扮演屍體倒在地上的蜜村詫異地站起來。

「幹麼？」

「請妳告訴大家誰是凶手。」

聽到這句話，蜜村顯得更驚訝了。她噘起嘴唇，不高興地說：

「你自己說出來不就好了？」

我聳聳肩說：「可是找出凶手的是妳吧？那就應該由妳來說明。我沒有厚顏無恥到能夠在大家面前陳述借來的推理。」

聽到這句話，蜜村笑了出來。「你還好意思說自己不夠厚顏無恥。」她抱怨完之後，撥了撥黑色的長髮。

「好吧，那麼從現在開始，偵探的角色就換人來當。接下來我就要藉由邏輯推理，說明包含我和葛白在內的六名嫌疑人當中，誰才是真正的凶手。」

*

「推理的關鍵是留在現場的撲克牌。」蜜村說。「社先生的屍體口袋裡，放了一張紅心『9』的撲克牌。這張撲克牌是從之前犯下四起謀殺案的梨梨亞偷來的。梨梨亞把這張牌藏在手機殼的祕密空間裡。」

「祕密空間？」芬里爾疑惑地問。

「她的手機殼上有那樣的機關。」蜜村向大家說明，梨梨亞的手機殼上有類似手錶龍頭的突起裝飾，迅速拉起龍頭五次之後，再按下五次，就會出現祕密空間。

「社先生被殺害的當天晚上，梨梨亞的手機放在大廳的沙發上。」蜜村說。「所以理論上，任何人都有機會偷走手機裡的撲克牌。不過有機會和實際能不能偷走又是兩回事。拉起龍頭五次、然後再按下五次——要打開祕密空間偷走撲克牌，必須進行如此特殊的操作。而且梨梨亞也證實過，她沒有告訴過任何人這個特殊的操作過程。」

也就是說，梨梨亞以外的人沒辦法從手機中拿走撲克牌，甚至連撲克牌裝在裡面都不會知道。

「可是凶手卻偷走了梨梨亞的撲克牌。」石川露出沉思的表情說。「這麼說，凶手應該是在某個地方得知操作方法。單純地想，就是偷看到梨梨亞從手機殼取出撲克牌——」

「不過這一點也很困難。」蜜村搖頭。「梨梨亞說她只有在自己房間才會打開手機殼。凶手不可能輕易地偷看到。」

「啊！那會不會是裝了針孔攝影機？」夜月像是突然想到般詢問。「只要在梨梨亞的房間裝攝影機，就可以偷看到房間裡的模樣吧？」

蜜村連連搖頭。

「很遺憾，這一點也不可能。」

「為什麼？」夜月問。

「因為梨梨亞持有反偷拍偵測器。她使用那個機器，徹底檢查過房間裡有沒有針孔攝影機。梨梨亞是職業殺手，如果有針孔攝影機，一定會被她找到。」

「可是也可能是在她找過沒有針孔攝影機之後，凶手才潛入房間裡裝攝影機的吧？」夜月繼續扯歪理。不過對於這個意見，蜜村仍舊搖頭。

「這也是不可能的。梨梨亞房間的門把上，裝了在五金行賣的那種輔助鎖。也因此，那間房間只有持有輔助鎖鑰匙的梨梨亞才能進入。就算使用西棟的主鑰匙，也沒辦法進入她的房間。梨梨亞在住進房間之後，立刻就裝了輔助鎖，因此凶手不可能潛入房間裡裝設針孔攝影機。」

聽了蜜村的說明，夜月點頭說「原來如此」。這時另一個人接替夜月來扯歪理。「有沒有這種可能——」說話的是迷路坂。

「梨梨亞開始尋找針孔攝影機，是在她從手機殼取出撲克牌之後。也就是說，梨梨亞打開手機殼的過程，已經被針孔攝影機拍下來，而梨梨亞在那之後才利用防偷拍偵測器找到攝影機，可是影像已經透過電波傳給凶手了。」

對於這個說法，蜜村依舊搖頭。

「這一點也不可能。如果照妳所說的，梨梨亞知道設置針孔攝影機的人——姑且稱作X——這個X知道『自己是撲克牌的持有者』，但她卻還是把撲克牌留在犯案現場，這不是明顯地很矛盾嗎？X只要看到犯案現場留下的撲克牌，就會知道那是梨梨亞的東西，立刻就會發現她是凶手。也就是說，梨梨亞在犯案現場留下撲克牌，就證明她的房間並沒有被裝設針孔攝影機。」

這麼說，殺死社的凶手應該不是利用針孔攝影機偷看到梨梨亞打開手機殼。這一來，凶手能夠窺探梨梨亞房間的手段就很有限——或者應該說，只有一個。我開口說：

「那麼凶手是從梨梨亞的房間窗戶窺探室內的模樣吧？」

聽了我的臺詞，蜜村便笑出來。我原本想要協助她說明推理，但或許是演技太差了一點。蜜村輕聲咳了一下，然後回答：

「葛白，你說得沒錯。凶手要窺探房間裡面，只能透過窗戶。」

「可是這樣的話，梨梨亞不是太大意了嗎？」夜月提出疑問。「有可能被人從窗外偷看到，竟然還從手機殼拿出犯罪證據的撲克牌。」

「不是這樣的。」蜜村搖頭。「梨梨亞的房間只有一扇窗戶，窗上也拉起了窗簾。只不過窗簾上剛好有一個小洞，只要接近窗戶，就能從那個洞看到房間裡面。梨梨亞大概沒有發覺到那個洞的存在。而且那個洞很小，必須要非常接近才能看到室內的樣子。再加上窗簾一直保持拉上的狀態，所以也不能使用望遠鏡從遠處偷窺。也就是說，凶手要窺探房間裡面，只能接近窗戶，從窗簾上面的洞偷窺。」

聽了這個說明，大家都點頭表示理解。「可是——」這時芬里爾提出新的疑問：

「這到底具有什麼樣的意義？凶手接近窗戶，從窗簾的洞偷窺室內，剛好看到梨梨亞打開手機殼的方式——到這裡我都明白，可是接近窗戶偷窺梨梨亞的房間，不論是誰都能辦到吧？我很難想像從這一點就能推論出凶手的身分。」

聽到她這麼說，蜜村笑了笑。

「不，其實是可以推論的。」

她撥了撥光澤亮麗的黑髮。

「因為能夠偷窺梨梨亞房間的人，在我們當中（當然也包含我和葛白在內）只有一個。」

聽到她的發言，眾人都顯露出緊張的表情。也就是說，這個唯一能夠偷窺窗戶的人物，正是殺害社的人。

「可是我不懂，為什麼只有一個人能夠偷窺梨梨亞的房間？」夜月困惑地問。

蜜村聳聳肩說：

「雖然是我自己說的，不過這個說法並不是很正確。嚴格地來說，『當梨梨亞在自己房間的時候，只有一個人能夠偷窺梨梨亞的房間』。」

夜月再度顯得不解。

「我不了解有什麼差別。」

「很簡單。凶手是因為從窗戶偷窺，才得知打開手機殼的方式。這麼說，一定要在梨梨亞待在房間裡的時候偷窺，才有意義吧？比方說如果是在梨梨亞來到旅館之前偷窺窗戶，那也沒有意義。」

夜月點頭說「原來如此」。

「也因此，梨梨亞在自己房間裡的時段就顯得很重要了。」蜜村說。「梨梨亞在到達雪白館之後，在大廳待了一陣子喝茶，然後才前往自己的房間。我記得她當時為了填寫綜藝節目問卷的事，跟真似井吵架。當梨梨亞前往房間之後，立刻就開始下雪。雪下得很大，雖然下雪時間只有三十分鐘左右，但是庭院立刻變成一片銀色世界。」

當時的雪仍舊沒有融化。在我們來到旅館之後，只有下那一場雪。

蜜村繼續說：「梨梨亞住的別屋周圍也積了雪，而且別屋周圍的雪地上沒有任何腳印，別屋的窗戶前方當然也沒有腳印。這一點暗示了某個事實。」

蜜村告訴大家：

「積雪之後，沒有任何人接近那扇窗戶。只要接近窗戶，就會留下腳印。而這也意味著在積雪之後，沒有任何人偷窺過梨梨亞房間的窗戶。」

她抬起嘴角笑了一下。

「那麼我們再來整理一下資訊吧。雪是在梨梨亞前往房間之後立刻開始下的，而在積雪之後，凶手就無法去偷窺窗戶。也就是說，凶手偷窺窗戶的時間，是在開始下雪到雪停之間，機會非常短暫。凶手想必是在這段期間，碰巧窺視了梨梨亞的房間窗戶。」

蜜村以冷靜的聲音說：

「換句話說，這段時間沒有不在場證明的人就是凶手。」

開始下雪到雪停之間的短暫期間內，沒有不在場證明的人就是凶手。

我試著回想當時的情景。梨梨亞離開大廳、開始下雪的時候，當時在旅館的幾乎所有人都在大廳。除了還沒有到達的神崎以外，幾乎所有人都在，就連旅館工作人員詩葉井和迷路坂也在。

不在場的只有兩個人。梨梨亞和——那個人。

那個人在開始下雪的大約十分鐘後才回到大廳，銀髮被雪沾濕，然後給了我用雪做的兔子。

「所以凶手只有可能是妳。」

蜜村指著她。

「芬里爾・愛麗斯哈莎德，妳就是凶手。」

＊

芬里爾稍稍瞪大眼睛，然後嘴角泛起柔和的笑容，只說了一句話：

「答對了。」

銀髮微微搖晃。她的告白意味著雪白館的一連串殺人事件終於結束。

幕間　名為密室的免罪符

芬里爾的母親被詐欺犯欺騙而上吊自殺，是在她十歲的時候。不論她如何哭泣，母親都沒有再度醒來。父親只是以平靜的聲音對她說：

「我們來祈禱吧。這樣的話，母親的靈魂就能得到淨化，帶給我們幸福。教皇大人說過，自殺也是某種形式的殺人。雖然和真正的殺人比起來，能量比較弱，但是只要努力祈禱，妳母親的死一定也能昇華為有意義的東西。」

芬里爾的父母親不知是在什麼時候加入奇怪的宗教。到後來，芬里爾也加入了，每逢週末就會去參加奇怪的聚會。芬里爾不僅不相信上帝，甚至也不相信靈魂，不過卻轉眼間就爬上高位，成為那個奇怪宗教的幹部。一定是因為她出眾的能力，以及更出眾的美貌。當她說法的時候，大家都會莫名其妙地著迷，信徒人數也增加了。芬里爾心想，大人真的都很愚蠢，才會去相信一個不信上帝的人說的話。就是因為愚蠢，即使母親自殺了，也會說出「我們來祈禱吧」這種話。重要的事不是祈禱，而是復仇才對。

芬里爾利用奇妙宗教的幹部地位，成功找出欺騙她母親的詐欺犯。那個詐欺犯姓社。她想要立刻殺死社，但是並不想要被警察抓到。她認為對可憎的對象復仇時，不應該付出代價。她不想要進監獄。那樣的行為代表「贖罪」。她沒有做壞事，因此不想贖罪。

就在她煩惱的時候，發生了一起引起社會騷動的事件。據說有一名國二女生殺死了父親，而那是日本第一起密室殺人事件。

令人不敢置信的是，那個女生獲判無罪。這是違反一般社會常識的瘋狂判決，但芬里爾卻為了這個判決而狂喜。只要成功執行密室殺人，就不會被問罪——對於夢想著要為母親復仇的芬里爾來說，這是莫大的情報。仔細想想，她愛上密室，或許就是在這個瞬間。

在那之後，芬里爾幾乎把一天當中的所有時間都花在思考密室。她滿腦子只想著要用什麼樣的密室詭計殺死社。在母親死後，這是她首度感到快樂的日子。逐漸地，在她心中，目的和手段逆轉過來。她不是為了替母親復仇才要進行密室殺人，而是因為想要進行密室殺人而打算替母親復仇。

宗教的世界有免罪符這種東西。即使是殺人罪行，也能夠利用這種以上帝之名印刷的紙獲得原諒。對芬里爾來說，密室正是免罪符的替代品。三年前，一名女生犯下的案件，改變了密室的意義。

芬里爾逐步展開殺死社的計畫。地點最好是在與外界隔絕的暴風雨山莊。警察無法介入，能夠使用的詭計種類就會更多。也因此，她認為如果要執行密室殺人，這是最適合的地方。

芬里爾來到雪白館之後，也見到了那名女生——蜜村漆璃。不過芬里爾並沒有察覺到她的身分，只知道她和自己一樣熱愛密室。

Epilogue　日本第一起密室殺人事件發生後過了三年一個月

救援隊到達雪白館，是在事件解決之後過了半天之後。我們把事件的犯人芬里爾交給警方。我們原本也想把梨梨亞一起交給警方，但是她不知何時從被監禁的房間消失了。她並不是像煙霧一樣消失。天花板破了一個洞，因此她應該是從那裡逃出去的。以逃出密室的方法來說，算是滿粗糙的手法。

梨梨亞逃出旅館的身影，被裝設在旅館圍牆門上的監視器拍下來。不過在那之後，就不知道她前往何方。橋仍舊是斷的，因此她恐怕是和先前的社一樣進入森林裡。梨梨亞的生死不明。警方以及媒體至今仍舊在尋找這名殺手兼國民女星。

至於蜜村漆璃，並沒有因為密室詭計被揭穿而引來媒體追逐報導。她現在大概也在某個地方悠閒地過日子吧。蜜村曾經說過，社被殺害的事件中使用的詭計和她使用的詭計相同。不過冷靜想想，就知道那是不可能的。那個詭計只能用在沒有正規鑰匙、只能使用主鑰匙上鎖的圖書室。如果在有正規鑰匙的房間使用那個詭計，案發現場的室內必須要留下正規鑰匙，而屍體的第一發現者一定會去確認鑰匙是不是真的。但是現場的門為了執行詭計而換成別的房間的門，因此留在室內的正規鑰匙就沒辦法鎖上門。這一來，鑰匙就會被誤以為是假的，密室狀態也會瓦解。

話說回來，如果不將正規鑰匙留在室內，密室一開始就無法成立。一般來說，必須要所有能夠上鎖的鑰匙都在室內，密室才能成立。

也因此，在具備正規鑰匙的房間，就無法使用交換門的詭計。而在蜜村的父親被殺害的事件中，現場的門是有正規鑰匙的。

我在離開雪白館時問她這件事，她便聳聳肩說：「看來這是我天大的誤會。」我不知道她是真的誤會，或是在嘲笑我。

不過我大概不會再見到她了。我們沒有彼此交換聯絡方式，因此根本就沒有見面的手段。我至今仍舊為此感到後悔，也感到無比寂寞。

＊

寒假過後，我到學校時，大家都在談論隔壁班的轉學生。據說是個非常漂亮的女生。「哦。」我用不感興趣的態度回應，朋友就以熱烈的口吻告訴我：「是真的！」「而且名字也很美少女。」「名字也很美少女？」這個形容方式還滿奇特的。「叫什麼名字？」「好像是叫夏村祭之類的。」

「夏村祭？」我喃喃地念出這個名字。「夏」跟「祭」的漢字的確會讓人聯想到美少女。不過不知道為什麼，我好像在哪裡聽過這樣的名字。

「我去上一下廁所。」我說完站起來。「朝會快要開始囉？」朋友這麼說，我便莫名其妙地虛張聲勢說：「我會火速趕回來。」

我匆匆前往廁所，看到從走廊前方迎面走來的老師。那是隔壁班的導師，身旁有一名高中女生。她就是傳聞中的轉學生，而且的確是美少女，不過老實說，這一點並不重要。她的容貌漂不漂亮，此刻真的不重要。

我們彼此都喊了聲「啊」。我對那名轉學生說：

「蜜村。」

我聽到她咳了一聲。

「蜜村是誰？」她說。「我姓夏村。」

不對，怎麼看都是蜜村吧？

我牽起她的手，把她拉到走廊角落，壓低聲音問她：「夏村是誰？」「是我的本名。」「怎麼可能？妳在用假名嗎？」「嗯，是假名。」「為什麼要用假名？」「因為我在某部分人之間很有名，所以用真名上學會有點麻煩。」

她稍稍抬起嘴角微笑。

「所以在學校的時候，稱呼我夏村吧。」

我點頭答應她，然後也笑著對她說：

「不過在社團的時候，我會稱呼妳蜜村。」

蜜村歪著頭問：「你是什麼社的？」我回答：「當然是文藝社。不過社員只有我，快要倒社了。」

蜜村「哦」了一聲，然後笑著說：「乾脆倒社算了。」我說：「拜託妳幫幫忙。」接著開始勸誘她加入社團。我告訴她社辦書櫃擺了哪些書，還有不知為何放在社辦的桌上遊戲有哪些。

蜜村聽著我的勸誘，裝模作樣地說「嗯，怎麼辦呢」。不過我有預感，我們的密室冒險一定會再度開始。

她看著熱心述說的我，說：「你好像很開心。」然後又用開玩笑的口吻說：「你那麼高興見到我嗎？」

我想要迴避回答，不過最後還是試著表達我此刻的感受：

「當然很高興——我很高興能夠再次見到妳。」

蜜村瞪大眼睛，然後有些靦腆地說「這樣啊」。我對她說：

「因為我終於發現妳使用的密室詭計真相了。」

＊

放學後，我們在文藝社的社辦會合。蜜村入社之後的第一個活動，就是闡明疑似她犯案的密室殺人事件的真相。

「那就說說看吧。」

「我先說好，我並沒有確切的證據。」我坐在折疊椅上說。「這只是假說而已，頂多可以拿來解釋那間密室的狀況，所以妳也不用太認真聽。」

「一開始就打預防針，真現實。」

「我的本領就是實事求是的推理。」

「現實和實事求是的意思是不一樣的。」

我們坐在窗邊的折疊椅上面對面。我感到有些懷念。國中時我們常常像這樣下黑白棋、拿小說給彼此看、或是聊些無關緊要的話題……

我咳了一下。

「那麼首先來確認現場的狀況吧。現場是完美的密室——房間的門沒有任何縫隙，不只是鑰匙，就連細線都沒辦法通過。窗戶是固定的，無法開關。案發現場的房門沒有備用鑰匙或主鑰匙，唯一的鑰匙在室內的——屍體旁邊的桌子抽屜裡找到。而且這個抽屜也用另外的鑰匙鎖起來，而抽屜的鑰匙則放在被害人的口袋裡。

鑰匙裝了標示房間號碼的鑰匙圈，鑰匙本身則沒有刻印房間號碼，所以只要更換鑰匙圈，的確有可能把其他房間的鑰匙偽裝成現場的鑰匙，但實際上這一點是不可能的。最先發現屍體的管家和女僕已經確認過鑰匙是真的。他們實際使用那支鑰匙確認過可以鎖門，所以抽屜裡的鑰匙是真的，不可能替換為假的鑰匙。」

我憑記憶說完，蜜村便瞪大眼睛。

「葛白，你全部都記得？」

「嗯。」

「好噁心。簡直就像跟蹤狂。」

她露出厭惡的表情，害我很受傷。她有一陣子與我保持距離，擺出保護自己的姿勢，不過不久之後似乎就感到厭倦，再度回到原本的話題。

「所以說，到底是用了什麼樣的詭計？」她稍微湊向前問。「怎麼看都是完美的密室吧？」

我點頭說：「的確是完美的密室。我也想了很多，不過怎麼想都找不到符合法務省十五種密室詭計當中任何一種的手法。所以我猜，應該是使用了第十六種詭計吧。」

「就是那個交換門的詭計吧？」

「可是這個詭計也行不通，理由是案發現場的房間有正規鑰匙。」

之前我曾經做出結論：在有正規鑰匙的房間，就不能使用交換門的詭計。

「那要怎麼辦？」蜜村發出「哼哼」的冷笑。「結果這間密室還是無法破解。」

這時我也發出「哼哼」的笑聲。

「事實上可以破解，只是要用有些作弊的方式。」

「有些作弊？」

「在這裡有一個很重要的前提，那就是犯案現場沒有備用鑰匙。」

蜜村歪著頭思考片刻，然後撥著黑髮問我：

「什麼意思？」

「也就是說，『犯案現場沒有備用鑰匙』的前提不能被破壞，不過可以用對自己有利的方式來解釋這個前提。換句話說，就是找到規則的漏洞，所以才說是作弊。」

蜜村對這段話似乎很感興趣，稍微抬起嘴角微笑，然後恢復正經的表情說：

「那我問你，你到底要如何解釋這個前提？」

我說：「我的解釋方式是，除了犯案現場的房間之外，其他房間都有備用鑰匙。」

蜜村緩緩地瞪大眼睛。我告訴她自己做出的結論：

「假設其他房間有備用鑰匙，那就可以讓原本以為無法使用的交換門的詭計起死回生。假設把犯案現場和那間『隔壁房間A』的門交換，那麼犯案現場的門就可以用『隔壁房間A』的鑰匙來上鎖。而『隔壁房間A』有備用鑰匙，因此可以把『隔壁房間A』的正規鑰匙留在犯案現場，然後用『隔壁房間A』的備用鑰匙來鎖門。鑰匙有裝鑰匙圈，可是鑰匙本身並沒有刻印房間號碼，所以只要把鑰匙圈換上去，就可以把留在密室裡的『隔壁房間A』的鑰匙偽裝成犯案現場的真正鑰匙。在發現屍體的時候，即使第一發現者去檢驗留在密室中的那支『隔壁房間A』的鑰匙，因為門已經交換過了，所以犯案現場的門可以用『隔壁房間A』的鑰匙來上鎖。這一來，明明是『隔壁房間A』的鑰匙，卻會被誤以為是犯案現場真正的鑰匙。」

我說完之後，窺探蜜村的反應。話說回來，這個詭計也會有問題。在交換門之後，犯案現場有兩支可以上鎖的鑰匙，也就是有備用鑰匙。相反地，「隔壁房間A」則會處於沒有備用鑰匙的狀態，也就是少了一支鑰匙。犯案現場以外的鑰匙即使弄丟了，警察大概也不會在意，不過仍舊會留下些許的疑點。

而且這個詭計還有一個更大的問題，那就是「隔壁房間A」是否真的存在——也就是屋內是否真的存在著和犯案現場的房門相同、又有備用鑰匙的房間。我讀遍了紀錄事件的各種書籍，但上面都沒有我想要得到的情報。我尚未取得解決事件所需的最重要的一片拼圖。

「所以說，我一直想要問妳。」我詢問坐在對面的蜜村。「犯案現場的那棟屋子裡，有沒有『隔壁房間A』？」

坐在折疊椅上的蜜村稍稍笑了。她的黑髮吸收了從窗戶射進來的夕陽光芒，閃爍著深褐色的光芒。

我等待著她的回答，內心覺得不論答案是什麼，都會很有趣。

如果「隔壁房間A」存在，那麼我就等於是解開了她製作的密室之謎。這是非常值得高興的一件事。

而如果「隔壁房間A」不存在——

就意味著這個世界仍舊存在著未知的密室詭計。

對我們人類來說，這也是很值得高興的事。

在冬天傍晚染成暗紅色的社辦裡，我等候著蜜村的回答。

不久之後，她以清爽的聲音回答我的問題。

在出版時，將第二十回「這本推理小說真厲害！」大獎的文庫獎得獎作品《館と密室》更換標題，並增補修正。

本故事純屬虛構，即使在作品中出現相同的名稱，也和實際存在的人物、團體等沒有任何關連。

解說　充滿密室元素、玩心十足的獲獎作品！

瀧井朝世（作家）

鴨崎暖爐的《密室黃金時代的殺人　雪之館與六個詭計》，是獲得第二十回「這本推理小說真厲害！」大獎文庫獎的作者出道作品。這部作品可以說是玩心十足的作品。

在書中的現代日本，自從三年前日本第一起密室殺人事件發生、並且因為密室的無解證明使得被告獲判無罪以來，社會上的密室殺人事件便急遽增加。警方設置了密室課，甚至還出現密室偵探這樣的行業，以及提出詭計方案、甚至代辦密室殺人的密室代辦業者。此外，法務省也將密室種類分為「完全密室」、「不完全密室」、「廣義的密室」，並更進一步將「完全密室」的詭計分為十五種發表。在如此奇特的世界中，由已故推理小說作家留下的屋子改裝的山中旅館成為陸上孤島，在那裡發生了密室連環殺人事件。書中可以說處處充滿密室元素。由於是以架空的日本為舞臺，因此可以讓讀者認知到本作品純粹是為了享受密室詭計的樂趣，具有容易引人進入書中世界的效果。書中人物的個性與言行舉止也都帶有喜劇味，可以說是很乾脆地把主軸放在娛樂性、遊戲性的設定。雖然會覺得細節部分多少有些說明不足的地方，不過既然原本的基礎設定就是荒誕無稽的，因此或許也不需要那麼在意。另一方面，在關係到密室與詭計的地方，則描述得非常詳盡，讓讀者能夠得到很大的樂趣。

做為新人的出道作品，首先要評價的點就是對讀者的顧慮。夾雜著幽默的文章步調輕快易讀，巧妙的說明技術也令人佩服。關於館內格局、密室狀態、各項證據的相關位置及詭計真相，即使不使用圖片也能充分表達。此外，連環殺人事件的故事人物往往很多，容易導致難以區分，不過本作品卻非常直接地把人物屬性與命名連結在一起，並明確地區分出每一個人的個性，因此不會使讀者混淆。密室當然也具備多樣性，也是很大的魅力之一。

擔任偵探角色的也不只一人。雖然不到推理競賽的地步，不過也有包括主角葛白香澄、密室偵探探岡英治、以及蜜村漆璃（Mitsumura Shitsuri）（和葛白香澄（Kuzushiro Kasumi）的「くずかす（Kuzukasu）」採用同樣法則取暱稱的話，就是「ミツシツ（Mitsushitsu）＝密室」）等人同時挑戰密室之謎。其中推理能力特別突出的蜜村的過去，也是故事吸引人的要素之一。

書中提及推理小說的傾向與模式，也是刺激推理小說愛好者的地方。作品中除了以諾克斯十誡為重要關鍵，也不時提及過去的作品。順帶一提，和葛白一起到旅館的夜月說「我最近有生以來第一次讀『日常之謎』的小說」，「我很想說說看——『我感到很在意。』」，指的是米澤穗信的《古籍研究社》系列，而「我感到很在意」正是主要人物之一的千反田愛瑠招牌臺詞。此外，主角在第六章一一驗證法務省制訂的密室定義，應該是仿照約翰・狄克森・卡爾（John Dickson Carr）《三口棺材》的第十七章，主角費爾博士替密室分類之後，再證明作品中的事件不符合其中任何一種的著名「密室講義」。

作者鴨崎暖爐是在一九八五年出生於山口縣宇部市。他畢業於東京理科大學理工學院，目前任職於系統開發公司。他因為熱愛推理小說，從高中時就自己思考詭計。實際開始寫作小說，是在大學畢業的時候。據說是因為公司同期的同事興趣是寫小說，不斷鼓吹他「你也來寫吧」，因此就以輕鬆的心情開始寫作，越寫越有興趣，非常投入地寫出第一部作品。這部作品的題材是將屍體切塊、塞入小熊布偶的所謂「無臉屍體」的推理小說。他很有自信地拿該作品投稿到梅菲斯特獎，結果第一輪就落選，評審委員的編輯簡短評語也相當辛辣，讓他感到很沮喪（根據本人的說法：「現在回想起來，那部作品的程度真的很差，評價也算正當……不知道當時自己為什麼會那麼有自信」）。第二部作品原本也想要寫推理小說，但卻沒有成形，後來轉向輕小說的文類，題材包括異世界奇幻小說、超能力者戰鬥、科幻等等，不過一直都沒什麼突破，於是又再度開始執筆寫推理小說。

關於本作品，作者一開始以「凶手為什麼要讓現場成為密室」的犯罪動機（whydunit）為出發點思考題材，在這個過程中想出「密室如果沒有被破解，就可以獲判無罪」的設定，於是一不做二不休地決定放入許多密室。出現在本作品中的第一個密室詭計，據說是以高中時想到的詭計為原型。

在被問及喜歡的作家與作品時，作者先聲明「因為太多了，所以很難一一提及」，然後列舉的有：有栖川有栖的《月光遊戲》、米澤穗信的《庫德利亞芙卡的順序》（前述的古籍研究社系列當中的一本）及《秋季限定栗金飩事件》、殊能將之的《剪刀男》、深水黎一郎的《推理競技場》、今村昌弘的《屍人莊殺人事件》、大山誠一郎的《絕對不在場證明》等。最喜歡的短篇是梓崎優的《Spring Has Come》（收錄於學園推理小說集《放學後偵探團》）。

關於筆名「鴨崎暖爐」的由來，據說姓氏是因為想要取植物的名稱，在網路上查了植物名稱一覽之後，很喜歡「鴨茅」這個名稱，但因為不好記，就改為「鴨崎」。名字則決定要選容易記住的既有名詞，因此選擇「暖爐」。根據作者的說法：「現在回想起來，或許是因為憧憬有暖爐的家吧。每天坐在暖爐前的安樂椅看書度日，是我的夢想。」

對於今後，他說「可以的話希望能以推理小說為主，尤其是以犯罪手法（howdunit）為中心來寫作。夢想是能夠想出青史留名的詭計」。他也打算要挑戰特殊設定的推理小說，可說是前途無量。能夠寫出獨特的舞臺設定、傑出詭計的新作家誕生，實在是可喜可賀。

二〇二二年一月

逆思流

密室黃金時代的殺人 雪之館與六個詭計

（原名：密室黃金時代の殺人 雪の館と六つのトリック）

作者／鴨崎暖爐　譯者／黃涓芳
執行長／陳君平　榮譽發行人／黃鎮隆
協理／洪琇菁　國際版權／黃令歡、梁名儀
總編輯／呂尚燁　美術編輯／陳姿學
執行編輯／丁玉霈　企劃宣傳／陳品萱
發行／英屬蓋曼群島商家庭傳媒股份有限公司城邦分公司　尖端出版
台北市中山區民生東路二段一四一號十樓
電話：（〇二）二五〇〇—七六〇〇（代表號）
傳真：（〇二）二五〇〇—一九七九
中彰投以北經銷（含宜花東）／楨彥有限公司
電話：（〇二）八九一九—三三六九
傳真：（〇二）八九一四—五五二四
雲嘉經銷／威信圖書有限公司　嘉義公司
電話：（〇五）二三三—三八五二
傳真：（〇五）二三三—三八六三
南部經銷／威信圖書有限公司　高雄公司
電話：（〇七）三七三—〇〇七九
傳真：（〇七）三七三—〇〇八七
香港總經銷／城邦（香港）出版集團有限公司
香港灣仔駱克道193號東超商業中心1樓
電話：（八五二）二五〇八—六二三一
傳真：（八五二）二五七八—九三三七
E-mail：hkcite@biznetvigator.com
馬新經銷／城邦（馬新）出版集團　Cite(M)Sdn.Bhd.
E-mail：Cite@cite.com.my
法律顧問／王子文律師　元禾法律事務所
台北市羅斯福路三段三十七號十五樓
二〇二三年七月一版一刷
二〇二三年九月一版二刷

■中文版■

郵購注意事項：
1. 填妥劃撥單資料：帳號：50003021戶名：英屬蓋曼群島商家庭傳媒(股)公司城邦分公司。2. 通信欄內註明訂購書名與冊數。3. 劃撥金額低於500元，請加附掛號郵資50元。如劃撥日起 10～14日，仍未收到書時，請洽劃撥組。劃撥專線TEL：(03) 312-4212 ・ FAX：(03) 322-4621。E-mail：marketing@spp.com.tw

國家圖書館出版品預行編目資料

密室黃金時代殺人 雪之館與六個詭計／鴨崎暖爐 著；
黃涓芳 譯. --初版. --臺北市：尖端出版, 2023.07
面；公分.--(逆思流)
譯自：密室黃金時代の殺人 雪の館と六つのトリック
ISBN 978-626-356-568-5(平裝)

861.57 112004167